**BERND FRANZINGER**

# Todesnetz

**MENSCHENJAGD** Beim Besuch des Dürkheimer Wurstmarktes verschwindet die Handtasche von Tannenbergs Nichte Marieke. Als sie nach Hause kommt, stellt sie fest, dass der Dieb in ihre Wohnung eingedrungen ist und ihren Laptop gestohlen hat. Der Täter verschafft sich Zugang zu Mariekes sozialen Netzwerken und schlüpft online in ihre Identität.

Am nächsten Tag wird in einem Waldgebiet ein ermordeter Jogger aufgefunden. Kurz danach wird eine Studentin als vermisst gemeldet, die über einen fingierten Communitykontakt in den Wald gelockt wurde. Weitere Frauen werden entführt und vom Täter in einem ehemaligen Bunker gefangen gehalten. In einem überdimensionalen Spinnennetz vereinigt er sie zu einem makaberen Kunstwerk. In der Mitte des Netzes befinden sich ein kleines und ein großes rotes Kreuz.

Wen hat der Täter dafür im Visier?

*Bernd Franzinger, Jahrgang 1956, lebt mit seiner Familie bei Kaiserslautern. Mit seinen überaus erfolgreichen ›Tannenberg‹-Krimis gehört er zu den bekanntesten Autoren der deutschen Krimiszene.*

Bisherige Veröffentlichungen im Gmeiner-Verlag:
Tannenberg ermittelt (2012)
Familiengrab (2011)
Zehnkampf (2010)
Leidenstour (2009)
Kindspech (2008)
Jammerhalde (2007)
Bombenstimmung (2006)
Wolfsfalle (2005)
Dinotod (2005)
Ohnmacht (2004)
Goldrausch (2004)
Pilzsaison (2003)

# BERND FRANZINGER

# Todesnetz

*Tannenbergs zwölfter Fall*

*Original*

GMEINER

Personen und Handlung sind frei erfunden.
Ähnlichkeiten mit lebenden oder toten Personen
sind rein zufällig und nicht beabsichtigt.

Besuchen Sie uns im Internet:
www.gmeiner-verlag.de


Im Ehnried 5, 88605 Meßkirch
Telefon 07575/2095-0
info@gmeiner-verlag.de

2. Auflage 2013

Herstellung: Julia Franze
Umschlaggestaltung: U.O.R.G. Lutz Eberle, Stuttgart
unter Verwendung eines Fotos von: © Kirill Kedrinski – Fotolia.com
Druck: GGP Media GmbH, Pößneck
Printed in Germany
ISBN 978-3-8392-1321-6

You must kill the spider
to get rid of the cobweb.

*Maltesisches Sprichwort*

# PROLOG

»Lebst du noch?«, krächzt eine Frauenstimme.

Ich kann nicht sprechen.

Sehen kann ich auch nichts.

Bin ich blind?

Aua, mein Kopf tut so weh.

Wer bist du?

Was ist geschehen?

Wo bin ich?

Wasser läuft mir in den Mund.

Oh Gott, ich werde ertrinken!

Aber es ist kein Wasser.

Es schmeckt nach … Blut.

Blut?

Was ist das für ein Geräusch?

Schritte?

Ja, schwere Schritte.

Also ein Mann.

Kommt er, um mich zu töten?

Die Schritte entfernen sich wieder.

Gott sei Dank!

Eine Tür schlägt zu.

Noch mal Glück gehabt.

Welch ein bescheuerter Albtraum!

Hoffentlich ist die Nacht bald vorüber.

»Lebst du noch?«, fragt die Stimme.

# 1

*Einige Tage vorher*

Familie Tannenberg war auf dem Weg zum Dürkheimer Wurstmarkt.

»Ach, Marieke, ich bin ja so froh, dass du schwanger bist«, stieß Wolfram Tannenberg begeistert aus. »Das ist wirklich herrlich, fantastisch – einfach wunderbar!«

Seine Nichte lächelte in den Rückspiegel. »Schön, dass du dich über meinen dicken Bauch so wahnsinnig freust.«

»Vor allem freue ich mich darüber, dass wir nicht in einem versifften Zug oder Reisebus zum Wurstmarkt fahren müssen.« Tannenberg grinste breit. »Schwangere dürfen ja bekanntlich keinen Alkohol trinken.«

»Also daher weht der Wind«, sagte Marieke und schüttelte schmunzelnd den Kopf.

Dr. Schönthaler legte der Fahrerin eine Hand auf die Schulter. »Mach dir nichts draus. Du weißt doch, dass dein Onkel den Charme einer Kettensäge besitzt.«

Marieke nickte und seufzte tief. »Ja, das ist mir durchaus bekannt. Deshalb verstehe ich auch überhaupt nicht, weshalb solch eine tolle Frau wie Johanna dieses Scheusal nicht schon längst in die Wüste geschickt hat.«

»In der Pfalz gibt es keine Wüste«, knurrte Tannenberg.

»Korrigiere«, grinste Marieke: »Wieso sie dich nicht schon längst verlassen hat.«

»Aber das hat sie doch. Schließlich ist sie freiwillig nach Hamburg zu diesem Historikerkongress abgedüst«, tönte Heiner, der auf der Rückbank seines Vans zwischen dem Rechtsmediziner und seinem Bruder eingeklemmt war. »Dort werden ihr bestimmt Dutzende junger, attraktiver, kultivierter und charmanter Männer den Hof machen.«

»Ja, mein liebes Wölfchen, stell dir doch mal bildlich vor, welche fleischlichen Verlockungen Hanne im Wellnessbereich ihres Hotels geboten bekommt«, frotzelte Dr. Schönthaler. Er senkte die Tonlage seiner Stimme und schwärmte: »Gut aussehende, gut gelaunte und gut gebaute Männer mit Astralkörpern und Waschbrettbäuchen. Nicht wie zu Hause in der Beethovenstraße ein altes Wrack mit chronisch schlechter Laune, ekligen Krampfadern, tiefen Falten, schlaffem Hintern und schwabbelndem Waschbärbauch.«

»Es reicht, Rainer«, schimpfte Tannenberg. »Hiermit ist es dir wieder einmal gelungen, mir die Stimmung zu vermiesen.«

»Jedem so, wie er's verdient«, konterte sein Freund.

»Ruf doch Hanne einfach an und sag ihr etwas Nettes, vielleicht kannst du damit gerade noch verhindern, dass sie sich von irgendeinem Adonis angraben lässt«, schlug Max, Mariekes Ehemann, in dieselbe Kerbe.

Tannenberg ächzte wie eine alte Dampflokomotive. »Wenn man solch eine Familie …«, ein scharfer Seitenblick auf den Pathologen, »und Freunde hat, braucht man wirklich keine Feinde mehr.«

»Nicht den Plural gebrauchen, Wolf«, erwiderte Dr. Schönthaler.

»He?«, fragte sein Freund mit geschürzten Lippen.

»In deinem Falle reicht der Singular bei Weitem aus:

Freund statt Freunde. Außer deiner bemitleidenswerten Familie bin ich ja wohl der einzige Mensch weit und breit, der dir immer noch die Stange hält, oder?«

Wolfram Tannenberg grunzte wie der alte Keiler im Betzenberger Wildpark. Er spreizte die Finger und streckte sie in die Höhe. »Ich habe mindestens fünf sehr gute Freunde«, behauptete er.

»Und wem bitte schön sollte diese höchst zweifelhafte Ehre zuteilwerden?«, spottete der Rechtsmediziner. »Namen bitte.«

»Die kannst du haben. Sie heißen: Rainer …«

»Na, so weit waren wir ja schon.«

»Die anderen heißen: Rainer, Rainer, Rainer, Rainer.«

»Sag ich doch, du monogamer, kontaktgestörter einsamer Wolf.«

»Wenn ich die Herren kurz unterbrechen dürfte«, mischte sich Marieke ein. »Zur allseitigen Information: Wir haben gerade das Ortsschild von Bad Dürkheim passiert. Wo soll ich denn hier parken? Die Straßen sind doch jetzt schon verstopft.«

»Fahr weiter bis zum Festplatz«, forderte Tannenberg. »Die Kollegen haben eine Präsenzwache eingerichtet. Direkt davor dürfen wir unser Auto abstellen.«

Marieke reagierte skeptisch. »Bist du dir da sicher?«

»Klar, die Erlaubnis hab ich mir gestern höchstpersönlich beim Dürkheimer Polizeichef eingeholt. Im Gegensatz zu diesem unsympathischen Leichenschinder neben mir ist der liebe Eugen nämlich ein richtig netter Kerl.«

»Ach, der liebe Eugen«, wiederholte Dr. Schönthaler mit angespitzten Lippen. »Das ist ja so ein schnuckeliges Kerlchen.«

Tannenberg huschte ein süffisantes Lächeln übers

Gesicht. »Weiß du, Marieke, ich habe nur einen einzigen Satz gebraucht, um ihn von der Brisanz unserer Notlage zu überzeugen. Willst du wissen, welchen?«

»Ich kann es wirklich kaum erwarten«, entgegnete Marieke.

»›Lieber Eugen‹, habe ich gesagt, ›wir haben eine Hochschwangere dabei – und die kann nun mal nicht so weit laufen.‹« Tannenberg klatschte in die Hände. »Und schon hatten wir unseren Promi-Parkplatz.«

Zwei Stunden später hatte der Leiter der Kaiserslauterer Mordkommission bereits drei Schoppen Rieslingschorle intus. Die Stimmung im Festzelt war auf dem Höhepunkt angelangt. Seine eigene ebenfalls, denn Johanna von Hoheneck hatte gerade auf seine SMS geantwortet und ihm eidesstattlich versichert, dass sie nur ihn liebe – woran Tannenberg eh nicht gezweifelt hatte, schließlich war er ein toller Hecht, fand er jedenfalls.

Schmunzelnd steckte er das Handy weg, hakte sich bei Marieke ein und schunkelte wieder mit. Als eingefleischter Hardrockfan ignorierte Tannenberg für gewöhnlich jedes andere musikalische Genre. Denn nach seiner Meinung war die Rockmusik der 70er-Jahre einfach nicht zu toppen. Doch an diesem milden Septemberabend stimmte er in den Chor der weinseligen Festbesucher ein und grölte die Volkslieder lauthals mit.

»Ich muss mal kurz weg, Wolf«, übertönte Marieke die ohrenbetäubende Musik und klinkte sich aus seinem Arm aus.

Tannenberg schunkelte weiter. »Wohin denn?«, wollte er neugierig wissen.

»Auch ein schwangerer Hippie muss ab und an mal

Pipi«, rief Marieke und tastete die Bank ab. Sie krauste die Stirn. »Wo ist denn meine Handtasche?«

»He?«, fragte Tannenberg.

»Meine Handtasche ist weg«, brüllte Marieke gegen den Lärm an.

Ihre Begleiter suchten unter dem Tisch und unter den Sitzbänken, befragten Gäste und Bedienungen, doch Mariekes kleine, schwarze Lederhandtasche blieb unauffindbar.

»Dann hat sie wohl irgend so ein Drecksack geklaut«, schimpfte Tannenberg. »Wir müssen den Diebstahl sofort melden.«

In der provisorischen Polizeiwache zeigte man sich nicht sonderlich überrascht. »Das ist nun schon der fünfte Handtaschendiebstahl heute«, stöhnte ein älterer Beamter und verdrehte die Augen. »Immer dieser blöde Schreibkram. Warum passt ihr Frauen denn auch nicht besser auf eure Sachen auf?«

»Jetzt mach aber mal halblang, Kollege«, pflaumte ihn Tannenberg an. »Meine Nichte hat sich ja nicht absichtlich die Handtasche klauen lassen.«

»Aber so sehen es die Versicherungen.«

»Wieso?«, fragte Max.

»Na ja, die berufen sich auf höchstrichterliche Grundsatzurteile. Und die besagen nun mal, dass es sich bei einem Handtaschendiebstahl, so wie Sie ihn mir geschildert haben, um grobe Fährlässigkeit handelt.« Der uniformierte Beamte hob die Schultern. »Und deshalb müssen die Versicherungen den Schaden nicht bezahlen.«

Marieke verstand die Welt nicht mehr. »Das gibt's doch gar nicht«, empörte sie sich.

»Doch, leider ist es so. Aber vielleicht rückt Ihre Versicherung auf dem Kulanzweg ein paar Euro raus. Probieren würde ich es auf alle Fälle. Drohen Sie einfach mit dem Versicherungswechsel, das wirkt manchmal Wunder«, empfahl der Polizist, während er sich hinter seinen Schreibtisch setzte. »Was war denn alles in Ihrer Handtasche?«, wollte er wissen.

»Mein Geldbeutel mit circa 50 Euro Bargeld, mein Personalausweis, die EC-Karte und mein Führerschein«, zählte Marieke auf. »Außerdem mein Handy, ein Schlüsselbund …«

»Mit Ihrem Autoschlüssel?«, warf der Beamte dazwischen.

»Nein, den habe ich in alter Gewohnheit an mich genommen«, erklärte Heiner. »Wir sind nämlich mit meinem Van hierher gefahren.«

»Da haben Sie aber Glück im Unglück gehabt, denn bei uns wurden heute bereits drei Autodiebstähle angezeigt.« Um dem nun Folgenden noch mehr Bedeutung zu verleihen, legte der Polizeibeamte eine kleine Pause ein. »Sie werden es nicht glauben, aber die Zündschlüssel dieser Autos befanden sich in den gestohlenen Handtaschen.«

»Die klauen also zuerst die Handtaschen und dann mit den Schlüsseln die Autos«, schlussfolgerte Max. Er grunzte höhnisch. »Eigentlich eine geniale Masche.«

Während Marieke in der provisorischen Polizeiwache die notwendigen Formalitäten erledigte, ließ Max die EC-Karte und das Handy seiner Ehefrau sperren. Anschließend fuhren die Wurstmarkbesucher zurück nach Kaiserslautern. Die Stimmung war sehr gedrückt. Alle schwiegen betreten vor sich hin und malten sich in Gedanken die möglichen Konsequenzen des Handtaschendiebstahls aus.

Die Parkstraße, in der Marieke mit ihrer jungen Familie im Dachgeschoss ihres Elternhauses wohnte, war wie ausgestorben. Noch nicht einmal die neugierige Schleicherin war unterwegs. Und das, obwohl sie mit ihrem übergewichtigen Hund stets um diese Uhrzeit eine letzte Inspektionsrunde durchs Musikerviertel drehte. Normalerweise konnte man die Uhr nach den beiden stellen.

»Glaubt ihr, die alte Tratschtante hat endlich ins Gras gebissen?«, versuchte Tannenberg einen Scherz zu landen. Doch niemand reagierte auf seine makabere Bemerkung.

Dr. Schönthaler verabschiedete sich und machte sich auf den Weg zu seinem nur einen Steinwurf entfernt in der Glockenstraße gelegenen Domizil. Tannenberg betrat das Haus seines Bruders, verließ es aber sogleich wieder durch den Hintereingang und nahm die Abkürzung über den gemeinsamen Innenhof. Dann betrat er das an die Beethovenstraße angrenzende Zweifamilienhaus, in dem er gemeinsam mit Johanna von Hoheneck das Obergeschoss bewohnte, während seine Eltern im Parterre residierten.

»Komm schnell, Wolf«, hörte er plötzlich Mariekes Stimme in seinem Rücken. Ruckartig drehte er sich um. Seine Nichte stand am Fenster und fuchtelte aufgeregt mit den Armen herum. »Bei uns ist eingebrochen worden.«

»Wo ist Emma?«, brüllte Tannenberg zurück. Vor ein paar Jahren war der kleine Sonnenschein der Familie von einem Psychopathen entführt worden, der sich an dem Kommissariatsleiter hatte rächen wollen. Seitdem reagierte er hochsensibel auf alles, was auch nur annähernd mit Emma zu tun hatte.

»Sie schläft doch heute Nacht bei Oma und Opa«, erklärte Marieke.

»Bist du dir auch sicher, dass sie wirklich dort ist?«

»Emma schlummert tief und fest in unserem Ehebett«, sagte Jacob, den die lauten Stimmen seiner Familienmitglieder aus dem Tiefschlaf gerissen hatte, von seinem Schlafzimmerfenster aus

»Gott sei Dank«, seufzte Tannenberg erleichtert.

»Warum macht ihr denn mitten in der Nacht solch einen Höllenlärm? Seid ihr etwa alle besoffen, oder was?«, schimpfte der Senior.

»Nein, Opa, bei uns ist eingebrochen worden«, antwortete Marieke.

»Bin schon unterwegs«, gab der alte Tannenberg zurück.

Höchstens zwei Minuten später traf der als Sherlock Holmes aus der Beethovenstraße stadtbekannte Rentner in der Wohnung seiner Enkelin ein. Neben ihm trottete ein bärenartiger Mischlingshund, der auf den für eine Hündin ungewöhnlichen Namen ›Kurt‹ hörte und das genaue Gegenteil eines wachsamen, scharfen Polizeihundes war. Kurt ging zu Tannenberg, holte sich seine Streicheleinheiten ab und wich seinem Herrchen fortan nicht mehr von der Seite.

Jacob hatte seinen grauen Bademantel übergeworfen und sah ziemlich zerknittert und verschlafen aus. Doch geistig war er voll auf der Höhe. »Was wurde gestohlen?«, riss er sofort die Ermittlungen an sich.

»Nix da, Vater, halte dich zurück. Das ist mein Job«, bremste ihn Tannenberg aus. »Wer von uns beiden ist denn hier der Kriminalbeamte?«

»Du«, gestand Jacob ein. »Aber deiner Fahne nach zu urteilen hast du mindestens 1,5 Promille im Blut und bist somit nicht diensttauglich«, entschied er kurzerhand und klopfte sich auf die Brust. »Ich hingegen bin vollkommen nüchtern und folglich zu kriminalistischen Höchstleistungen fähig.«

Tannenberg schnaubte verächtlich, enthielt sich aber eines weiteren Kommentars.

Während sein Sohn die Spurensicherung benachrichtigte, inspizierte Jacob fachmännisch die Wohnungstür. Selbstverständlich ohne irgendetwas zu berühren, schließlich wollte er den Kriminaltechnikern nicht die Arbeit erschweren. »Keine erkennbaren Einbruchsspuren«, stellte der Hobby-Detektiv fest und zog eine naheliegende Schlussfolgerung: »Also hat der Täter die Tür mit einem Dietrich geöffnet.«

»Oder mit Mariekes Schlüssel«, bemerkte Max und informierte den Senior über den Handtaschendiebstahl.

Jacob knetete nachdenklich das unrasierte Kinn. »Das wirft natürlich ein ganz anderes Licht auf diese Sache. Dann ist der Einbrecher vom Dürkheimer Wurstmarkt hierher gefahren und hat mit Mariekes Schlüsselbund …«

»Woher soll er denn gewusst haben, wo Marieke wohnt?«, fiel ihm Tannenberg ins Wort.

»Hast du besoffener Dödel schon einmal den Begriff ›Personalausweis‹ gehört, he?«, schnauzte ihn Jacob an. »Da steht doch ihre Adresse drauf.«

Der Leiter des K 1 räusperte sich verlegen und wandte sich an Max: »Hast du inzwischen einen Überblick, was gestohlen wurde?«

»Ja, ich habe natürlich gleich nachgeschaut, ob irgendetwas fehlt. Auf alle Fälle sind unsere beiden Laptops weg.«

»Sonst noch was?«, fragte Heiner.

»Nee, auf den ersten Blick nicht«, antwortete Max.

»Die Schränke und Schubladen hat der Typ offenbar nicht durchwühlt.« Er zog die Stirn in Falten. »Es ist schon komisch …« Ein langgezogenes Brummen.

»Was ist komisch?«, hakte Tannenberg nach.

»Na ja, mitten auf dem Küchentisch lagen 400 Euro, die ich heute Nachmittag aus dem Geldautomaten gezogen habe. Nicht in einem Kuvert, sondern ganz offen. Warum hat er die liegen gelassen?«

»Vielleicht war der Einbrecher gar nicht in eurer Küche«, spekulierte Jacob. »Der Kerl war bestimmt total in Hektik, schließlich musste er damit rechnen, dass ihr bald nach Hause kommt. Oder er wurde gestört.«

»Von wem denn? Von unserem verpennten Riesenhund garantiert nicht«, entgegnete sein jüngster Sohn und kraulte Kurt hinter den Schlappohren. Der bedankte sich mit einem wohligen Knurren. »Hier in Heiners Haus war niemand. Und du und Mutter habt nichts von einem Einbruch mitbekommen«, rekapitulierte Wolfram Tannenberg. Nach wie vor war er von Jacobs Hypothese alles andere als überzeugt. Er schüttelte den Kopf und kniff die Lippen zu einem schmalen Strich zusammen. »Das kann ich mir ehrlich gesagt nicht vorstellen. Wenn sich einer die Mühe macht, eine Handtasche zu stehlen und danach 30 Kilometer zur Wohnung des Opfers zu fahren …«

»Dann wird er sich auch die Zeit nehmen, die Wohnung gründlich nach Wertgegenständen zu durchsuchen«, ergänzte Heiner.

Sein jüngerer Bruder nickte. »Zumal er die nötige Zeit hatte, denn wir mussten ja zuerst den Diebstahl bemerken, ihn anzeigen und nach Kaiserslautern zurückfahren.«

»Aber das würde ja bedeuten, dass es dieser Kerl womöglich nur auf unsere beiden Laptops abgesehen hat. Weshalb sollte er das tun?«, fragte Marieke. Sie saß auf einem Stuhl und streichelte ihren kugelrunden Bauch. »Was will er denn damit?«

Sie erhielt nur Schulterzucken zur Antwort.

Als erste Amtshandlung verscheuchte Karl Mertel, der Chef der kriminaltechnischen Abteilung, alle aus der Wohnung. Gemeinsam mit seinen Kollegen sicherte er Fingerabdrücke an der Eingangstür, an den Fenstern, Zimmertüren, Schränken und Tischen. Um fremde Fingerspuren identifizieren zu können, nahm einer seiner Mitarbeiter von allen Mitgliedern der Familie Tannenberg Vergleichsabdrücke. Nur die im Schlafzimmer ihrer Großeltern friedlich schlummernde kleine Emma blieb von dieser Prozedur verschont.

Eine halbe Stunde später erschien Mertel in der gemütlichen Wohnküche der alten Tannenbergs, wo ihn Margot mit einer Henkeltasse frischgebrühten Kaffees empfing. »Bitte schön, mein lieber Karl, diese Stärkung hast du dir wirklich verdient. Du Armer, musst mitten in der Nacht arbeiten. Komm, setz dich zu den anderen und bedien dich. Den Hefezopf habe ich heute Nachmittag frisch gebacken.«

»Das ist sehr lieb von Ihnen, Frau Tannenberg«, bedankte sich der Spurenexperte und machte sich über den Hefekuchen her. »Ihr müsst natürlich so schnell wie möglich alle Schlösser austauschen, sonst könnte dieser Mistkerl ja noch einmal bei euch einsteigen«, empfahl er schmatzend. »Von beiden Häusern selbstverständlich«, ergänzte er und wandte sich an Marieke. »Ich gehe davon aus, dass dir nicht nur der Schlüssel für deine eigene Wohnung geklaut wurde, oder?«

Marieke seufzte tief. »Nein, leider sind alle meine Schlüssel für unsere beiden Häuser weg.«

»Ich habe leider nur zwei Schließzylinder dabei. Die baue ich euch natürlich nachher ein. Am besten in die beiden Haustüren. Dann kommt keiner mehr rein.« Er fixierte den Leiter des K 1, der ihm direkt gegenübersaß, mit einem fordernden Blick. »Die brauche ich natürlich so schnell wie möglich wieder, Wolf.«

»Klar, ich besorge gleich morgen früh neue Zylinder.«

»Nee, mein Junge, das mache ich«, mischte sich sein Vater ein. »Du gehst zur Arbeit. Schließlich bin ich hier der Rentner, und nicht du! Hoffentlich kriegst du einen richtig schönen Brummschädel, du alter Suffkopp!«

»Jacob, hör endlich auf, den armen Wolfi immer so zu ärgern. Er hat's schwer genug«, zeterte Margot.

»Warum? Dieser Schmalspur-Kriminalist ist doch schuld an dem ganzen Schlamassel.«

»Wieso denn das?«, fragte Tannenberg gereizt. Sein Gesicht gefror zu einer zornigen Maske.

Wie ein Dirigent mit seinem Taktstock stach der Senior mit dem Zeigefinger auf seinen Sohn ein. »Du hast versagt. Als Polizist hättest du wachsamer sein müssen. Wenn ich dabei gewesen wäre, hätte niemand unbemerkt Mariekes Handtasche stehlen können.«

Tannenberg hatte keine Lust auf eine Kabbelei mit seinem streitsüchtigen Vater. Außerdem war er hundemüde und seine Kopfschmerzen steigerten sich ins Unerträgliche. Gähnend stemmte er sich über die Ellbogen in die Höhe. »Leute, ich muss dringend ins Bett«, verkündete er und blickte demonstrativ auf seine Armbanduhr. »In sechs Stunden ist die Nacht zu Ende und ich habe morgen einen anstrengenden Tag.«

Jacobs Augen blitzten geradezu vor Neugierde. »Wieso? Hast du etwa einen neuen Mordfall zu bearbeiten, von dem ich noch nichts weiß?«

Der Kriminalbeamte zuckte teilnahmslos mit den Schultern und schlurfte aus der Küche. Am elterlichen Schlafzimmer drückte er sanft die Klinke herunter und lugte durch den Türspalt. Die Flurbeleuchtung warf einen Lichtschein auf die kleine Emma, die eingerahmt von ihren Lieblingsstofftieren im Bett lag.

Oh Gott, wenn dich dieser verfluchte Einbrecher entführt hätte … Das würde ich nicht überleben, dachte er und zog vorsichtig die Tür ins Schloss.

# 2

»Guten Appetit, mein liebes Flöckchen«, säuselte Tannenberg in das Vorzimmer des K 1 hinein. »Und einen wunderschönen guten Morgen wünsche ich dir noch obendrauf«, schob er nach.

»Vielen Dank, Chef«, erwiderte die mit einer bunten Bluse und einem dunkelblauen Rock bekleidete Sekretärin. Irritiert zog sie das Kinn zum Hals. »Wieso sind Sie denn so gut gelaunt? Es ist doch Montagmorgen.«

»Ach, Flocke, weißt du, manchmal sind auch Montage wunderbare Tage«, flötete ihr Chef weiter.

»Etwa weil Johanna zurückkommt?«, fragte Petra Flockerzie mit einem verschmitzten Lächeln.

Tannenberg trat an ihren Schreibtisch heran und stemmte herausfordernd die Hände in die Hüften. »Woher weißt du denn das schon wieder?«

»Bestimmte Dinge weiß man eben«, orakelte Petra Flockerzie. Ihr dezentes Schmunzeln verwandelte sich in ein triumphales Grinsen. »Eine gute Chefsekretärin hat überall ihre Informanten sitzen.« Abrupt verdüsterte sich ihre Miene. »Deshalb weiß ich auch, dass irgendein Verbrecher Mariekes Handtasche gestohlen hat und danach mit ihrem Schlüssel in ihre Wohnung eingebrochen ist.«

»Das hast du bestimmt von Karl erfahren. Diese alte Tratschtante«, schimpfte ihr Vorgesetzter.

Die korpulente Mittfünfzigerin machte eine entschuldigende Geste. »Sie werden sicherlich verstehen, dass ich unter keinen Umständen meine Informanten preisgeben kann. Informantenschutz geht mir über alles.«

Tannenberg gab sich geschlagen. »Okay, okay.« Er befeuchtete seine Lippen mit der Zungenspitze und seufzte. »Ja, Flocke, beides ist richtig«, bestätigte er. »Hanne kehrt heute aus Hamburg zurück und Sonntagnacht wurde in Mariekes Wohnung eingebrochen.«

Sein Blick hakte sich an einer roten Brotbox fest, die aufgeklappt neben der Computertastatur stand. »Sag mal, was hast du denn heute Morgen für ein tolles Frühstück dabei?« Schelmisch grinste er über beide Backen. »Meine Mutter hat mir leider nur frischgebackenen Hefezopf eingepackt. Dick mit Butter bestrichen, versteht sich.«

»Hefezopf mit Butter«, stöhnte die Sekretärin und begann zu schmatzen. Resigniert ließ sie die Schultern hängen. »Und ich muss mich mit 200 Gramm Karotten begnügen.«

Tannenberg zog einen Mundwinkel nach oben. »Karotten sollen ja sehr gesund sein«, kommentierte er.

»Das stimmt schon, Chef, aber ...« Den Rest ließ sie unausgesprochen. Mit leidendem Blick starrte sie auf die Plastikbox.

»Was ist es denn diesmal für eine Diät?«, fragte Tannenberg einfühlsam nach.

Ein Ruck ging durch Petra Flockerzies Körper. Sie straffte die Schultern und dozierte: »Ich habe gestern die ebenso einfache, wie geniale Volumetrics-Diät entdeckt.«

»Was für 'n Ding?«

»Die Volumetrics-Diät«, wiederholte die korpulente Sekretärin, wobei sie die Worte in die einzelnen Silben zerlegte. »Sie wurde in den USA entwickelt und lässt sich auf folgende Kurzformel bringen: sich satt essen«, sie streckte den Zeigefinger in die Höhe, »*und* dabei abnehmen.«

»Das hört sich eindeutig nach einer Wunderdiät an.«

»Ist sie ja auch«, behauptete Petra Flockerzie. »Dieses revolutionäre neue Diät-Konzept setzt auf Lebensmittel mit geringer Energiedichte.«

Wolfram Tannenberg kratzte sich hinterm Ohr und brummte dabei skeptisch.

»Nehmen wir mal ein konkretes Beispiel, Chef«, fuhr die Sekretärin, jetzt ganz in ihrem Element, fort. »200 Gramm Schokolade haben viel, viel mehr Kalorien als 200 Gramm Möhren. Das ist doch jedem sonnenklar, oder?«

Der Leiter des K 1 nickte. »Ja, sogar mir.«

»Stellen Sie sich jetzt bitte zwei Tafeln Schokolade neben meinem Karottenberg vor. Was fällt Ihnen sofort ins Auge?«

»Die Karotten sind rot, die Schokolade ist braun.«

Petra Flockerzie zog mürrisch die gezupften Brauen zusammen. »Aber das meine ich doch nicht, Chef«, protestierte sie und wies auf ihre Brotbox. »Man sieht auf den ersten Blick, dass Karotten bei gleichem Gewicht mehr Volumen haben als Schokolade. Mit anderen Worten: Ihre Energiedichte ist geringer.«

»Jo, das leuchtet mir ein.«

Die Sekretärin hielt demonstrativ eine Karotte in die Höhe. »Aufgepasst, Chef: Eine amerikanische Ernährungswissenschaftlerin hat die Essgewohnheiten von schlanken und übergewichtigen Menschen miteinander verglichen. Dabei stellte sich heraus, dass diese Gruppen zwar unterschiedliche Kalorienmengen zu sich nahmen, aber das Gewicht ihrer Tagesportionen in etwa gleich war. Frauen zum Beispiel aßen etwa drei Pfund pro Tag.«

Tannenberg unterdrückte ein Gähnen. »Und wo ist nun die Pointe dieser angeblichen Diät-Revolution?«

»Die liegt doch auf der Hand, Chef: Zum Abnehmen muss man einfach nur möglichst viele Lebensmittel mit geringer Energiedichte essen.«

»Also drei Pfund Karotten am Tag.«

»Nein, Chef«, kam es gedehnt zurück, »natürlich darf man nicht nur Karotten essen, sondern auch anderes Gemüse, Obst oder Suppen.«

»Aber keinen frischgebackenen Butter-Hefezopf, oder?«

Petra Flockerzie lief das Wasser im Mund zusammen. Sie seufzte und wiegte den Kopf sanft hin und her. »Nein«, ächzte sie. Das lärmende Telefon riss sie abrupt aus ihren abschweifenden Gedanken.

»Das ist garantiert ein Bauer, der dir zwei Zentner Karotten verkaufen will«, spottete ihr Vorgesetzter.

»Haha«, konterte die Sekretärin und griff zum Telefonhörer. Während sie lauschte, legte sie ihre Hand auf die Hörmuschel. »Nein, Chef, es ist Ihr werter Herr Vater. Er wünscht Sie dringend zu sprechen«, sagte sie in ungewohnt gestelzter Form. »Ich lege das Gespräch in Ihr Büro.«

»Danke, Flocke«, erwiderte Tannenberg. Grinsend schnappte er sich eine Karotte, biss ein großes Stück ab und verschwand in seinem Dienstzimmer.

Der Kommissariatsleiter fläzte sich in seinen Ledersessel und nahm den Hörer ab. Sein Blick verfolgte eine Mücke, die sich gerade auf seiner Schreibtischunterlage niedergelassen hatte. »Was willst du alte Nervensäge denn schon wieder von mir?«, fragte er, wobei der freundliche Unterton in seiner Stimme nicht zu überhören war. »Hast du etwa schon unseren Einbrecher gefasst?«

»So gut wie«, tönte der Senior. »Ich habe nämlich einen sensationellen Ermittlungsdurchbruch zu vermelden.«

»Einen sensationellen Ermittlungsdurchbruch? Meinen aufrichtigen Respekt, Sherlock Holmes.«

Jacob ließ sich von dieser spöttischen Bemerkung nicht aus dem Konzept bringen. »Ich komme gerade aus der Stadt«, verkündete er. »Im Tchibo stand einer aus Erfenbach am Nebentisch ...«

»Und?«, fragte Tannenberg in die absichtlich gesetzte Pause hinein.

»Und dem seine Tochter studiert in Mainz. Achtung, jetzt kommt's. Hast du schon die Hände zum Applaus-Klatschen bereit?«

»Jo.«

»Also: Dieser Studentin ist genau dasselbe passiert wie unserer Marieke. Der wurde in einer Kneipe die Handtasche geklaut. Und als sie später nach Hause kam, war ihre Wohnung ausgeräumt.«

»Na ja, Vater, besonders spektakulär ist diese Information nun wirklich nicht. Solche Einbrüche passieren leider überall im Bundesgebiet. Und zwar häufiger, als man denkt.«

»Natürlich, aber im Gegensatz zu euch Schnarchnasen sind die Schutzleute in anderen Städten ganz anders auf Zack. Die Kripo in Mainz hat nämlich die Täter bereits kurz nach dem Einbruch geschnappt. Die Einbrecher gehörten zu einer osteuropäischen Bande, die in ganz Deutschland zugeschlagen hat.« Seine Stimme überschlug sich. »Auch schon hier bei uns in der Pfalz! Ist das nicht der Hammer?«

Tannenberg verdrehte die Augen. »Vater, wie sollen diese Leute denn in Heiners Haus eingebrochen sein, wenn sie von den Mainzer Kollegen verhaftet und inhaftiert wurden?«

»Du Quatschkopp«, fauchte es durch den Hörer. »Bist du so naiv, oder tust du nur so, he? Diese Verbrecher sind doch mafiamäßig organisiert. Es ist wie bei diesem Schlangen-Ungeheuer in der griechischen Sage: Schlägt man ihr einen Kopf ab, wachsen sofort mehrere nach. Bei diesen Verbrechern ist es doch genauso: Werden von denen welche gekascht, ruft der Boss kurz zu Hause an und ruckzuck kommt mit dem nächsten Transitbus krimineller Nachschub.«

»Okay, Sherlock Holmes, ich leite deine brandheißen Tchibo-Tipps gleich an die Kollegen vom Einbruchsdezernat weiter. Ich muss jetzt Schluss machen. In fünf Minuten beginnt die Frühbesprechung. Tschüss.«

Tannenberg legte auf und schnaufte erst ein paarmal kräftig durch. Anschließend las er den Abschlussbericht seines letzten Falls, den er noch heute der Staatsanwaltschaft vorlegen sollte.

»Che-ef«, quäkte es aus der Gegensprechanlage, »die Zentrale für Sie. Ein toter Jogger zwischen dem Gelterswoog und Queidersbach. Übernehmen Sie bitte?«

»Klar, Flocke, stell durch.«

Tannenberg gabelte Dr. Schönthaler in der Spaethstraße auf, wo der Rechtsmediziner in den tristen Katakomben des Westpfalzklinikums seine Arbeit verrichtete. Eine knappe Viertelstunde später trafen sie an einem Waldparkplatz in der Nähe des Queidersbacher Fußballplatzes ein. Die Streifenwagenbesatzung hatte den Leichenfundort weiträumig abtrassiert, und die Kriminaltechniker begannen gerade mit der Sicherung vermeintlicher Tatortspuren.

»Mensch, Karl, lass bloß deine Schweißpropeller von dem armen Mann!«, blökte Dr. Schönthaler an Mertel adressiert, der sich neben dem Toten niedergekniet hatte. »Vielleicht lebt die Leiche ja noch und erleidet einen tödlichen Schock, wenn sie deine gemeine Zuhälter-Visage sieht«, demonstrierte der Rechtsmediziner seinen berühmtberüchtigten Pathologenhumor.

Der altgediente Spurenexperte zuckte noch nicht einmal mit der Wimper, sondern schob unbeeindruckt die rechte Hand des Toten in eine Plastiktüte.

»Habt ihr seine Identität schon klären können?«, fragte Tannenberg einen jungen Uniformierten.

»Nein, Herr Hauptkommissar. Der Tote hatte weder Ausweispapiere noch Schlüssel, noch ein Handy bei sich. Und ein Auto haben wir hier in der näheren Umgebung auch nicht entdeckt. Womöglich wohnt das Opfer in Queidersbach und ist von dort aus zu seinem Waldlauf aufgebrochen. Mein Kollege ist nach Queidersbach reingefahren und fragt mal rum.«

»Gute Idee«, lobte der Leiter der Kaiserslauterer Mordkommission. Anschließend ging er zu Dr. Schönthaler, der inzwischen mit Mertels Hilfe den Leichnam auf den Rücken gedreht hatte.

Eingerahmt von Farnwedeln lag der Jogger in einem Berg bunten Herbstlaubes. Dem Anschein nach war er circa 25 Jahre alt, etwa einen Meter 85 groß und von sportlicher Statur. Die hellblaue, ballonseidene Jacke seines Trainingsanzuges war im Bauch- und Brustbereich von Blut durchtränkt.

»Wie du selbst aus diesen fünf Rissen im Stoff schlussfolgern kannst, kommen als Todesursache höchstwahrscheinlich mehrere Stichverletzungen in Betracht«, erklärte

Dr. Schönthaler. Er zeigte auf den linken Brustbereich des Toten. »Ich vermute mal tollkühn, dass allein schon diese Stichverletzung hier gereicht hätte, um diesen Frischluftfanatiker in einen stickigen Sarg zu befördern.«

»Aber warum dann vier weitere Stiche, wenn schon dieser eine tödlich war?«, murmelte Tannenberg vor sich hin.

»Vielleicht wusste der Täter nicht so genau, wo sich bei einem vis-à-vis stehenden Menschen das Herz befindet. Schließlich ist es dann ja auf der anderen Seite. Vielleicht hat er deshalb ein wenig herumprobiert.«

»Blöde Theorie, Rainer«, rüffelte der Chef-Ermittler.

»Dann eben mal ernsthaft: Wir wissen, dass eine derartige Tatausführung auf eine hohe emotionale Erregung hinweist, die wiederum …«

»… häufig auf eine Beziehungstat schließen lässt«, vollendete sein Freund.

Der Rechtsmediziner stimmte mit einer Kopfbewegung zu. »Es sieht übrigens ganz danach aus, als ob sich unser Toter überhaupt nicht gewehrt hätte. Keine abgebrochenen Fingernägel oder …«

»Also ein Überraschungsangriff?«, schnitt ihm der Kriminalbeamte das Wort ab.

»Ja, die Tat könnte sich so abgespielt haben. Aber vielleicht entdecke ich ja doch noch den einen oder anderen Hautpartikel unter seinen Nägeln.« Dr. Schönthaler schnäuzte sich trompetenartig die Nase.

»Dann hätten wir die DNA des Täters.«

Sein Gegenüber nickte zufrieden und schmierte seine Lippen mit einem Fettstift ein. »Und dann hättest du endlich mal deinen einfachen, schnell zu lösenden Fall, von dem du schon so lange träumst.«

»So einen hätte ich mir durchaus auch mal verdient, nach all diesen mysteriösen Mordfällen, mit denen ich mich in den letzten Jahren herumzuplagen hatte.«

»Dann wollen wir mal das Beste für dich hoffen.«

»Herr Hauptkommissar«, rief der junge Streifenpolizist und wedelte aufgeregt mit seinem Handy. »Mein Kollege hat anscheinend die Mutter des Toten ausfindig gemacht.«

»Sehr gut«, kommentierte der Leiter des K 1.

»Er hat ihr das Aussehen des Mannes und seine Kleidung beschrieben. Danach handelt es sich bei dem Mordopfer um Dennis Richter, 24 Jahre alt, wohnhaft in der Hauptstraße 187. Er arbeitet bei Opel, hat aber gerade Urlaub.«

»Aha, also ein Opelaner«, murmelte Dr. Schönthaler, woraufhin ihm Tannenberg einen irritierten Blick zuwarf.

»Dieser Dennis Richter spielt beim FC Queidersbach Fußball«, ergänzte der diensteifrige Polizist. »Wegen eines Kreuzbandrisses befindet er sich zurzeit im Aufbautraining.« Er klatschte sich an die Stirn. »Deshalb ist er mir auch gleich so bekannt vorgekommen. Ich glaube, ich habe sogar schon gegen ihn gespielt. Das sind aber keine erfreulichen Erinnerungen, denn wir verlieren leider immer gegen die Queidersbacher.«

Wolfram Tannenberg hatte die letzten Sätze schon nicht mehr wahrgenommen, denn sein Gehirn beschäftigte sich mit dem, was ihm nun bevorstand. Der Besuch bei den Eltern, Geschwistern, Kindern oder Ehepartnern eines Mordopfers war für ihn das Allerschlimmste an seinem Job. Wie gerne hätte er diese Aufgabe einem seiner Mitarbeiter übertragen, am liebsten Sabrina Schauß. Aber seine junge Kollegin stand ihm gegenwärtig nicht zur Verfügung, denn sie nahm gemeinsam mit ihrem Ehemann Michael an einer Fortbildung in der Interpolzentrale in Lyon teil. Und Kriminalhauptmeister Geiger hatte sich letzte Woche krankgemeldet.

Aber dieser unangenehme Teil seines Berufes musste nun einmal schnellstmöglich erledigt werden. Die Angehörigen eines Mordopfers konnten oft wertvolle Informationen zur Ergreifung des Täters liefern. Und in diesem Fall war Eile geboten, schließlich lief ein gemeingefährlicher Messerstecher frei herum. Es konnte nicht ausgeschlossen werden, dass sich der Mörder in einem psychischen Ausnahmezustand befand, der ihn möglicherweise zu einer tickenden Zeitbombe machte. Vielleicht hatte er ja auch noch weitere Opfer auf seiner Todesliste.

Eingedenk dieses Furcht einflößenden Szenarios brauste Tannenberg nach Queidersbach. Kurz hinter dem Ortsschild der Gemeinde begegnete ihm ein Streifenwagen. Als er seinen alten Freund Krummenacker hinter dem Steuer erkannte, betätigte er die Lichthupe und bedeutete ihm, anzuhalten. Der Kriminalhauptmeister fasste seine Erkenntnisse kurz zusammen und erklärte ihm den Weg.

Mit einem flauen Gefühl im Magen läutete Tannenberg an einem unscheinbaren Einfamilienhaus, das in der Hauptstraße direkt an die Nachbarhäuser angrenzte. Es dauerte eine Weile, bis Monika Richter die Haustür öffnete. Und es dauerte noch bedeutend länger, bis er von ihr endlich die benötigten Informationen eingesammelt hatte. Immer wieder von Weinkrämpfen übermannt berichtete die arbeitslose Endvierzigerin, dass ihr Sohn Dennis ein überaus beliebter, hilfsbereiter und freundlicher Zeitgenosse gewesen sei, der vor allem seine Arbeit und den Sport im Sinn hatte. Ihres Wissens hatte er noch nie mit irgendjemandem Streit gehabt. Es gab keine Drohungen, Anfeindungen, nichts, aber auch rein gar nichts, was auf irgendeinen Konflikt hingedeutet hätte.

»Und warum wurde Ihr Sohn dann mit fünf Messerstichen getötet, wenn er so überaus beliebt, hilfsbereit und freundlich war?«, fragte Tannenberg, allerdings erst, als er wieder allein in seinem Dienstwagen saß und zurück zum Tatort fuhr.

Irgendwo wird sich doch wohl ein Motiv für solch einen brutalen Mord finden lassen. Zu jedem Mord gehört ein Motiv, nur welches?, fragte er sich. Vielleicht hat der junge Mann ja ein Doppelleben geführt, von dem seine Mutter nichts wusste. Oder er hatte ein Verhältnis mit irgendeiner verheirateten Frau, deren eifersüchtiger Ehemann ausgerastet ist. Ein kleines Lächeln huschte über sein Gesicht, als er an seine eigene Sturm- und Drangzeit dachte. Mutter hat damals auch das meiste von dem, was Heiner und ich so alles getrieben haben, nicht mitbekommen. Dem Himmel sei Dank!

Eine Stunde später huschte Wolfram Tannenberg durch den von Neonlicht gefluteten Klinikflur, der zum Totenreich des Rechtsmediziners führte. Immer, wenn er hier unten entlangeilte, packte ihn die kalte Angst im Genick und rüttelte ihn heftig durch, während sich ein Furcht erregender Albtraum in sein Bewusstsein drängte. In einer schwülen Sommernacht hatte er ihn zum ersten Mal aus dem Tiefschlaf gerissen. Seitdem begleitete ihn dieser Traum wie ein böser Fluch durch sein Leben.

Aus dienstlichen Gründen hat Dr. Schönthaler seinen

Freund um einen Besuch in der Pathologie gebeten. Tannenberg trippelt die Treppen hinunter und hastet durch den Korridor. Plötzlich öffnen sich die Wände, menschliche Skelette treten in den Flur und versperren ihm den Weg. Die Knochenmänner strecken ihre Hände nach ihm aus und versuchen, ihn zu greifen. Er dreht sich um, will flüchten, doch er kann sich keinen Millimeter von der Stelle bewegen. Die klapprigen Gestalten kommen immer näher und umzingeln ihn. Unzählige dürre Fingerknochen tippen auf ihm herum. Der Kreis wird immer enger gezogen …

Bei dieser Vorstellung jagten Tannenberg eisige Schauer den Rücken hinunter und sein Puls raste in ähnliche Dimensionen wie früher bei einer sportlichen Höchstleistung. Er beschleunigte seine Schritte, rannte nun den Flur entlang.

»Rainer, wo steckst du denn«, schrie er gegen seine Panikattacke an.

»Wo schon?«, blaffte es aus dem Sektionsraum zurück.

Dr. Schönthaler ließ sich von dem hechelnden Ankömmling nicht stören. In aller Seelenruhe beugte er sich über den Edelstahltisch, inspizierte eingehend die Stichverletzungen des Toten und besprach dabei sein Diktiergerät.

Tannenberg ging in das Arbeitszimmer seines Freundes, das nur durch eine raumhohe Glasscheibe vom Sektionssaal getrennt war. Er trank einen Schluck Wasser und kehrte zu Dr. Schönthalers Arbeitsplatz zurück. Seine Probleme waren mit einem Mal wie weggeblasen. »Und, gibt's was Neues, du alter Leichenschinder?«, frotzelte er.

»Das kann man wohl sagen«, entgegnete der Pathologe, ohne seine Arbeit zu unterbrechen.

»Und was?«, hakte sein Freund nach. »Lass dir doch nicht jeden Wurm einzeln aus der Nase ziehen.«

Dr. Schönthaler richtete sich auf und deutete mit dem Diktiergerät auf ihn. »Erst das Vergnügen, dann die Arbeit.«

»He?«

»Schenk du uns zuerst mal zwei Bellis ein, danach werde ich dir vielleicht etwas sehr Interessantes zeigen.«

Der Kriminalbeamte schlurfte in Dr. Schönthalers Büro, wo zwei Flaschen selbstgebrannter Mirabellenschnaps im Kühlschrank lagerten. Ohne die mit Leichenteilen bestückten Behälter auch nur eines Blickes zu würdigen, griff er sich die angebrochene Flasche und schlug schnell die Tür wieder zu. Schnaubend erhob er sich, ging zu seinem Freund und schenkte zwei Schnapsgläser voll.

»Prost, Rainer, auf die beiden mit Abstand attraktivsten pfälzischen Männer«, tönte Tannenberg.

Dr. Schönthaler musterte ihn mit einem abschätzigen Blick und deutete auf sein Brustbein. »Also auf mich trifft diese Feststellung ja hundertprozentig zu, aber …«

»Laber nicht rum, sondern trink! Und dann zeigst du mir endlich deine spektakuläre Entdeckung.«

»Lass du zuerst noch mal die Luft aus unseren Gläsern raus.«

»Alter Suffkopp«, grummelte der Kriminalbeamte, während er nachschenkte.

»Selber«, konterte der Rechtsmediziner und erhob sein Glas. »Dann stoßen wir doch am besten auf deinen neuen Fall an. Der wird nun möglicherweise doch interessanter, als wir vor zwei Stunden noch angenommen haben.«

»Mach's nicht so spannend, Mann«, schimpfte Tannenberg. »Ich muss gleich wieder weg.«

»Na, dann komm mal mit, du alte Schnapsdrossel«, forderte Dr. Schönthaler.

Er führte den Kriminalbeamten zur Edelstahlbahre, auf der das nackte Mordopfer rücklings lag. Der Pathologe stellte sich hinter den Kopf des Toten und beugte sich zu ihm hinunter. Doch urplötzlich schnellte sein Oberkörper wieder in die Höhe. Mit einem durchdringenden Blick musterte er seinen Freund von oben bis unten.

»Was 'n los?«, fragte der verdutzt.

»Wann hast du denn deine letzte Fangopackung erhalten?«

»He?«

Dr. Schönthaler nahm das Diktiergerät auf und führte es an seinen Mund. »Rainer Schönthaler an Basisstation: Einfache Frage, erbitte einfache Antwort.«

»Vorgestern bei der Rückenmassage«, antwortete Tannenberg mit geschürzten Lippen.

»Warum werden gerade älteren Männern häufig Fangopackungen verordnet?«

»Keine Ahnung.«

»Damit sie sich schon mal an die Erde gewöhnen können!« Dr. Schönthaler klatschte sich auf die Schenkel. »Ist der nicht gut?«

Tannenberg verzog sein Gesicht so, als ob er gerade in eine Zitrone hineingebissen hätte. »Nee«, gab er kurz und knapp zurück.

»Humorloser Geselle«, rüffelte der Rechtsmediziner.

»Komm jetzt endlich zur Sache, ich muss wirklich gleich weg.«

»Wohin denn?«

»Zur Staatsanwaltschaft«, erwiderte er angeekelt. Aus

Tannenbergs Miene konnte man deutlich die tiefsitzende Aversion herauslesen, die sich stets sofort in ihm breitmachte, wenn er an seinen Erzfeind Oberstaatsanwalt Dr. Hollerbach dachte.

Der Rechtsmediziner winkte ab. »Das hat noch Zeit. Der Hohl-Hohl-Hollerbach muss sich noch eine Weile gedulden.« Grinsend wies er auf eine Metallschale, die auf einem der Edelstahltische abgestellt war. »Willst du dir nicht zuerst den Mageninhalt des Toten anschauen?«

Tannenberg ließ Würgegeräusche verlauten. »Danke, kein Bedarf.«

»Ist auch ziemlich unspektakulär: Wellfleisch mit Sauerkraut und Kartoffelbrei. Da wird wohl irgendwo in Queidersbach einer eine Sau abgestochen und ein Schlachtfest gefeiert haben.« Mit Blick auf das Mordopfer ergänzte Dr. Schönthaler: »Der arme Kerl hier wurde ja ebenfalls abgestochen. Aber zum Glück hat ihn keiner zu Wurst verarbeitet.«

Tannenberg wurde immer unbehaglicher zumute. Unruhig verlagerte er sein Gewicht von einem Fuß auf den anderen. »Also deinen schwarzen Humor kann ich manchmal wirklich nicht nachvollziehen.«

»Warum eigentlich? Solche perversen Verbrechen hat es in unserem angeblich so zivilisierten und friedfertigen Land tatsächlich schon gegeben. Aber wegen deiner Sehnsucht nach Hollerbach schieben wir meine beißende Gesellschaftskritik dann eben beiseite.« Er zeigte auf das Genick des Toten. »Was siehst du hier?«

»Haut und Haare.«

»Sonst nix, du altersblinder Provinzbulle?«

»Nee.«

Mit der flachen Hand schob Dr. Schönthaler die Nackenhaare des Toten nach oben. »Und jetzt?«

Der Leiter der Kaiserslauterer Mordkommission betrachtete sich die Sache nun aus nächster Nähe. »Meist du diese beiden dunklen Punkte am Haaransatz?«

»Genau die meine ich, du Adlerauge«, bestätigte der Pathologe. »Und wodurch wurden sie verursacht?«

Tannenberg schob die Unterlippe vor und zuckte mit den Schultern.

»Na, rat doch einfach mal ins Blaue«, schlug der Gerichtsmediziner vor. »Vielleicht handelt es sich um einen Schlangenbiss? Oder vielleicht …« Grinsend stockte er und wartete auf eine Reaktion seines Freundes.

»Von einem Elektroschocker?«, spekulierte der Kriminalbeamte.

»Volltreffer, alter Junge«, lobte Dr. Schönthaler. Er verschränkte die Arme vor der Brust und dozierte: »Man bezeichnet Verbrennungen mit diesen typischen Brandwunden als Strommarken. Sie entstehen, wenn elektrische Blitzentladungen mit 750 000 Volt auf die menschliche Haut einwirken.«

»So stark sind die?«, fragte Tannenberg ungläubig nach.

»Ja, so stark sind die«, echote der Pathologe. »Diese Stromstöße machen einen Angreifer wirkungsvoll und blitzartig kampfunfähig. Und zwar indem sie sein neuromuskuläres System lähmen. Somit ist ein Angreifer zu keinen kontrollierten Bewegungen mehr fähig, er verliert das Gleichgewicht und stürzt zu Boden. In unserem Fall ist der Jogger nach der Stromeinwirkung auf den Rücken gefallen …«

»Und der Täter hat dem am Boden liegenden Mann die

tödlichen Stichverletzungen beigebracht«, vollendete der Leiter des K 1.

Sein Gegenüber sog die Unterlippe ein und nickte. »Ja, so wird es wohl gewesen sein.«

»Aber wieso hat der Täter sein Opfer zuerst gelähmt und dann erstochen? Er hätte doch auch einfach wegrennen können.«

»Das wollte er wohl nicht, mein liebes Wölfchen«, bemerkte Dr. Schönthaler grinsend.

»Du gehst also von einem eindeutigen Tötungsvorsatz aus.«

Der Rechtsmediziner breitete seine Arme zu einer fragenden Geste aus. »Hast du eine andere stichhaltige Erklärung parat?« Als sein Freund nicht reagierte, schob er nach: »Durch den Einsatz des Elektroschockgerätes war der Jogger völlig wehr- und schutzlos. Und somit konnte der Mörder seinen Vorsatz gefahrlos in die Tat umsetzen. Deshalb habe ich übrigens auch keine Abwehrspuren bei unserem Toten hier entdeckt.«

»Vielleicht wollte der Täter vor allem verhindern, dass sein Opfer schreit«, meinte Tannenberg. Er legte die Stirn in Falten und knetete sein Kinn. »Der Einsatz des Elektroschockers wirft unsere bisherige Arbeitshypothese allerdings völlig über den Haufen.«

»So ist es«, stimmte der Rechtsmediziner zu. »Fortan sollten wir davon ausgehen, dass wir es nicht mit einer Tat im Affekt im Sinne einer emotionalen Kurzschlusshandlung zu tun haben, sondern höchstwahrscheinlich mit einem eiskalt geplanten Mord.«

»Aber warum denn mitten im Wald?«

Während die Frage unbeantwortet durch den Sektionsraum schwebte, ertönte in Dr. Schönthalers Büro die ›Spiel mir das Lied vom Tod‹-Melodie, die sich der Pathologe schon vor langer Zeit als Handy-Klingelton heruntergeladen hatte.

»Ja, wir kommen sofort«, sagte Dr. Schönthaler und legte auf.

»Wer war das denn?«, wollte Tannenberg neugierig wissen.

»Deine Mutter. Sie konnte dich nicht …«

»Um Gottes willen. Ist zu Hause etwas passiert?«, schnitt ihm der Leiter des K 1 das Wort ab.

»Ja. Deshalb sollen wir auch so schnell wie möglich in die Beethovenstraße kommen.«

Wolfram Tannenberg stand der Schock ins Gesicht geschrieben. »Was ist passiert?«, fragte er mit gepresster Stimme.

»Etwas, das bei euch jeden Tag exakt um 12 Uhr passiert: Das Mittagessen steht auf dem Tisch und wartet sehnsüchtig darauf, von uns verspeist zu werden.«

»Da bist du ja endlich, Wolfi«, sagte Margot Tannenberg mit vorwurfsvollem Unterton. Sie stand am Herd und rührte in einem Kochtopf herum. »Du weißt doch ganz genau, dass bei uns pünktlich um 12 Uhr zu Mittag gegessen wird.«

»Ja, natürlich, Mutter, aber ich hatte heute eigentlich nicht vorgehabt, bei euch zu essen.«

Margot zog abschätzig die Mundwinkel nach unten. »Sondern in dieser ekligen Kantine, wo es nur ungesunde Sachen gibt?«

»Nein, ich wollte …«

»Bist wohl im Ermittlungsstress, he?«, warf Jacob dazwischen, ohne von seiner Bildzeitung emporzuschauen.

»Wahrscheinlich rennt ihr alle mal wieder blind im Kreis rum. Stimmt's oder hab ich recht?«

»Nein, Vater, leider kann ich deine Vorurteile wieder einmal nicht bestätigen. Wie immer arbeiten wir sehr professionell und hochkonzentriert. Nahezu minütlich treffen bei uns neue Informationen ein«, flunkerte der Kriminalbeamte.

»Und welche?«

Tannenberg genoss sichtlich das kleine Spielchen mit seinem neugierigen Vater. Er legte den Kopf schief und strich sich schmunzelnd über eine Augenbraue. »Zum Beispiel habe ich gerade sehr interessante Dinge von Rainer erfahren.«

Das Gesicht des Seniors blitzte auf. »Na, dann setzt euch mal hin. Und dann erzählt mir der liebe Rainer in aller Ruhe, was er herausgefunden hat.«

Wolfram Tannenberg antwortete nicht, sondern wandte sich an seine Mutter. »Was gibt's denn eigentlich Feines?«, versuchte er vom Thema abzulenken.

»Krautwickel mit Püree und Specksoße«, erwiderte Margot.

»Komm, Rainer«, knurrte der Senior, »raus mit der Sprache.«

»Nix da, erst wird gegessen!«, stellte die alte Dame in unmissverständlichem Ton klar.

Tannenberg klatschte sich eine große Portion Kartoffelpüree auf den Teller. In der Mitte formte er eine Kuhle und legte einen braun gebratenen Krautwickel hinein, den er mit reichlich Soße übergoss.

»Klasse Idee, Mutter, Krautwickel habe ich schon ewig nicht mehr gegessen«, freute er sich.

»Dann isst dich jetzt mal richtig satt, Wolfi. Du brauchst schließlich viel Kraft für deine anstrengende Arbeit.«

»Du mit deiner ewigen Verwöhnerei«, schimpfte ihr Ehemann. »Dieser sture Bock arbeitet nicht im Steinbruch, sondern sitzt die meiste Zeit über faul in seinem Büro herum.« Anschließend wandte er sich an den Pathologen: »Rainer, dann sag du mir halt endlich, was Sache ist.«

Während Dr. Schönthaler sich mit einem dicken Bindfaden abmühte, mit dem das Weißkrautblatt um die Hackfleischfüllung gewickelt war, informierte er den wissbegierigen Rentner über das zentrale Obduktionsergebnis.

Wie immer ermahnte Tannenberg sogleich seinen Vater mit eindringlichen Worten zur strikten Verschwiegenheit: »Schnabel halten, Sherlock Holmes, sonst war das die letzte Info, die du von uns erhalten hast.«

»Das funktioniert so nicht«, grummelte der Pathologe, der sich mit dem widerborstigen Bindfaden abmühte. Er zog ein Skalpell aus der Innentasche seines Sakkos und durchtrennte die Schnur an mehreren Stellen.

»Hast du damit vorhin die Leiche aufgeschnitten?«, fragte Jacob.

Entsetzt schlug sich Margot die Hand vor den Mund.

Rainer Schönthaler lachte herzhaft und hielt das Skalpell in die Höhe. »Keine Sorge, liebe Frau Tannenberg, dieses Messer habe ich noch nie benutzt. Das Ding habe ich nur zu Selbstverteidigungszwecken eingesteckt.« Er bedachte Tannenberg mit einem verschwörerischen Blick. »Wie andere Leute einen Elektroschocker.«

»Du meinst, dieser ermordete Jogger könnte den Elektroschocker dabeigehabt haben, um sich im Notfall damit zu verteidigen?«, warf Jacob eine neue Möglichkeit in den Ring der Spekulationen. »Dann hat er vielleicht mit diesem Anschlag gerechnet. Du musst unbedingt das persönliche Umfeld des Toten überprüfen.«

»Danke für diesen extrem wertvollen Tipp«, höhnte Tannenberg. »Von alleine wäre ich da nie draufgekommen.«

»Theoretisch ist das schon denkbar«, mischte sich Dr. Schönthaler ein. »Aber dann hätte der Täter seinem Opfer das Gerät abnehmen müssen. Schwer vorstellbar, wenn es eingeschaltet ist. So ein Elektroschocker hat eine enorme Abschreckungswirkung.« Er schüttelte den Kopf. »Nein, nein, diese Variante erscheint mir sehr unwahrscheinlich.«

»Mir auch«, pflichtete ihm sein Freund bei.

»Sag mal, Wolf, die Tatwaffen hat die Spusi noch immer nicht gefunden, oder?«, wollte der Rechtsmediziner wissen.

»Nein, aber Karl und seine Leute stellen heute noch einmal die gesamte Umgebung des Tatorts auf den Kopf. Allerdings befürchte ich, dass der Täter Elektroschocker und Stilett mitgenommen hat.«

In diesem Augenblick stürmte Heiner in die elterliche Wohnküche. »Mensch, hier riecht es so verdammt gut«, schwärmte er. »Ich hoffe, ihr habt noch etwas für eine arme, hungrige Poetenseele übriggelassen?« Er machte eine ausladende Geste und verkündete wie ein Theaterschauspieler: »Wohl an, ihr kulturlosen Barbaren, lauscht nun dem brandneuen kriminalpoetischen Meisterwerk eures begnadeten Wortakrobaten.«

Margot und der Rechtsmediziner richteten lächelnd ihre Stühle zu ihm aus, wogegen Tannenberg die Augen verdrehte und Jacob demonstrativ in seiner Zeitung zu schmökern begann.

»Mein soeben fertiggestelltes, nobelpreisverdächtiges Poem trägt den Titel ›Das Zisch-Gedicht‹«, posaunte Heiner lauthals in die elterliche Wohnküche. »Wie ihr gleich feststellen werdet, ist es bedeutend moderner gestaltet als seine Vorgänger.« Er räusperte sich, warf sich in Pose und entließ seinen vermeintlichen lyrischen Geniestreich in die Freiheit:

»Ein Brecher bricht
Spuckt aus die Gischt

Einbrecher bricht
Letztes Gericht«

»Reim dich oder ich fress dich«, spottete Tannenberg.

»Vielleicht solltest du besser Regenwürmer züchten, als diesen albernen Mist zu verzapfen«, grummelte sein Vater.

Heiner mimte den Beleidigten. »Wisst ihr was: Manchmal schäme ich mich richtig, dass ich mit euch elenden Kunst- und Kulturbanausen unter einem Dach leben muss. Ihr seid …«

Weiter kam er nicht, denn sein Bruder fiel ihm ins Wort:

»Heiner, stopp!
Welch ein Flop.

Noch so 'n Spruch –
Kieferbruch!«

»Respekt, Wolf, das reimt sich sogar«, lobte der Pathologe und ließ grinsend sein Skalpell in der Jacke verschwinden.

# 3

Zufrieden betrachtete er sein Werk.

»Nach dieser gelungenen Ouvertüre werde ich mir nun eine kleine Belohnung gönnen«, entschied er.

Anschließend fuhr er mit seiner alten E-Klasse-Limousine in die Kaiserslauterer Innenstadt. An der Kreuzung zwischen Barbarossaschule und Arbeitsamt herrschte das übliche Chaos: In jeder der vier Himmelsrichtungen wartete ein Autofahrer darauf, dass er endlich die Kreuzung überqueren konnte.

Da hier aber jeder vor jedem Vorfahrt hatte und außerdem ein Zebrastreifen die Lage zusätzlich verkomplizierte, ging überhaupt nichts mehr. Hektische Anfahr- und Bremsmanöver, böse Flüche, wüste Beschimpfungen und nervige Hupgeräusche wechselten sich ab. Erst als einer der gestressten Autofahrer die Warnblinkanlage einschaltete, sich mitten auf die Kreuzung stellte und als Hilfspolizist gestenreich den Verkehr regelte, löste sich der Stau allmählich auf.

Im Kreisverkehr am Kolpingplatz schwenkte der Mercedesfahrer in die Bruchstraße ein. Vor dem klotzigen Gebäude der Landesversicherungsanstalt bog er in die Karpfenstraße ab, wo er auch gleich eine Parkgelegenheit fand. Vorschriftsmäßig zog er einen Parkschein und deponierte ihn hinter der Windschutzscheibe. Anschließend schlenderte er durch die Bismarckstraße zum Stiftsplatz.

Das sonnige und milde Herbstwetter hatte die Freiluftsaison der Straßencafés um mehrere Wochen verlängert.

Um die Stiftskirche herum waren alle Tische besetzt. Doch er hatte Glück, denn als er vor dem Eiscafé Dolomiten eintraf, erhob sich wie auf Kommando ein junges Pärchen von seinen Sitzen. Er nahm Platz und orderte einen Milchkaffee sowie ein großes Spaghettieis.

Gedankenversunken beobachtete er eine Weile die vorbeieilenden Passanten. Als im Turm der Stiftskirche die ersten Töne des Carillons erklangen, schloss er die Augen und lauschte andächtig dem virtuosen Glockenspiel.

Doch keine Minute später riss ihn der gellende Schrei eines Säuglings abrupt aus seinem Musikgenuss. Unwillkürlich wandte er den Kopf zur Lärmquelle hin, einem Kinderwagen, der drei Tische von ihm entfernt in Richtung des Schillerplatzes abgestellt war. Sein Blick hakte sich an einem bunten Mobile fest, das über dem strampelnden kleinen Quälgeist herumbaumelte.

Mit solch einem nervigen Wackelding haben mich meine Eltern damals garantiert auch zwangsbeglückt, zwecks intellektueller Frühförderung ihres einzigen Sprösslings, dachte der Mann. Er kniff die Brauen so fest zusammen, dass sich über seinem Nasenrücken zwei tiefe vertikale Furchen bildeten. Erinnern kann ich mich allerdings nicht an ein Mobile. Merkwürdig.

Na ja, vielleicht haben mich meine bildungsbesessenen Alten ja auch damit verschont. Zumindest hing keins über meinem Bettchen. Das weiß ich ziemlich sicher. Schließlich bezieht sich meine erste bewusste Erinnerung auf ein Erlebnis, das ich als kleiner Wurm in meinem Kinderbett hatte. Er seufzte tief. Tja, dieses schicksalhafte Ereignis hat meinen weiteren Lebensweg entscheidend beeinflusst.

Sein Gehirn projizierte ihm die damalige Situation auf seine innere Leinwand.

Er ist drei Jahre alt, liegt auf dem Rücken in seinem Gitterbettchen und ist gerade wach geworden. Verschlafen reibt er sich die Äuglein und schaut hinauf zur ausgeschalteten Deckenlampe. Plötzlich entdeckt er etwas, das er noch nie zuvor gesehen hat: An der Kinderzimmerleuchte, einer kitschigen weiß-blauen Schäfchenwolke, baumelt an einem dünnen Faden eine Spinne.

Fasziniert begleitet sein Blick das Tier, das als lebendiges Pendel sanft hin- und herschwingt. Wie an einem Kletterseil hangelt sich die kleine Spinne ein paarmal den Faden hinauf und seilt sich anschließend wieder ab.

Auf einmal bleibt sie stehen und putzt sich. Fasziniert beobachtet er das achtbeinige Tier, wie es sich immer weiter zu ihm herabsinken lässt. Er streckt die Händchen nach ihm aus, möchte es näher betrachten und mit ihm spielen.

Plötzlich ein lautes Klatschen – und alles ist vorüber. Seine Mutter, eine ungewöhnlich furchtlose und resolute Frau, hat die kleine Spinne zwischen den Handflächen zerquetscht. Während sie einen wüsten Fluch ausstößt, öffnet sie die Hände und entfernt angewidert die leblose Masse mit einem Papiertaschentuch.

Dieser Anblick schockt ihn dermaßen, dass er sich weder bewegen noch schreien kann. Erst nachdem seine Mutter den Raum verlassen hat, löst sich seine Schockstarre langsam. Er drückt den Kopf ins Kissen und weint bitterlich.

Wie mit einem rotglühenden Brandeisen hatte sich dieser barbarische Akt tief in seine Seele eingebrannt. Auch heute noch begann sofort eine explosive Mischung aus Abscheu und Wut in ihm zu brodeln, wenn er sich daran erinnerte, wie seine Mutter, ohne mit der Wimper zu zucken, ein wehrloses Gottesgeschöpf getötet hatte.

An diesem Morgen hatte er natürlich nicht ahnen können, dass dieser scheinbar lapidare Vorfall geradezu schicksalhafte Bedeutung für sein weiteres Leben gewinnen würde. Aber heute wusste er, dass dieses Erlebnis eine Initialzündung war. Denn an diesem Tag erwachte seine leidenschaftliche Liebe zu Spinnen. Fortan war er regelrecht besessen von diesen feingliedrigen Tieren, die eine geradezu magische Anziehungskraft auf ihn ausübten.

Während andere Kinder draußen herumtobten, spielten oder Schlitten fuhren, verzog er sich in sein Zimmer zu seinen Spinnentieren. Er beobachtete sie, fütterte sie und spielte mit ihnen. Stundenlang, tagaus, tagein.

Seine Eltern unternahmen alles Mögliche, um ihm diese ungewöhnliche Marotte auszutreiben. Sie erließen Verbote, schlossen die Terrarien im Keller ein oder brachten sie sogar einmal in einer Nacht- und Nebelaktion in den Zoo.

Aber er wehrte sich gegen diese barbarische Aktion: Zuerst riss er die geliebten Geranien seiner Mutter aus den Blumentöpfen und zertrampelte sie vor ihren Augen, dann zerstach er die Reifen ihres Autos. Und als auch das noch nicht half, setzte er sich nackt auf den Küchentisch und ritzte sich blutende Spinnennetzmuster in Arme und Beine.

Daraufhin gab sie klein bei und er durfte weiter seiner Passion frönen. Sein Vater, ein introvertierter Bibliothekar, hielt sich bei diesen Auseinandersetzungen stets dezent im Hintergrund. Wenn ihn seine Frau mit den Missetaten ihres Sohnes konfrontierte, schüttelte er immer nur stumm den Kopf.

Das tat er auch viele Jahre später, als seine Ehefrau eines Morgens ihre Koffer packte und zu ihrer lesbischen Freundin in die Toskana zog. Aber da war er selbst schon lange zu Hause ausgezogen – natürlich mit seinen Terrarien.

Bereits im zarten Kindergartenalter löste er in seiner Umgebung permanent Erstaunen und Kopfschütteln aus, zum Beispiel, wenn er sich zum Geburtstag oder zu Weihnachten keine alterstypischen Geschenke wünschte, sondern Bildbände oder Fachbücher zum Thema ›Spinnen‹. Im Alter von fünf Jahren brachte er sich das Lesen anhand dieser Fachliteratur selbst bei.

Sehr verwundert reagierten seine Eltern und Erzieher auch, als er an Fasching sämtliche Vorschläge zur Zauberer-, Indianer- oder Cowboy-Kostümierung brüsk ablehnte und auf einer Verkleidung als Spinne bestand.

Schon damals war sein liebster Aufenthaltsort außerhalb seines Kinderzimmers die Universitätsbibliothek, in die er seinen Vater in den Ferien fast jeden Tag begleiten durfte. Im Fachbereich Biologie tauchte er in seine eigene Welt ein, zeichnete aus den Fachbüchern die schönsten Spinnen ab, las alles über Ernährung, Fortpflanzung und Verbreitungsgebiete, was ihm in die Finger kam. In der Mittagspause oder bei Dienstschluss musste ihn sein Vater regelrecht zwischen den Bücherregalen hervorzerren.

Aufgrund seines ungewöhnlichen Hobbys entwickelte er sich bereits im Kindergartenalter zum Außenseiter. In der Grundschulzeit verstärkte sich dieses Phänomen noch einmal deutlich. Zum einen, weil er ein gewisses Sendungsbewusstsein entwickelte und unbedingt die Lehrer und Klassenkameraden für das Thema ›Spinnen‹ begeistern wollte. Und zum anderen, weil sich die älteren Kinder ihm gegenüber bedeutend aggressiver gebärdeten, als er dies aus der Kindertagesstätte gewohnt war.

Besonders litt er unter den Mädchen. Denn im Gegensatz zu den Jungs, die ihm zwar ab und an eine kleine Abreibung verpassten oder ihm eine zerquetschte Spinne auf seinen Tisch legten, ihn aber ansonsten meist in Ruhe ließen, ärgerten ihn die Mädchen ständig.

Nachdem ihm eine seiner Klassenkameradinnen den Spitznamen ›Spinner‹ gegeben hatte, riefen sie ihm diesen Namen immer und überall hinterher. Diese Hänseleien führten dazu, dass selbst die Lehrer und Eltern untereinander nicht seinen Vornamen, sondern seinen Spitznamen benutzten.

Doch eines Tages wurde es ihm zu bunt und er brachte ein ausgesprochen schönes und großes Exemplar einer Vogelspinne mit in die Schule. Er behauptete, dass diese Riesenspinne sehr giftig sei. Das stimmte zwar nicht, denn die Wirkung des Spinnengifts war nicht schlimmer als die eines Wespenstiches, aber die Drohung mit dem Biss der Theraphosa erzielte die erhoffte Wirkung: Aus Angst machten seine Peiniger seit diesem Tag einen großen Bogen um ihn. Seinen Spitznamen hörte er in der Grundschule seitdem nicht mehr.

Auch später im Gymnasium behielt er seine Außenseiterrolle bei. Die Mädchen in der Klasse ärgerten ihn zwar nicht, dafür ignorierten sie ihn meistens. Damit konnte er besser leben als mit diesem Psychoterror in der Grundschule. In der siebten Klassenstufe änderten die Jungs seinen Spitznamen und aus ›Spinner‹ wurde ›Spider‹, ein Name, der ihm durchaus gefiel, schließlich hatte er einen berühmten Namensvetter: den Spider-Man.

An dieser Schule zollte man ihm nun auch endlich jene Anerkennung, auf die er so lange hatte warten müssen. Einer der Biologielehrer war derart von seinem fundierten Fachwissen über die Welt der Spinnen begeistert, dass er sogar gemeinsam mit ihm Vorlesungen an der Universität, bei Fachkongressen und Spinnenausstellungen besuchte.

Die Wertschätzung seiner außerunterrichtlichen Leistungsbereitschaft trieb noch eine weitere, allerdings ziemlich seltsame Blüte: Irgendwann in der sechsten Klassenstufe entdeckte seine geltungssüchtige Mutter urplötzlich ihren Sohn, respektive die Chancen, die sich ihr durch sein ungewöhnliches Faible boten.

In der Schule spielte sie sich von nun an als förderwütige Mentorin eines hochbegabten naturwissenschaftlichen Genies auf, obwohl er außer in Biologie nur mit mäßigen schulischen Leistungen aufwarten konnte. Ihr Sohn ermöglichte ihr nun das, wonach sie sich zeitlebens gesehnt hatte: Endlich im Rampenlicht zu stehen und sich bewundern zu lassen.

Mit ihrem leidenschaftlichen Engagement drängte sie ihn zur Teilnahme an ›Jugend forscht‹, wo er doch tatsächlich auf Landesebene den Sieg einheimste. Mehrfach führte sie Fernseh- und Zeitungsjournalisten ihren Sohn wie einen Tanzbären vor. Ja, sie schaffte es sogar, den jungen Spinnenexperten in einer Kinderausgabe von ›Wetten, dass …?‹ unterzubringen.

Der Spider löffelte sein Spaghettieis, bezahlte die Rechnung und machte sich auf den Nachhauseweg. Als er in einem Hochhaus auf dem Betzenberg seine Wohnungstür aufsperrte und ein Paar Damenschuhe im Flur stehen sah, legte sich für einen Moment Schwermut über sein Gemüt. Aber nur einen winzigen Augenblick. Dann holte er aus und kickte die Schuhe in Richtung einer Mülltüte, die er eigentlich vorhin bei der Altkleidersammelstelle des Roten Kreuzes hatte abgeben wollen.

»Du blöde Schlampe«, zischte er wütend den Halbschuhen hinterher, »haust einfach ab und lässt mir auch noch deinen Scheiß zurück.« Er stopfte die Damenschuhe in die Tüte, verschloss sie und lehnte sie ans Türblatt, damit er sie ja nicht noch einmal vergessen konnte.

Nun erinnerte nichts mehr in dieser Wohnung daran, dass hier zwei Jahre lang eine Frau gemeinsam mit ihm gelebt hatte. Er hatte Dagmar übers Internet kennengelernt. Sie war sehr einsam und ausgesprochen dankbar gewesen, dass er sie nicht wie die vielen anderen Männer vor ihm gleich abblitzen ließ, als er ihren markanten Gehfehler bemerkte, den sie bei ihrem Posing im Internet verschwiegen hatte.

Zudem war sie auch sonst wahrlich keine Schönheit, sondern bezüglich ihres äußeren Erscheinungsbildes deutlich von der Natur vernachlässigt worden. Aber ihn störte das nicht, schließlich konnte er sich, wenn er die Schönheit der Natur genießen wollte, ja an der Ästhetik seiner achtbeinigen Lieblingstiere ergötzen.

Und dann war sie vor zwei Wochen urplötzlich verschwunden. Morgens fand er auf dem Küchentisch einen Zettel, auf dem ›Ich hab es in diesem Horrorkabinett einfach nicht mehr ausgehalten!!!‹ geschrieben stand.

Zwar hatte sie in der Vergangenheit manchmal eine Andeutung gemacht, dass ihr der Spinnentick ihres Freundes ein wenig auf den Wecker ging, aber mit solch einer harschen Reaktion hatte er nun wirklich nicht gerechnet. Zumal er auf ihre Kritik an dem in seiner Wohnung angeblich vorhandenen ›Spinnen-Gruselkabinett‹, wie sie wörtlich sagte, reagiert hatte.

Zähneknirschend hatte er im Wohnzimmer mehrere großformatige Fotografien abgehängt, zwei Terrarien in sein Arbeitszimmer gebracht und zudem die riesige Plastikspinne mit den herausnehmbaren farbigen Innereien in einem Schrank verschwinden lassen. Aber dieses Entgegenkommen hatte ihr offenbar nicht genügt.

»Scheißweiber«, fluchte er, als die Espressomaschine zu röhren begann.

Er gab reichlich Zucker in die mit einer goldgelben Crema gekrönte Brühe und nippte an der dickwandigen kleinen Tasse. Danach schlurfte er ins Wohnzimmer, fläzte sich auf die Ledercouch und beobachtete eine tagaktive Luchsspinne dabei, wie sie ein kleines Insekt zuerst mit ihrem Gift auflöste und anschließend aufsaugte.

Nach einem kurzen Mittagsschläfchen setzte er sich an seinen Schreibtisch und fuhr den Laptop hoch. Als Hintergrundbild erschien eine tiefschwarze Atrax Robustus, die giftigste Spinne der Welt. Er besaß fünf Exemplare der Sydney-Trichternetzspinne. Sie lebten in einem Terrarium, das über dem Kopfende des Doppelbetts postiert war, und bewachten die Schlafenden.

# 4

Ohne jegliche Vorwarnung schlug Kurt so heftig an, dass allen der Schreck in die Glieder fuhr. Für seine Verhältnisse flog der bärige, tollpatschige Familienhund förmlich durch die Küche hinaus in den Flur. Dann ein hochtöniges Quietschen und Jaulen, wodurch den Tannenbergs schlagartig klar wurde, dass gerade irgendein weiteres Familienmitglied die Wohnung betreten haben musste.

Aufgrund langjähriger Erfahrungswerte dauerte es nun ein, zwei Minuten, bis der Betreffende im Türrahmen der Küche auftauchte, denn so lange forderte Kurt seine Streicheleinheiten mindestens ein.

»Wow, siehst du spitzenmäßig aus«, rief Dr. Schönthaler begeistert.

Tannenberg dagegen brachte zunächst überhaupt keinen Ton heraus.

Johanna von Hoheneck hatte eine topmodische schwarze Lederjacke aus hochwertigem Lammnappa in tailliertem, figurbetontem Schnitt an. Dazu einen schokofarbenen, gepunkteten Rock und hochhackige Lederstiefel mit dekorativen Ziernähten. Ihre langen blonden Haare trug sie offen, ein markanter Kontrast zu ihrem schwarzen Lederoutfit.

Hanne umarmte ihren Lebensgefährten und drückte ihm einen herzhaften Kuss auf seinen vor Staunen immer noch offenen Mund.

»Mann, oh Mann, du siehst wirklich klasse aus«, schwärmte nun auch Tannenberg. »Und dann riechst du auch noch so verdammt gut.«

»Das liegt an meinem neuen Parfum, Wolf. Ich hab mir eben noch schnell ein paar Tropfen verpasst, damit du's auch ja bemerkst.«

»Wieso bist du eigentlich schon hier?«, fragte Tannenberg und legte ein Bein über das andere. Demonstrativ blickte er auf seine Armbanduhr. »Ich dachte, du kommst erst heute Abend aus Hamburg zurück.«

Hanne machte eine wegwerfende Handbewegung. »Ach, mir hat's irgendwie gereicht. Auf die Abschlussmatinee konnte ich getrost verzichten.« Sie schenkte Tannenberg ein strahlendes Lächeln. »Außerdem hatte ich solche Sehnsucht nach dir, dass ich es einfach nicht mehr ausgehalten habe und einen Zug früher genommen habe«, säuselte Hanne und streichelte seine Wange. Dann trat sie einen Schritt zurück und nahm eine Mannequinpose ein. »Gefällt euch mein neues Outfit wirklich?«

»Diese todschicken Sachen stehen dir wirklich unheimlich gut«, beteuerte Margot, begleitet vom zustimmenden Nicken der anwesenden Männer. »Du siehst aus wie ein Filmstar.«

Hannes Gesicht leuchtete auf. »Tja, so ein Ausflug nach Hamburg hat schon etwas. Dieses Weltstadtflair färbt irgendwie auf einen ab«, meinte sie. »Hättest eben mitkommen sollen, mein liebes Wölfchen.«

»Völlig zwecklos, Hanne, du kennst ihn doch«, warf der Rechtsmediziner grinsend ein. »Schließlich hasst er alles, was auch nur annähernd etwas mit Reisen zu tun hat. Am liebsten würde er seine Heimatstadt überhaupt nicht verlassen. Höchstens mal zu einem FCK-Auswärtsspiel. Und das hat er auch schon seit vielen Jahren nicht mehr getan. Die Fernreise vorgestern zum Dürkheimer Wurstmarkt hat ihn bereits an die Grenze seiner Belastbarkeit gebracht.«

Johanna von Hoheneck schmunzelte. »Wisst ihr, ob Emma zu Hause ist?«, wollte sie wissen. Sie schaute sich um und senkte die Stimme zu einem Flüstern. »Ich hab ihr einen total süßen Stoffbären mitgebracht.«

»Glaub schon, dass Emma da ist«, brummelte Jacob.

»Ich ruf sofort Marieke an«, mischte sich seine Ehefrau ein. »Ich hab sie vor höchstens fünf Minuten noch oben am Fenster gesehen. Also wird unser kleiner Sonnenschein jetzt auch nicht weit sein.«

Johanna bückte sich, zog den Reißverschluss ihres Trolley-Koffers auf und kramte darin herum. »Dir habe ich auch etwas mitgebracht«, sagte sie und überreichte Tannenberg eine große Papiertüte.

Tannenberg rieb sich heftig die Stirn, so als sei diese von einem plötzlichen Juckreiz befallen worden. »Was ist denn da drin?«, fragte er neugierig.

Johanna wartete noch einen Augenblick, dann zauberte sie ihr Mitbringsel aus der Tüte. »Ganz edle Espressobohnen direkt aus einer Spezialitätenrösterei in der historischen Speicherstadt«, erklärte sie. Anschließend fischte sie noch einmal in der Tüte. »Und die passenden Pralinen habe ich gleich dazu gekauft«, präsentierte sie strahlend eine bunte Schachtel.

In diesem Augenblick erschienen Marieke und ihre dreijährige Tochter in der Küche. Emma trug fliederfarbene Latzhosen und ein dunkelblaues Sweatshirt mit Stickereien. Marieke hatte Emmas lange blonde Haare zu Pippi-Langstrumpf-Zöpfchen geflochten. Der süße kleine Fratz rannte zu Kurt, legte sich in den Hundekorb und schmuste mit dem Tier. Zur Begrüßung zog ihr Kurt seine riesige Zunge über die Wange. »Bäh, du stinkst aus dem Maul«, beschwerte sich Emma und drehte den Kopf weg.

»Emma, schau mal, was ich dir mitgebracht habe«, säuselte Johanna und zauberte einen gut 30 Zentimeter großen braunen Stoffbären aus ihrem Koffer.

Mariekes Tochter stürzte sich auf Hanne und riss ihr das Stofftier aus der Hand. »Du heißt Brummi«, entschied sie, während sie den flauschigen Bären an sich drückte. »Komm, wir kuscheln mit Kurt, den magst du bestimmt auch.«

»Wie heißt das Zauberwort?«, fragte ihre Mutter.

»Danke«, kam es postwendend zurück.

Lächelnd verfolgte Marieke ihre Tochter, wie sie zurück in den Hundekorb kletterte. Doch urplötzlich zeigten sich Sorgenfalten auf ihrer Stirn. »Es trifft sich gut, dass du hier bist, Wolf. Ich wollte dich nämlich gerade anrufen.«

»Hat der Einbrecher noch etwas anderes mitgehen lassen?«, formte Tannenbergs seinen ersten Gedanken in Worte.

»Nein, nein«, erwiderte Marieke. »Ich hab nur vorhin eine ziemlich merkwürdige E-Mail erhalten.« Sie stellte einen Laptop auf den Küchentisch, klappte ihn auf und schaltete ihn ein.

»Ich dachte, dein Laptop wurde gestohlen«, stieß Dr. Schönthaler verdutzt aus.

»Das stimmt ja auch, Rainer. Das hier ist Papas alter Kasten. Er hat ihn ausgemustert, als er sich seinen neuen Apple gekauft hat.« Die Hochschwangere ließ sich auf einen Stuhl gleiten und legte die linke Hand auf ihrem kugelrunden Bauch ab.

Ihre Großmutter schwelgte in Erinnerungen und seufzte ergriffen: »Ach Gott, mein Kind, ich weiß noch sehr gut, wie ich mit Heiner und Wolfi in anderen Umständen war.« Margot winkte ab und schob in verschwörerischem Ton nach: »Die Männer waren früher bei der Geburt ja nicht dabei.«

Jacob schaute kurz von seiner Zeitung auf. »Gott sei Dank ist dieser blutige Kelch an mir vorübergegangen«, grummelte er. Dann strich er sich mit dem Finger über den Nasenrücken und wandte sich wieder dem Lokalteil zu.

»Als Wolfi auf die Welt kam, war sein Vater auf dem Fußballplatz«, sagte die alte Dame mit vorwurfsvollem Unterton.

»Zum Glück, sonst hätte ich nämlich den grandiosen 4:1 Heimsieg gegen Preußen Münster verpasst«, warf ihr Ehemann ein. »Der Stadionsprecher hat damals in der Halbzeit bekanntgegeben, dass ich Vater geworden bin. Und dann musste ich diesen Freibiergesichtern um mich herum auch noch ein paar Runden BBK-Export spendieren.«

Margot überging die Bemerkungen ihres Ehemanns. »Schläft Emmas Brüderlein?«, fragte sie mit verzücktem Blick auf Mariekes riesige Kugel.

»Nein, nein, der spielt anscheinend auch gerade Fußball«, gab Marieke lächelnd zurück, ohne ihren Blick vom Bildschirm zu wenden.

Wolfram Tannenberg stellte sich hinter seine Nichte und schaute ihr über die Schulter. »Zeig mir bitte doch bitte mal, was über dich im Internet zu finden ist.«

»Das haben wir gleich, Wolf. Ich bin Mitglied in mehreren Communitys, aber hauptsächlich laufen meine Kontakte über dieses Netzwerk hier«, sagte Marieke, wobei sie mit dem Finger auf das Display des Laptops wies. Mit flinken Fingern hämmerte sie ihr Kennwort in die Tastatur. »Normalerweise muss ich diese Daten nicht eingeben, denn die Passwörter sind auf meinem Laptop gespeichert.

Dadurch habe ich direkten Zugriff auf meine Communitys.«

»Hm«, machte Tannenberg.

Die Startseite des sozialen Netzwerkes empfing die Benutzerin mit Einladungen zu diversen Events, einer Auflistung aller möglichen Gruppen und der Mitteilung, dass mehrere E-Mails für sie eingetroffen seien. Zudem blinkte der Namen einer Userin, die anfragte, ob Marieke ihre Freundin sein möchte.

Tannenberg grunzte und hob spöttisch die Augenbrauen. »Kennst du überhaupt eine Frau mit diesem Namen?«, fragte er.

»Dazu müsste ich erst auf ihre Seiten und mich über sie informieren. Erst dann entscheide ich für gewöhnlich, ob ich diesen Kontaktwunsch zulasse.« Marieke Tannenberg scrollte nach unten.

»Was sind denn das für Fotos?«, stieß der Kriminalbeamte erstaunt aus.

»Ach, das sind Familienfotos, Klassenfotos, Urlaubsfotos und so weiter.«

»Hast du denn keine Angst, dass die irgendein perverser Spanner oder Stalker in die Finger bekommt?«

Marieke schüttelte energisch den Kopf. »Quatsch, Wolf, das machen doch heutzutage alle Leute so.«

»Da ist ja auch ein Foto, auf dem dein dicker Bauch zu sehen ist. Somit weiß doch jeder, dass du schwanger bist.«

»Ja und? Das können ruhig alle wissen«, entgegnete Marieke trotzig. »Schließlich ist eine Schwangerschaft der schönste Zustand, den es gibt.«

Der Kriminalbeamte brummte. »Zeigst du mir jetzt bitte diese E-Mail, von der du vorhin gesprochen hast?«

Marieke rief ihre AOL-Mailbox auf. »Hier ist sie schon, Wolf.«

»Wann hast du die erhalten?«

»Vor einer guten halben Stunde.«

Tannenberg lehnte sich noch weiter über die Schulter seiner Nichte und las die E-Mail murmelnd vor: »›Frag mal deinen Onkel, ob er heute schon eine Vermisstenmeldung erhalten hat.‹« Er zog die Stirn in Falten. »Eine Vermisstenmeldung? Woher weiß denn dieser Matann@t-online.de, dass ich dein Onkel bin?«

»Vielleicht, weil er aus dem Umfeld deiner Familie stammt?«, gab der Rechtsmediziner zu bedenken.

»Jetzt mal nicht gleich den Teufel an die Wand«, schimpfte Tannenberg. »Wer ist das denn überhaupt, dieser Matann?«

»Das bin ich«, behauptete Marieke und erzeugte damit grenzenloses Erstaunen bei den Anwesenden. »Ich bin der Absender dieser E-Mail. Matann ist die Kurzfassung meines Namens.«

Dr. Schönthaler knetete nachdenklich sein Kinn. »Das bedeutet ja, dass irgendjemand diese Mail von deiner einen Adresse an deine andere geschickt hat«, schlussfolgerte er messerscharf.

»Folglich muss dieser unbekannte Mailschreiber deine beiden E-Mail-Adressen kennen und …«

»Und von deinem T-Online-Zugang sogar das Passwort wissen«, vollendete der Rechtsmediziner, der sich inzwischen zu seinem Freund gesellt hatte.

»Komische Sache«, meinte der Leiter des K 1.

»Was soll denn dieser Hinweis auf eine Vermisstenmeldung?«, fragte Dr. Schönthaler. »Habt ihr heute überhaupt eine reingekriegt?«

Tannenberg zuckte mit den Schultern. »Mir ist jedenfalls keine bekannt«, entgegnete er. Anschließend zückte er sein Handy und tippte die Nummer der Zentrale der Polizeidirektion Westpfalz ein. Während er den Worten seines Kollegen lauschte, lief er unruhig in der Küche umher.

»Und wieso weiß ich nichts davon, ihr Schnarcher?«, blökte er ungehalten in das kleine Mikrofon. »Natürlich ist mir bekannt, dass ihr immer erst 24 Stunden wartet, bis ihr in einer Vermisstensache etwas unternehmt. Trotzdem hättet ihr mich über diese Vermisstenanzeige informieren müssen. Die ist doch hochbrisant für unsere Ermittlungen.« Wutschnaubend legte er auf.

»Was ist denn los, Wolf?«, fragte Dr. Schönthaler.

Wie Rumpelstilzchen stapfte Tannenberg im Kreis herum. »Heute Morgen wurde eine Studentin von ihrem Freund als vermisst gemeldet«, stieß er erregt aus. »Und was glaubst du wohl, was diese Studentin gestern Abend vorhatte?« Er wartete eine mögliche Antwort nicht ab, sondern schob geschwind nach: »Du wirst es nicht glauben, Rainer: Die gute Frau wollte mit einer Freundin Joggen gehen. Und dreimal darfst du raten, wo.«

»Im Wald zwischen dem Gelterswoog und Queidersbach?«, spekulierte Dr. Schönthaler.

»Volltreffer.«

Der Rechtsmediziner hob vielsagend die Augenbrauen. »Also genau in der Gegend, wo der Jogger ermordet wurde.«

»Verfluchte Hacke!«, polterte der Kriminalbeamte weiter. »Komm, Rainer, wir fahren zur Wohnung des Studenten.«

»Okay«, erwiderte sein Freund und zog sein Sakko von der Stuhllehne.

»Wir müssen allerdings mit deiner Ente fahren, mein Auto ist gerade in der Werkstatt.«

»Wundert mich nicht.«

Tannenberg war mit den Gedanken völlig woanders. »Was?«, fragte er reflexartig.

»Weißt du, wofür BMW die Abkürzung ist?«

Der Kriminalbeamte raunzte irgendetwas Unverständliches.

»Besucht Meistens Werkstatt«, legte der Gerichtsmediziner nach.

Wolfram Tannenberg reagierte nicht auf diesen Klamauk. Er trat zu seiner Nichte, klappte ihren Laptop zu und klemmte ihn unter den Arm. »Heiners alten Laptop nehme ich mit und lasse ihn kriminaltechnisch untersuchen«, entschied er. »Spätestens Morgen hast du ihn zurück. Vielleicht kann Mertel die Mail zum Absender zurückverfolgen.«

Marieke schaute ihren Onkel erstaunt an. »Wohin denn zurückverfolgen?«, fragte sie irritiert. »Den Absender der E-Mail habt ihr doch bereits: Matann@t-online.de.«

»Stimmt«, musste Tannenberg eingestehen. »Trotzdem soll ihn sich Mertel mal genau anschauen. Vielleicht hat der Absender dir einen Virus untergejubelt.«

In dem älteren Mehrfamilienhaus in der Pariser Straße wohnte gut ein Dutzend Studenten in mehreren WGs. An jedem der Klingelschilder fanden sich mindestens zwei Familiennamen. Lukas Schnellinger hatte gemeinsam mit seiner Freundin Jessica Hellmann, die an der Kaiserslauterer Universität Biologie und Informatik studierte, die Erdgeschosswohnung angemietet.

Dem gut ein Meter 90 großen Mann stand die Sorge um Jessica deutlich ins Gesicht geschrieben. »Haben Sie Jessica gefunden?«, keuchte er, nach kurzem Blick auf Tannenbergs Dienstausweis.

»Nein, Herr Schnellinger«, erwiderte der Kriminalbeamte. »Könnten wir uns bitte drinnen weiter unterhalten?«

Wortlos führte Lukas sie in eine geräumige Wohnküche, in der es viel sauberer und aufgeräumter aussah, als in den WGs, die Tannenberg aus der Studienzeit seines Bruders in Erinnerung hatte.

»Seit wann vermissen Sie denn Ihre Freundin?«, fragte Tannenberg, obwohl er diese Information bereits bei seinem Telefonat mit der Zentrale erhalten hatte.

Wie betend verschränkte der Student die Hände und atmete schwer. »Seit heute Morgen«, seufzte er.

»Weil sie in der Nacht nicht nach Hause kam?«

»Nein, deshalb nicht. Das war ja so geplant. Sie hatte vor, bei der Freundin zu übernachten, mit der sie joggen war. Die hatte ihr eine Mail geschickt. In der stand, dass sie wegen irgendeinem Beziehungsstress dringend mit Jessi quatschen wollte.«

»Haben Sie diese Mail gelesen?«

»Nein, Jessi hat mir davon erzählt.« Mit einem großen Schluck leerte Lukas ein Wasserglas und drehte es zwischen den Händen.

»Wann und wo war denn Ihre Freundin joggen?«, wollte Dr. Schönthaler wissen. Er handelte sich umgehend einen tadelnden Blick ein, denn er war ja kein Ermittler und durfte deshalb auch keine Zeugenbefragung durchführen.

»Gestern Abend«, antwortete Lukas. »Ich glaube, sie wollten sich in der Nähe des Gelterswoogs treffen.«

»Vielleicht ist sie ja heute Morgen noch länger bei ihrer Freundin geblieben«, spekulierte Tannenberg.

»Nein, das ist sehr, sehr unwahrscheinlich«, kommentierte der Informatikstudent. »Wir hatten um 10 Uhr einen wichtigen Termin bei einem Professor, bei dem wir unsere Examensarbeit schreiben. Diesen Termin hätte Jessi freiwillig niemals versäumt. Außerdem hatten wir vereinbart, dass wir vorher hier in unserer WG gemeinsam frühstücken.« Er schniefte und schob mit belegter Stimme nach: »Und Jessi ist normalerweise ausgesprochen pünktlich und zuverlässig.«

»Haben Sie schon mit Jessicas Freundin gesprochen?«, wollte der Leiter des K 1 wissen.

»Nein, leider weiß ich nicht, mit wem sie verabredet war. Sie hat nur allgemein von *einer Freundin* gesprochen, die Probleme habe. Ehrlich gesagt weiß ich noch nicht einmal, ob sie sich mit nur einer oder vielleicht mit mehreren Freundinnen zum Frauenabend treffen wollte.«

»Übers Handy ist Jessica nicht zu erreichen?«, konnte sich der Rechtsmediziner nicht verkneifen.

»Nein. Es geht immer nur die Mailbox ran.« Lukas Schnellinger führte die Hände im spitzen Winkel zusammen und legte die Zeigefinger für einen kurzen Augenblick an die Lippen. »Immer nur diese verfluchte Mailbox.«

»Kann Ihre Freundin denn nicht auch spontan irgendjemand anderen besucht haben, zum Beispiel ihre Eltern?«

Lukas legte die Stirn in Falten. »Warum sollte sie nach Lübeck fahren, wenn wir einen wichtigen Termin mit unserem Professor haben?«

»Ist Jessica mit ihrem eigenen Auto zum Treffpunkt am Gelterswoog gefahren oder wurde sie abgeholt?«, mischte sich der Rechtsmediziner wieder ein.

»Sie ist selbst hingefahren.«

»Sie besitzt also ein eigenes Auto?«

Der Student nickte.

Tannenberg erkundigte sich nach dem Autotyp und dem KFZ-Kennzeichen. Anschließend verzog er sich in den Flur und beorderte zwei Streifenwagen zum Gelterswoog. Seine uniformierten Kollegen erhielten den Auftrag, die Umgebung des Badesees bis hin nach Hohenecken und Queidersbach nach dem PKW der vermissten Studentin abzusuchen.

»Sie haben vorhin erwähnt, dass Jessica von dieser Freundin eine E-Mail erhalten hat«, sagte der Leiter des K 1 nach seiner Rückkehr in die Küche. »Kennen Sie das Passwort von Jessicas Mailbox?«

Wieder bejahte der Informatikstudent mit einer Kopfbewegung.

»Dann sollten wir uns diese E-Mail schleunigst anschauen. So erfahren wir, mit wem Ihre Freundin verabredet war.«

Die drei Männer gingen in Jessica Hellmanns WG-Zimmer, das genauso sauber und aufgeräumt war wie die Küche.

»Versprechen Sie sich aber nicht zu viel davon«, meinte der Student, während der Laptop hochfuhr.

»Wieso?«

»Die Adresse des Absenders ist keinem konkreten Namen zuzuordnen.« Lukas hob frustriert die Schulterblätter. »Wenn ich in ihre Communitys reinkäme, könnte ich vielleicht diese E-Mail-Adresse einer realen Person zuordnen. Aber das geht nicht, weil Jessi ihre Passwörter vor mir geheim gehalten hat.«

»Warum denn das?«, wollte Dr. Schönthaler wissen.

Lukas blickte ihn verständnislos an. »Ich möchte ja auch nicht, dass irgendjemand mitkriegt, was ich mit meinen Kumpels so alles bequatsche. Eine gewisse Intimsphäre braucht wohl jeder Mensch, Sie etwa nicht?«

»Doch, doch, schon«, entgegnete der Rechtsmediziner. »Jessicas E-Mail-Adresse gehört dann aber wohl nicht zu ihrer Intimsphäre, oder?«

»Wieso?«

»Na ja, Sie haben doch vorhin selbst eingeräumt, dass Ihnen dieses Kennwort bekannt ist, oder habe ich da etwas falsch verstanden?«

»Nein, das haben Sie nicht.« Verlegen schob Lukas die Hände in die Hosentaschen. »Ich weiß es nur durch Zufall. Sie hat sich das Passwort irgendwann einmal notiert und dann den Zettel auf ihrem Schreibtisch liegen lassen«, antwortete der junge Mann, dem dieses Thema sichtlich unangenehm war. »Jessi weiß nicht, dass ich es kenne. Ich konnte es mir deshalb so gut merken, weil es aus ihrem Vornamen und unserer Hausnummer zusammengesetzt ist.« Entschuldigend zeigte er seine Handflächen. »Ich hab aber vorher noch nie in ihre Mailbox reingeschaut, nicht ein einziges Mal. Das müssen Sie mir glauben. Nur heute Morgen, weil ich mir solche Sorgen um sie mache.«

»Ach du meine Güte, das gibt's doch gar nicht«, stieß Tannenberg entgeistert aus, als das E-Mail-Verzeichnis auf dem Flachbildschirm auftauchte.

»Matann ist die Abkürzung für Marieke Tannenberg«, dechiffrierte Dr. Schönthaler die Mail-Adresse des Absenders.

»Marieke ist meine Nichte«, erläuterte der Kriminalbeamte.

»›Hast du Lust, mit mir joggen zu gehen? Ich muss dringend mit dir quatschen. Scheißmänner! Treffpunkt: Gelterswoog, 18 Uhr – okay?‹«, las der Rechtsmediziner laut vor. »Weiter nichts?«

Lukas Schnellinger schüttelte den Kopf.

»Keine weitere Mail, die Sie zufällig gelöscht haben?«, hakte Dr. Schönthaler nach.

»Nein. Warum hätte ich das tun sollen?«, kam es energisch zurück.

Erneut verschwand Tannenberg im Flur. Vor dem Garderobenspiegel zückte er sein Handy und wählte Mariekes Nummer. Während der Rufton erklang, musterte er das eingefallene, aschgraue Gesicht im Spiegel, wandte sich dann aber schnell ab.

Marieke kannte Jessica Hellmann zwar vom gemeinsamen Biologiestudium her, sie war aber nicht enger mit ihr befreundet. Tannenbergs Nichte beteuerte, ihr weder eine E-Mail geschickt noch sich mit ihr zum Joggen verabredet zu haben.

»Marieke weiß von nichts«, sagte Tannenberg, zurück in Jessicas Studentenbude. »Folglich wurde diese E-Mail fingiert, um Jessica zum Gelterswoog zu locken.«

Lukas vergrub sein Gesicht in den Händen. Er schluchzte auf, während sein Oberkörper heftig bebte. »Oh, mein Gott«, stöhnte er und stürmte zur Toilette.

»Es bedeutet aber noch etwas anderes, Wolf«, raunte Dr. Schönthaler seinem Freund zu.

»Du meinst, dass es sich beim Absender dieser Mail höchstwahrscheinlich um den Einbrecher handelt, der die beiden Laptops aus Mariekes Wohnung gestohlen hat?«

»Genau, das meine ich.«

In Tannenbergs Hosentasche vibrierte sein Handy. Die

uniformierten Kollegen hatten soeben Jessica Hellmanns VW-Polo in der Nähe des Gelterswoogs entdeckt. Der PKW war verschlossen, von der vermissten Studentin allerdings keine Spur.

Der Kriminalbeamte informierte Lukas Schnellinger über die Neuigkeiten und bat ihn, sofort Bescheid zu geben, wenn sich seine Freundin bei ihm melden würde. Als er ihm an Jessicas Zimmertür seine Visitenkarte in die Hand drückte, versuchte er ihm Mut zuzusprechen.

»Sie werden sehen, Jessica ist bestimmt mit ihrer Freundin mitgefahren und hat ihr Auto deshalb stehen lassen. Die jungen Damen haben sich wahrscheinlich in der Nacht derart verquatscht, dass sie heute Morgen verschlafen haben«, sagte Tannenberg, obwohl er seinen Worten selbst keinen Glauben schenkte.

Lukas antwortete nicht und senkte kopfschüttelnd den Blick zu Boden.

»Sicherheitshalber würde ich gerne Frau Hellmanns Laptop mit zu meiner Dienststelle nehmen und von unseren Spezialisten begutachten lassen. Vielleicht finden die noch andere Hinweise. Ist das okay?«

Nur ein stummes Nicken.

»Deine Worte in Gottes Ohr«, sagte Dr. Schönthaler auf dem Weg zu seinem top restaurierten, laubfroschgrünen 2 CV 4, den er in der Waldstraße abgestellt hatte.

Der Chef-Ermittler seufzte tief. »Ach, Rainer, ich weiß doch selbst nur zu gut, dass ich vorhin nicht gesagt habe, was ich wirklich denke. Aber der arme Kerl hat mir eben unheimlich leidgetan.« Wolfram Tannenberg kickte eine leere Plastikflasche in den Rinnstein. »Das spurlose Verschwinden seiner Freundin bereitet ihm enorme Kopfschmerzen, auch im Hinblick auf die Zukunft.«

»Du befürchtest, das ist nur der Anfang einer Entführungs- oder gar Mordserie?«

»Ja. Ich habe ein ganz, ganz mulmiges Gefühl.«

Der Pathologe machte eine abschätzige Handbewegung. »Komm, alter Junge, verschon mich bloß mit deiner chaotischen Gefühlswelt.«

Tannenberg ignorierte die provokante Bemerkung seines besten Freundes. »Glaubst du, Jessica lebt noch?«, fragte er.

»Ja, bin ich denn ein Hellseher?«, blaffte der 2-CV-Fahrer und startete seine Ente per Knopfdruck. »Mann, wenn ich hellsehen könnte, würde ich Lotto spielen. Dann könnte ich mich endlich zur Ruhe setzen und müsste nicht andauernd für deprimierte, senile Provinzbullen den Taxifahrer geben.« Der Rechtsmediziner hob die Brauen und fragte in betont gestelztem Ton: »Wohin darf ich Durchlaucht nun chauffieren?«

»Zum Pfaffplatz, James.«

Dr. Schönthaler deutete einen militärischen Gruß an. »Sehr wohl, Herr Kurfürst.«

Am Pfaffplatz kletterte Tannenberg aus der urigen Schaukelkiste seines Freundes, der anschließend mit quietschenden Vorderreifen zum pathologischen Institut losknatterte. Als er wenig später im Labor der Kriminaltechnik erschien, stöberte der Leiter der Spurensicherung gerade in einer Datenbank.

»Hallo, alter Dreckschnüffler. Wann hast du denn endlich etwas Interessantes für mich?«, polterte Tannenberg in den Raum.

Karl Mertel konnte es auf den Tod nicht ausstehen, wenn man ihn bei seiner Arbeit störte. Aus diesem Grund zeigte er dem ungeduldigen Eindringling erst einmal die kalte Schulter und recherchierte weiter im Fingerspuren-Archiv des Landeskriminalamtes.

Wie stets ignorierte Tannenberg die demonstrative Abweisung und brachte den Spurenexperten auf den neuesten Stand der Ermittlungen, indem er ihm einfach lauthals die aktuelle Faktenlage vortrug.

»Ruf sofort deine Nichte an«, grummelte Mertel, den Blick weiterhin stur auf den Monitor gerichtet.

»Warum denn?«

»Frag sie, welche Passwörter sie auf der Festplatte abgespeichert hat.«

Tannenberg gehorchte und telefonierte noch einmal mit Marieke.

»Als ich ihr diese Frage gestellt habe, wurde sie plötzlich ganz verlegen, Karl«, sagte Tannenberg, als er wieder neben ihm stand. »Sie hat zugegeben, dass sie die Passwörter für ihre sozialen Netzwerke, ihre Mailboxen und sogar die Zugangscodes fürs Onlinebanking auf der Festplatte gespeichert hat.«

»Das gibt's doch gar nicht. Diese jungen Leute sind so was von naiv«, schimpfte Mertel und unterbrach seine Arbeit. »Damit kann sich jeder, der im Besitz von Mariekes Computer ist, mit ihren Identifikationscodes einloggen. Hast du ihr klargemacht, dass sie die Bankkonten sofort sperren lassen muss?«

»Ja, das haben wir schon in der Nacht des Einbruchs veranlasst. Ihr Handy und die Scheckkarten wurden schließlich ebenfalls gestohlen.«

Kopfschüttelnd raufte sich der Spurenexperte die Haare. »Mann, oh Mann, wie kann man nur so total naiv sein«, wiederholte er. »Diese jungen Leute haben ihr gesamtes

Leben auf der Festplatte oder in diesen vermeintlich sozialen Netzwerken gespeichert. Und dann sichern sie diese sensiblen Datenbestände, Fotos und was weiß ich noch alles noch nicht mal vor unbefugten Zugriffen ab. So blöd kann man doch eigentlich gar nicht sein, oder, Wolf?«

»Nee, eigentlich nicht«, bestätigte der Leiter des K 1.

»Jeder, der solch einen ungeschützten PC in die Finger kriegt, kann sofort in die Identität des ehemaligen Besitzers schlüpfen und alles Mögliche damit anstellen. Natürlich auch kriminelle Dinge.«

»Mir ist das alles klar. Aber erzähl diese Bedenken mal deinen Kindern. Für die sind doch Leute wie wir verstaubte Relikte aus ferner Urzeit.«

Karl Mertel stemmte sich in die Höhe, schritt auf Tannenberg zu und packte ihn an den Schultern. »Stell dir das mal vor, Wolf: Dieser Typ kann Konten plündern, teure Sachen auf den Namen des Besitzers bestellen, anonym andere Menschen beschimpfen, bedrohen …«

»Oder sich mit einer Studentin angeblich zum Joggen verabreden, sie dann aber entführen und vielleicht sogar ermorden«, schnitt ihm sein Kollege das Wort ab.

Ein paar Sekunden lang wanderte das betretene Schweigen zwischen den altgedienten Kriminalbeamten hin und her. Man hörte nur das Surren des PC-Lüfters und das Ticken einer riesigen Bahnhofsuhr, die über Mertels Schreibtisch hing.

»Das hier ist der Laptop der vermissten Studentin, die angeblich von Marieke eine E-Mail erhalten hat«, brach Tannenberg das Schweigen. Er legte das Notebook auf Mertels Labortisch. »Kannst du versuchen, in Jessica Hellmanns soziale Netzwerke reinzukommen? Vielleicht hat ihr potenzieller Entführer dort ja irgendwo Spuren hinterlassen, mit denen es uns gelingt, ihn zu identifizieren und Jessicas Aufenthaltsort zu ermitteln.«

»Ohne Passwörter?«

Tannenberg öffnete die Arme, so als wolle er irgendetwas auffangen. »Tja, ich kenne diese Codes leider nicht. Und ihr Freund angeblich auch nicht. Der kennt nur das Passwort für ihre Mailbox.«

»Warum sagst du angeblich? Glaubst du, er hat etwas zu verheimlichen und steckt womöglich selbst hinter dieser vermeintlichen Entführung?«

»Ich weiß es nicht, Karl. Zum gegenwärtigen Zeitpunkt können wir noch rein gar nichts ausschließen.«

Mertel zupfte an seinem Ohrläppchen herum und räusperte sich. »Ich hätte da vielleicht jemanden an der Hand, der die Zugangscodes knacken könnte. Aber …«

Da der Spurenexperte keinerlei Anstalten machte weiterzureden, setzte Tannenberg nach: »Aber was?«

»Na ja, die Inanspruchnahme dieser personalen Fachkompetenz …«

»Sag mal, was redest du denn da gerade für einen gestelzten Quatsch?«, zischte der Leiter der Kaiserslauterer Mordkommission. Spontan entschloss er sich dazu, seinem trägen Kollegen ein wenig Feuer unter dem Hintern zu machen: »Leg jetzt endlich die Karten auf den Tisch, Karl!«, forderte er mit Nachdruck. »Vielleicht geht es in der Vermisstensache Jessica Hellmann tatsächlich um Leben und Tod. Und da zählt möglicherweise jede Sekunde.«

Mertel zeigte seine Handflächen. »Okay, okay, Wolf, ich habe schon verstanden.« Er lehnte sich über die Tischplatte, blickte sich nach allen Seiten um und flüsterte in verschwörerischem Tonfall: »Ich kenne da einen Hacker …«

Er räusperte sich erneut. »Er ist ein genialer Computerfreak. Dem traue ich zu, dass er diese Passwörter ziemlich schnell knacken kann. Aber das wäre natürlich nicht ganz legal.«

Tannenberg klopfte seinem alten Kumpel auf die Schulter. »Wie haben wir in unserer Sturm-und-Drang-Zeit immer getönt?«

»Legal, illegal – scheißegal!«, vollendete Mertel grinsend.

»Karl, ich sehe, wir verstehen uns.«

»Okay, ich kümmere mich sofort darum. Aber die Sache muss strikt unter uns bleiben, versprochen? Sonst komme ich in Teufels Küche. Denn eigentlich steht dieser Hacker auf der Fahndungsliste.«

Tannenberg zog das Kinn zum Hals. »Wieso denn das?«

»Na ja, er hat sich Zugang zum Zentralcomputer des saarländischen Landeskriminalamtes verschafft und dort ein paar E-Mails mit Saarländerwitzen auf Rundreise geschickt. Das Besondere daran: Alle Witze haben einen kriminalistischen Bezug.«

»Echt?«

»Ja.«

»Saugut! Dieser Typ ist mir spontan sympathisch«, grölte Tannenberg und hielt sich vor Lachen den Bauch. »Hast du einen parat?«

»Aber sicher doch, Wolf. Die Saarländerwitze gehören schließlich zum pfälzischen Bildungskanon. Also, hier kommt die Frage: Wie nennt man zwei Saarländerinnen auf einem Motorrad?«

»Keine Ahnung.«

»Dum-Dum-Geschoss.«

»Der ist wirklich gut«, feixte Tannenberg. Er packte die Hand seines Kollegen und schüttelte sie fest. »Ehrenwort, Karl, die Sache bleibt unter uns. Diesen mutigen Filou müssen wir unbedingt vor einem LKA-Zugriff schützen.«

»Das ist auch deshalb dringend geboten, weil …« Der Kriminaltechniker machte keinerlei Anstalten weiterzusprechen.

»Weil?«, drängte Tannenberg.

»Weil der junge Mann seit zwei Jahren der Freund meiner jüngsten Tochter ist«, gestand Mertel leise ein.

»Und somit potenzieller Schwiegersohn«, ergänzte Wolfram Tannenberg. Er wedelte mit den Händen so, als hätte er sich gerade verbrannt. »Oh, ha, mein Lieber, da hast du dir aber eine ziemlich kriminelle Verwandtschaft eingefangen. Und das vor dem Hintergrund, dass deine jüngste Tochter in Saarbrücken Jura studiert. Das tut sie doch noch, oder?«

»Na klar, und zwar sehr erfolgreich«, erwiderte Mertel mit väterlichem Stolz. Hinter vorgehaltener Hand schob er kleinlaut nach: »Und ihr Freund auch.«

»Was? Der Hacker studiert Jura?«, prustete Tannenberg los. »Das wird ja immer besser.«

»Es wird noch besser, Wolf: Sein Vater arbeitet als Leitender Oberstaatsanwalt am Zweibrücker Landgericht.«

»Ach du dickes Ei, ach du dickes Ei«, brabbelte Tannenberg vor sich hin und verschwand ins Treppenhaus.

# 5

Als Tannenberg die Glastür zu Petra Flockerzies Reich nach innen öffnete, kam Kriminalhauptmeister Geiger sofort auf ihn zugestürmt. »Da sind Sie ja endlich«, fuhr er seinen Vorgesetzten an. Er fuchtelte hektisch mit den Armen herum. »Die Ermittlungen laufen auf Hochtouren und Sie sind nicht zu erreichen«, legte er in vorwurfsvollem Ton nach. »Sie können doch nicht …«

»Was kann ich nicht, du Pfeife?«, schnauzte der Kommissariatsleiter zurück. »Jetzt komm mal ganz schnell wieder auf den Teppich, Mann. Ich glaube nicht, dass ich ausgerechnet dir darüber Rechenschaft schuldig bin, wo ich mich gerade aufhalte.« Tannenberg schnaubte vor Wut. »So weit käm's noch!«

»Mir natürlich nicht, aber dem Herrn Oberstaatsanwalt sehr wohl«, konterte Geiger keck. »Der sucht Sie nämlich ganz dringend.«

Wolfram Tannenberg kniff die Augenbrauen zusammen und warf seiner Sekretärin einen gequälten Blick zu. Petra Flockerzie blies die Backen auf und rollte die Augen.

»Wieso bist du überhaupt hier?«, blökte ihr Chef an Geiger adressiert weiter. »Ich dachte, du bist krankgeschrieben.«

Sein Mitarbeiter schob herausfordernd das Kinn vor. »Nicht mehr.«

»Und wo warst du dann heute Morgen bei Dienstbeginn, wenn du wieder fit bist? Verschlafen, oder wie?«

Trotzig verschränkte Geiger die Arme vor der Brust.

»Von wegen fit«, konterte er. »Ich leide immer noch an einer starken Bronchitis und musste deshalb heute Morgen noch mal zum Arzt.« Demonstrativ hustete er ein paarmal.

»Endstadium«, grummelte Tannenberg an seine Sekretärin adressiert.

Geiger war immer noch auf hundertachtzig. »Mein Arzt wollte mich eine weitere Woche krankschreiben«, tönte er. »Aber das habe ich abgelehnt, schließlich brauchen wir für unseren neuen Fall jeden verfügbaren Mann. Ich habe darauf bestanden, dass er mich diensttauglich schreibt.« Er zog ein Blatt Papier aus der Jacke und wedelte damit herum. »Wollen Sie die Bescheinigung sehen?«

Sein Vorgesetzter winkte gelangweilt ab. »Also gut, dann will ich deinen dienstlichen Tatendrang nicht weiter bremsen und erteile dir hiermit einen eminent wichtigen Ermittlungsauftrag.«

Geiger zückte Notizbüchlein und Kugelschreiber. Sein Körper versteifte sich. »Ich höre, Chef«, sagte er in Feldwebelmanier.

»Den Block brauchst du nicht. Deinen Auftrag kannst du dir ganz einfach merken: Du gehst runter ins Archiv und suchst mir alle Akten zu den Vermisstenfällen der letzten fünf Jahre heraus. Und um 14 Uhr bist du wieder hier oben zur Dienstbesprechung. Kapiert?«

»Jawohl, wird sofort erledigt«, verkündete der Kriminalhauptmeister.

»Wegtreten!«, befahl Tannenberg.

Geiger machte auf dem Absatz kehrt und marschierte los.

Sein Vorgesetzter stöhnte auf. »So, Flocke, die alte Nervensäge wären wir erst mal los. Einen kleinen Espresso gefällig?«, fragte er auf dem Weg zur Kaffeemaschine.

»Gerne, Chef.«

Wolfram Tannenberg servierte den Espresso mitsamt einem mit Mandelgebäck gefüllten Keramikschälchen.

»Danke, für mich nicht«, wehrte der gute Geist des K 1 ab. Aber nur halbherzig, denn Petra Flockerzies Augen konnten sich nicht von den Köstlichkeiten losreißen. Das Wasser lief ihr im Munde zusammen und sie leckte sich schmatzend die Lippen.

»Greif zu, Flocke«, forderte der Kommissariatsleiter. »Du hast heute schon so viele gesunde Sachen gegessen, da kannst du dir ruhig mal einen kleinen Ausrutscher erlauben. Außerdem sollte man es mit den Karotten nicht übertreiben, sonst kann man sich eine Karottenvergiftung holen. Und mit der ist nun wirklich nicht zu spaßen.«

Der korpulenten Sekretärin fiel die Kinnlade herunter. Sie presste die Hand an den Unterkiefer, so als wollte sie ihn wieder nach oben schieben. »Eine Karottenvergiftung?«, keuchte sie. »Welche Symptome hat die denn?«

»Es fallen einem alle Haare aus.«

Reflexartig fasste sich Petra Flockerzie mit beiden Händen an den Kopf, zupfte an ihrer Lockenpracht und inspizierte anschließend das Ergebnis.

»Noch kein Haarausfall, Flocke?«, setzte Tannenberg noch eins drauf.

»Nein, Gott sei Dank nicht.«

»Da hast du ja gerade noch mal Glück gehabt«, grinste er und zwinkerte ihr zu. »Späßle g'macht, koiner g'lacht.« Dann stellte er einen Stuhl neben seine Sekretärin und ließ sich darauf nieder.

»Ach, Chef, warum müssen Sie mich immerzu veräppeln?«, beschwerte sie sich.

»Was sich liebt, das neckt sich eben.«

Petra Flockerzie griff in ihren Hüftspeck. »Ich hab doch wirklich genug an meinen überflüssigen Pfunden herumzuknabbern.«

»Quatsch, Flocke. Du musst doch gar nicht abnehmen. Wir lieben dich alle so, wie du bist.« Tannenberg grinste breit. »Apropos knabbern – greif jetzt endlich zu.«

Die dralle Sekretärin schnaufte noch einmal kräftig durch, dann nahm sie ein Cantuccini, schob es in den Mund und weichte das Gebäck mit geschlossenen Augen auf. »Köstlich«, schwärmte sie und sorgte umgehend für Nachschub.

»Auf dem Weg hierher ist mir eine Idee gekommen«, sagte ihr Nebenmann, stopfte sich gleich zwei Cantuccini in den Mund und zerkaute sie knackend.

»Und welche?«

»Du hast dich vor Kurzem mit Sabrina über diese neumodischen sozialen Netzwerke unterhalten«, erklärte er schmatzend. »Stimmt doch, oder?«

Petra Flockerzie zog überrascht ihr Doppelkinn zum Hals. »Seit wann belauschen Sie denn die Privatgespräche Ihrer Mitarbeiter?«, fragte sie mit gespielter Empörung.

»Na ja, dieses angebliche Privatgespräch war so laut, dass ich es durch die geschlossene Tür gehört habe. Ich bin mir sicher, dass auch die Leute unten auf dem Pfaffplatz jedes Wort verstanden haben.«

»Der liebe Gott hat mir eben eine kräftige Stimme verliehen, damit ich ihm gut hörbar dienen kann«, entgegnete Petra Flockerzie betont laut.

Tannenberg schmunzelte. »Wie ich eurem angeregten Privatgespräch entnehmen konnte, seid ihr beide Mitglieder in diesen Communitys, wie man heutzutage in schönstem Neu-Pfälzisch sagt, stimmt's?«

»Ja, Sabrina und ich gehören den gleichen sozialen Netzwerken an.«

»Dann sei doch bitte so nett und kläre einen alten Internetmuffel wie mich darüber auf, wie diese sogenannten sozialen Netzwerke funktionieren. Damit hatte ich nämlich bislang noch überhaupt nichts am Hut. Ich dachte immer, dass ich mich auch ohne dieses Netzwerk-Gedöns ganz gut im Leben zurechtfinde. Aber irgendwie werde ich den Verdacht nicht los, dass ich bei unserem neuen Fall ohne ein gewisses Basiswissen nicht weiterkomme.« Wie betend legte er die Handflächen aneinander und schob mit herzerweichendem Dackelblick nach: »Deshalb bin ich auf deine Hilfe angewiesen.«

»Also gut, Chef, dann will ich mal nicht so sein«, sagte Petra Flockerzie, während ihr Computer die Startseite einer Community lud. Mit der Fingerspitze tippte sie auf den Flachbildschirm und dozierte: »Das hier ist die FSN-Community. FSN steht als Abkürzung für Freunde-Suchen-Netzwerk. FSN ist das beliebteste deutsche soziale Netzwerk mit fast zwei Millionen Mitgliedern.«

»Okay«, nickte Tannenberg. »Und wie wird man Mitglied in diesem erlauchten Kreis?«

»Das ist total simpel«, erklärte die Sekretärin, hämmerte auf der Tastatur herum und zeigte anschließend auf den Flachbildschirm. »Sehen Sie, Chef, jetzt bin ich schon drin«, sagte sie und klickte weiter. »Wenn Sie noch keinen eigenen Zugang haben, müssen Sie einfach nur Ihre persönlichen Daten in einen Fragebogen eingeben, eine Bestätigungsmail abwarten und einen Link anklicken. Dann werden Sie automatisch freigeschaltet.« Sie klatschte in die Hände. »Und schwuppdiwupp sind auch Sie Mitglied bei FSN.«

Tannenberg zog einen Mundwinkel hoch. »Und was hab ich davon?«

»Sie können dann zum Beispiel mit mir chatten.« Petra Flockerzie lachte so herzhaft, dass ihr gesamter Körper wabbelte. »In dieser Beziehung leben Sie anscheinend wirklich hinter dem Mond.«

»Ja, das kann durchaus sein«, gestand ihr Vorgesetzter ein.

»Ich vermute, dass selbst Ihr alter Herr bei FSN angemeldet ist.«

Wolfram Tannenberg wedelte mit dem Finger. »Nein, nein, mein liebes Flöckchen, da täuschst du dich aber gewaltig. Obwohl mein Vater den halben Tag im Internet surft, verweigert er sich strikt diesem bekloppten, überflüssigen Ami-Quatsch – Originalton Sherlock Holmes aus der Beethovenstraße. Vorhin beim Mittagessen habe ich ihn darauf angesprochen. Er ist der Meinung, sein soziales Netzwerk sei der Tchibo-Stammtisch und dieses Netzwerk reiche ihm voll und ganz.«

»Und seine tolle Großfamilie? Ist die für ihn denn kein soziales Netzwerk?«

»Diese Frage hat ihm meine Mutter auch sofort gestellt«, erwiderte Tannenberg und grinste breit. »Der alte Brummelkopf hat nur kurz ›Jo‹ geknurrt.«

Petra Flockerzie schmunzelte amüsiert.

»Wow, du hast ja 349 Freunde«, stieß Tannenberg beeindruckt aus, als er die imposante Zahl über den vielen kleinen Porträtfotos auf der persönlichen Seite seiner Sekretärin entdeckte.

»Ganz schön viele, gell?«

»Das kann man wohl sagen.« Er schniefte und lehnte seinen Kopf an Petra Flockerzies Schulter an. »Ich hab nur einen einzigen Freund. Das ist so traurig.«

»Och, Sie armer Kerl«, versuchte ihn der gute Geist des K 1 zu trösten. »Und dann auch noch einen …«

»Völlig abgedrehten Leichenschnibbler«, vollendete Tannenberg. Er richtete sich auf und wiederholte seine Frage: »Also, noch mal, Flocke: Was bringt mir eine Mitgliedschaft bei FSN?«

Wie ein Prediger breitete die Sekretärin ihre Arme aus und verkündete: »Viel, Chef, sehr viel sogar.«

Tannenberg ließ nicht locker. »Und was genau?«

»Na ja, Sie können zum Beispiel ehemalige Klassenkameraden oder verschollene Arbeitskollegen ausfindig machen. Sie können entfernte Verwandte und alte Freunde wiederfinden. Oder Sie können auch einfach nur nette, Ihnen bislang völlig unbekannte Menschen kennenlernen. Und das sogar von anderen Erdteilen. Das Internet macht's möglich.«

Der Leiter des K 1 kratzte sich am Kopf. »Also ehrlich gesagt will ich das gar nicht. Mir reichen meine Sozialkontakte völlig aus.«

»In der Frage sind Sie sich ja ausnahmsweise mal mit Ihrem Herrn Vater einig.«

»Jo.«

Petra Flockerzie ließ sich von diesen ketzerischen Einwürfen ihre Begeisterung nicht nehmen. Wie Lehrer Lämpel reckte sie den Zeigefinger empor. »Außerdem können Sie allen möglichen Interessengruppen beitreten und sich in den entsprechenden Gesprächsforen mit Gleichgesinnten austauschen.«

Tannenberg ging ein Licht auf. »Zum Beispiel über die aktuellsten Diäten und Abspecktricks.«

»Genau, Chef. In den Chatrooms habe ich schon viele wertvolle Tipps von meinen Leidensgenossen erhalten. Das Verständnis für meine Figurprobleme und diese beeindruckende Moppel-Solidarität haben mir über viele schwere Stunden hinweggeholfen«, schwärmte sie. »Und wenn irgendwo ein interessanter Vortrag oder ein Event stattfindet, werde ich von einem dieser netten Menschen dazu eingeladen.«

»Wie Jessica Hellmann zum Joggen«, konnte sich Tannenberg nicht verkneifen.

Über Petra Flockerzies rosiges Gesicht legte sich ein dunkler Schleier. »Sie meinen, die vermisste Studentin wurde mit einer Nachricht in den Wald gelockt, die ihr jemand über ein soziales Netzwerk geschickt hat?«, fragte sie mit dünner Stimme.

»Das ist *eine* der Kontaktmöglichkeiten. Diese Frage können wir allerdings erst beantworten, wenn Mertel die Passwörter für ihre Communitys geknackt hat und wir uns in Jessicas soziale Netzwerke einloggen können. Zum gegenwärtigen Zeitpunkt wissen wir nur, dass sie eine ganz normale E-Mail erhalten hat. Allerdings ging es da nur um eine Anfrage zwecks Joggen, wie sie garantiert jeden Tag zigtausendmal durchs Internet geistert.«

»Mit Termin und Ortsangabe?«

»Ja: Gelterswoog, 18 Uhr.« Tannenberg nagte an seinem Daumen herum und schüttelte den Kopf. »Eine merkwürdige Geschichte ist das.« Er steckte sich ein weiteres Cantuccini in den Mund und trank seinen Espresso aus. Anschließend wechselte er das Thema: »Apropos E-Mail. Man muss sich doch mit seiner Original-E-Mail-Adresse bei diesen Communitys anmelden, oder?«

»Nicht unbedingt, Chef«, entgegnete seine Sekretärin.

»Wenn Sie Ihre wahre Identität nicht preisgeben wollen, melden Sie sich einfach mit einem Fantasienamen an und …«

»Aber du hast doch vorhin gesagt, dass man nach der Anmeldung eine Bestätigungs-E-Mail erhält und erst dann der Zugang freigeschaltet wird«, schnitt ihr der Leiter des K 1 das Wort ab.

»Das stimmt ja auch. Aber Sie können sich natürlich problemlos bei irgendeinem der vielen Anbieter eine frei erfundene E-Mail-Adresse zulegen.«

Tannenberg brummte nachdenklich. »Und wenn ich das tue, bin ich ein total anonymes Mitglied in einem sozialen Netzwerk, das die anderen ausspähen und veräppeln kann. Das ist doch nicht sozial, das ist asozial.«

»Ja, schon irgendwie, Chef«, stimmte Petra Flockerzie vordergründig zu. Doch aus ihrem säuerlichen Gesichtsausdruck konnte man ablesen, dass sie diese Kritik nur widerwillig akzeptierte. »Aber ich sehe das nicht als großes Problem an.« Sie streckte sich. »Ich denke, so fies verhält sich in den Communitys nur eine extrem kleine Minderheit. Die allermeisten Mitglieder sind garantiert seriös.«

»Da wäre ich mir nicht so sicher, meine liebe Flocke. Hast du denn keine Angst davor, dass deine Privatsphäre ausspioniert wird?«

»Ich hab nichts zu verbergen, Chef«, konterte sie mit unüberhörbarem Trotz in der Stimme.

»Das will ich auch schwer hoffen«, meinte Tannenberg grinsend. Weitere kritische Bemerkungen zu diesem Thema schluckte er wie eine giftige Kröte hinunter. »Du wirst doch bestimmt mit Werbemails überschwemmt, nehme ich mal an. Schließlich müssen sich die Betreiber dieser Communitys auch irgendwie finanzieren.

Und zwar anscheinend gar nicht schlecht, wie ich gestern gelesen habe. Das weltgrößte soziale Netzwerk soll angeblich 60 Milliarden US-Dollar wert sein. Das ist doch der pure Wahnsinn!«

»Dieser Wirtschaftskram interessiert mich nicht die Bohne«, gab Petra Flockerzie scharf zurück.

»Sollte es aber, meine Liebe, denn diese Leute machen ihren riesigen Reibach mit euren persönlichen Daten.«

Die übergewichtige Sekretärin zuckte zusammen und warf eine Hand vor den Mund. »Ach Gott, Chef«, stieß sie entsetzt aus, »ich hab ja völlig Ihren Termin beim Oberstaatsanwalt vergessen. Sie sollten eigentlich schon vor fünf Minuten bei ihm im Justizzentrum sein.«

»Ich hab aber weder Zeit noch Lust auf den Hohl-Hohl-Hollerbach. Sei so lieb, ruf ihn an und sage ihm, du hättest es bis eben probiert, aber ich sei einfach nicht zu erreichen. Den aufgeblasenen Lackaffen ertrage ich heute wirklich nicht.«

»Nur heute?«, fragte Petra Flockerzie mit einem verschmitzten Lächeln und griff zum Telefonhörer.

Punkt 14 Uhr eröffnete Tannenberg die Dienstbesprechung. Sabrina und Michael Schauß waren inzwischen von ihrer Fortbildung zurück. Kriminalhauptmeister Geiger hatte sich im Archiv mit einem Berg alter Vermisstenakten eingedeckt, die er begleitet von einem leidvollen Stöhnen auf dem Schreibtisch des Kommissariatsleiters platzierte.

Zuerst informierte Tannenberg in komprimierter Form seine Mitarbeiter über den Handtaschendiebstahl, den Einbruch in Mariekes Wohnung, den Leichenfund und die Vermisstensache Jessica Hellmann. Dann heftete er Pappkärtchen an die Pinnwand, die er zuvor mit den persönlichen Daten des Mordopfers und der vermissten Studentin beschriftet hatte.

»Warum hast du eigentlich noch keine groß angelegte Suchaktion ausgelöst?«, fragte Sabrina Schauß. »Die Joggerin könnte schließlich auch irgendwo im Wald gestürzt sein und sich dabei eine schwere Kopfverletzung zugezogen haben. Vielleicht liegt sie seit vielen Stunden hilflos im Dickicht.«

Tannenberg schüttelte den Kopf. »Obwohl mir das ziemlich unwahrscheinlich erscheint, rufe ich nach unserer Dienstbesprechung ihren Freund an. Und wenn sie sich noch immer nicht bei ihm gemeldet hat, schicken wir eine Hundertschaft Kollegen und die Hundestaffeln in den Wald. Ich hab bereits mit der Polizeischule in Enkenbach telefoniert. Die stehen auf Abruf bereit.«

»Und was ist mit einem Zeugenaufruf in der Zeitung? Haben Sie wenigstens den schon veranlasst?«, mischte sich der Kriminalhauptmeister ein. »Jeder Hinweis kann für uns wichtig sein.«

»Das wissen wir doch alle, Geiger. Trotzdem beschäftigen wir uns damit auch erst nachher. Aber ich kann dich beruhigen: Selbstverständlich werden wir der Presse ein Foto von Jessica Hellmann mailen und die Bevölkerung um Mithilfe bei der Suche nach der vermissten Studentin bitten. Zufrieden?«

Geiger nickte knapp.

Der Leiter des K 1 schnäuzte sich geräuschvoll die Nase. »So, jetzt aber zurück zur Ermordung des Joggers. Da wir nun alle auf demselben Wissensstand sind, möchte ich gerne eure Meinungen und Spekulationen hören. Denkt bitte daran, dass wir zurzeit noch in alle Richtungen ermitteln.«

»Es könnte doch auch gut sein, dass es ganz anders war«, meldete sich der diensteifrige Kriminalhauptmeister erneut zu Wort.

Sein Vorgesetzter zog verständnislos die Nase kraus. »Was war wie ganz anders?«

»Na ja, vielleicht hat der ermordete Jogger ja die Studentin überfallen und …«

»Stopp, Geiger!«, blaffte Tannenberg und gebot ihm mit einer energischen Geste Einhalt. »Du hast eben eine völlig neue, aber nicht uninteressante Hypothese formuliert«, kommentierte er den Einwurf.

Ein Lob aus dem Munde seines Vorgesetzten, der ihn ansonsten immer nur kritisierte und verhöhnte? Geiger konnte es kaum glauben. Die Gunst der Stunde wollte er unbedingt nutzen, um den Chef und die Kollegen von seinen enormen kriminalistischen Fähigkeiten zu überzeugen.

Ihm schoss vor Aufregung die Röte ins Gesicht. »Die Studentin hat sich zuerst mit dem Elektroschocker und dann mit dem Messer zur Wehr gesetzt«, legte er nach.

Michael Schauß verzog den Mund zu einem schiefen Grinsen. »Meinst du wirklich, eine Joggerin nimmt einen Elektroschocker *und* ein Stilett mit zum Waldlauf?«, fragte er und grunzte abschätzig.

»Warum denn nicht?«, beharrte der knapp einen Meter 65 große, kompakte Kriminalbeamte. »In der Umgebung des Gelterswoogs wurden schon öfter Frauen überfallen. Und sogar schon Frauen, die zu zweit oder mit ihren Hunden unterwegs waren. Manche von ihnen sind auch vergewaltigt worden. Vielleicht hat das diese Jessica ja gewusst und wollte sich mit zwei Waffen davor schützen.« Er klatschte in die Hände. »Wie sagt man so schön: Doppelt genäht hält besser.«

Tannenberg schüttelte skeptisch den Kopf. »Aber warum sollte sie den Mann, den sie sich mit dem Elektroschocker erfolgreich vom Leib halten konnte, mit mehreren Messerstichen töten?«, fragte er in die Runde seiner versammelten Kollegen.

Zustimmendes Nicken.

»Sie hätte ja einfach wegrennen können, schließlich wurden durch die starken Stromstöße die Muskeln des Angreifers gelähmt«, fuhr Tannenberg fort. »Der Mann hätte sie doch gar nicht verfolgen können, selbst wenn er es nach dieser schmerzhaften Attacke noch gewollt hätte.«

»Vielleicht hatte ja nicht die Studentin, sondern der Jogger das Messer dabei. Vielleicht ist es ihm aus der Hosentasche gefallen, als er die Stromschläge abbekam«, spekulierte Armin Geiger munter weiter drauflos.

Tannenberg brummte.

»Die Frau hat das Stilett gesehen, und da ist ihr plötzlich klar geworden, was dieser Typ mit ihr vorhatte«, setzte Armin Geiger seinen Redeschwall fort. »Womöglich hat sie in diesem Augenblick eine unglaubliche Wut gepackt und sie hat das perverse Schwein abgestochen.« Mit gefletschten Zähnen führte er die entsprechenden Stichbewegungen durch.

»Komm, Geiger, jetzt beruhige dich mal wieder«, forderte sein Vorgesetzter. »Deine Hypothese ist zwar ziemlich gewagt, aber irgendwie hat sie auch was. Sie würde das Verschwinden der Studentin ganz anders erklären, als wir bislang angenommen haben.«

»Ja, das ist es: Diese Jessica ist nicht entführt worden, sondern sie ist untergetaucht«, stieß Geiger erregt aus. Er war total begeistert von seiner Hypothese.

Sabrina Schauß offenbar nicht. Sie schob die Unterlippe

vor und legte den Kopf schief. »Mir erscheint dieser mögliche Tathergang eher unwahrscheinlich.«

»Aber warum denn?«, keuchte Geiger und wischte sich mit einem Taschentuch kleine Schweißperlen von der speckig glänzenden Stirn.

»Ganz einfach: Warum sollte die überfallene Frau nicht zur Polizei gehen, sondern irgendwo untertauchen?«

»Schock, Panik, Scham«, spekulierte Geiger. »Und vielleicht auch riesengroße Angst, verhaftet und eingesperrt zu werden.«

Die junge Kommissarin schüttelte den Kopf. »Bei deiner Theorie wäre *sie* doch das Opfer gewesen und hätte in Notwehr gehandelt.«

»Na ja, Sabrina, ich bin mir da nicht so sicher, ob ein Richter für eine derartige Messerattacke wirklich den Notwehrparagrafen heranziehen würde«, gab Tannenberg zu bedenken. »Ich halte diese Hypothese aber auf alle Fälle fest«, verkündete er, während er sie auf ein Kärtchen schrieb. Dann wandte er seinen Kollegen den Rücken zu und befestigte einen weiteren Zettel an der Pinnwand.

»Ich habe noch eine Frage zum Einbruchsdiebstahl in Mariekes Wohnung«, riss Michael Schauß das Wort an sich: »Wer konnte denn überhaupt wissen, dass in dieser Nacht in der Parkstraße niemand zu Hause war?«

Als niemand sofort eine Antwort parat hatte, schob er nach: »Es muss jemand gewesen sein, der an diesem Abend Heiners Haus ausgespäht hat und deshalb genau wusste, dass ihr alle zum Dürkheimer Wurstmarkt gefahren seid. Der Einbrecher muss euch ja auch direkt von der Parkstraße aus gefolgt sein, sonst hätte er wohl kaum wissen können, wo er euch auf dem Wurstmarkt findet. Nur so konnte er einen passenden Augenblick abwarten und zuschlagen. Er hatte es ja anscheinend konkret auf Mariekes Handtasche abgesehen.«

»Das setzt aber natürlich voraus, dass Marieke kein Zufallsopfer war«, entgegnete Tannenberg. Er hob die Schultern und machte eine entschuldigende Geste. »Uns ist jedenfalls weder bei der Fahrt noch auf dem Wurstmarkt irgendetwas Ungewöhnliches aufgefallen. Schon gar nicht jemand, der uns verfolgt oder beobachtet hat.«

»Na ja, ihr habt ja auch nicht auf so etwas geachtet«, meinte Sabrina. »Wer tut das schon, wenn er in fröhlicher Runde zu einem Weinfest fährt.«

»Stimmt«, pflichtete ihr der Kommissariatsleiter bei.

»Vielleicht war auch das ganz anders«, mischte sich Geiger erneut ein.

»Hast du wieder so eine total abgedrehte Hypothese?«, spottete Michael.

Der Kriminalhauptmeister zeigte sich von der Polemik seines verhassten Kollegen äußerlich unberührt, doch in seinem Innern brodelte es gewaltig. »Vielleicht gehört der Einbrecher zu einer Bande, die auf Volksfesten Handtaschen stiehlt«, spekulierte er. »Und je nachdem, was diese Verbrecher in den Handtaschen finden, klauen sie dann entweder das Auto oder sie fahren zu den Leuten nach Hause und räumen deren Wohnungen und Garagen aus.«

Geiger leerte mit einem Riesenschluck das Wasserglas. »Die Adressen finden sie schließlich auf den Personalausweisen der Bestohlenen«, ergänzte er. Nun erhob er sich energisch und stach mit dem Finger auf den Leiter des K 1 ein. »Ich bin mir sogar ziemlich sicher, dass es niemand aus Kaiserslautern und schon gar nicht aus Ihrem persönlichen Umfeld war.«

»Wieso?«, stellte Sabrina die Frage, die gerade allen im Kopf herumspukte.

Armin Geiger ließ einen Augenblick verstreichen, bevor er antwortete: »Wer sollte denn so wahnsinnig sein und ausgerechnet bei der Familie Tannenberg einbrechen? Hier in der Stadt weiß doch jeder, dass dort ein ranghoher Kriminalbeamter wohnt. Schließlich sind Sie in der Gegend bekannt wie der berühmte bunte Hund.«

Anscheinend erwartete Geiger für seinen vermeintlichen Geistesblitz nun brandenden Applaus, denn er machte keinerlei Anstalten, sich wieder hinzusetzen. Leider tat ihm niemand den Gefallen.

»Sicher, zum gegenwärtigen Zeitpunkt ist noch so ziemlich alles möglich«, erklärte Tannenberg. »Unsere uniformierten Kollegen haben inzwischen alle Häuser abgeklappert. Offensichtlich haben die Anwohner der Beethoven- und der Parkstraße an dem Abend nichts Auffälliges bemerkt.«

»Das ist aber merkwürdig, oder?«, stellte Michael in den Raum.

Allseitiges Schulterzucken.

»Wir sollten berücksichtigen, dass es Samstagabend war«, brach Sabrina das Schweigen. »Und da sitzen die meisten Leute stundenlang vorm Fernseher. Was auf der Straße passiert, interessiert um diese Uhrzeit doch niemanden.«

Geiger nahm endlich wieder Platz und wischte sich den Schweiß aus seinem Stiernacken. Der Kriminalhauptmeister stand noch immer gewaltig unter Strom. Er rang die Hände und rutschte dabei so unruhig auf seinem Stuhl herum, als ob ihm jemand Juckpulver zwischen die Pobacken gestreut hätte.

»Sag mal, hast du Hämorrhoidenschmerzen oder was?«, bellte ihn Michael Schauß förmlich an.

Normalerweise zog Geiger in solchen Kabbeleien stets den Kürzeren, schließlich war er hinsichtlich Reaktionsschnelligkeit und Rhetorik seinen Kollegen deutlich unterlegen. Deshalb verzichtete er meist auf eine offene Auseinandersetzung und schmiedete an den ausgefallensten Racheplänen, von denen er allerdings noch keinen einzigen in die Tat umgesetzt hatte.

Gegen seine Rolle als Prügelknabe des K 1 hatte er sich lange gewehrt, aber irgendwann arrangierte er sich damit und arbeitete fortan subversiv. Durch einen Geheimpakt mit Oberstaatsanwalt Dr. Hollerbach hatte er sogar einen Sonderstatus inne, von dem jedoch niemand etwas ahnte. Regelmäßig lieferte er Tannenbergs Erzfeind Informationen über die Arbeit des Kommissariatsleiters. Dafür wurde er von Siegbert Hollerbach mit verbalen Streicheleinheiten und der Aussicht auf einen Kommissarslehrgang belohnt.

Seit es dieses Geheimbündnis gab, machte ihm die Arbeit im K 1 wieder viel mehr Spaß. Auch deshalb, weil er in diesen frustrierenden Jahren strategisch einiges dazugelernt hatte. In dienstlichen Angelegenheiten verschoss er nicht gleich sein ganzes Pulver, sondern hielt immer noch eine Patrone in der Hinterhand.

So, Leute, ihr hattet mal wieder euren Mobbingspaß mit mir, sagte er zu sich selbst. Aber der gute alte Armin hat wie immer noch einen richtig dicken Trumpf im Ärmel. Schmunzelnd rieb er sich voller Vorfreude die Hände.

»Was guckst du denn schon wieder so blöd aus der Wäsche?«, giftet Michael seinen Kollegen an. »Denkst du wieder an irgendeine Sauerei?«

Seit der unverheiratete Kriminalhauptmeister Sabrina Schauß mehrmals mit sexistischen Anspielungen und eindeutigen Angeboten bedrängt hatte, war er für ihren Ehemann ein rotes Tuch. In letzter Minute hatte Tannenberg vor Kurzem verhindert, dass er ihn verprügelte. Seitdem knisterte regelrecht die Luft, wenn die beiden Mitarbeiter des K 1 im selben Raum anwesend waren.

Armin Geiger schluckte seinen Zorn hinunter und schlenderte zu Tannenbergs Schreibtisch. Unter den staunenden Blicken seiner Kollegen schichtete er den Aktenstapel um und griff sich einen Schnellhefter.

»Wisst ihr, was das ist?«, fragte er in die Runde.

»Soll das jetzt eine Quizstunde werden, oder was?«, blaffte Tannenberg.

»Nein, nein, eher eine kriminalistische Lehrstunde«, konterte Geiger.

Michael Schauß zeigte zuerst auf seinen kecken Kollegen und anschließend auf sich selbst. »*Du* willst *mir* eine Lehrstunde erteilen?« Dann schnellte sein Finger hoch zur Stirn. »Du hast sie ja nicht mehr alle! Pass bloß auf …«

»Schluss jetzt mit diesem albernen Hahnenkampf«, funkte der Kommissariatsleiter energisch dazwischen. »Was hast du denn Sensationelles im Archiv entdeckt? Los, raus mit der Sprache! Aber tu mir bitte den Gefallen und fasse dich so kurz wie möglich. Wir haben noch eine Menge Arbeit vor uns.«

»Also«, begann der Kriminalhauptmeister, wobei er die beiden Silben schier endlos in die Länge zog. Wie einen Siegespokal schwenkte er den Leitzordner über die Köpfe seiner Kollegen. »Diese Handakte hier beinhaltet einen Fall, der viele Gemeinsamkeiten mit unserem aktuellen aufweist.«

Tannenberg machte eine antreibende Geste. »Weiter, weiter.«

»Innerhalb der vergangenen zehn Jahre wurden im Saarland vier Studentinnen als vermisst gemeldet. Von allen vier jungen Frauen gibt es bis heute weder ein Lebenszeichen noch hat man ihre Leichname gefunden. Die vier sind seit dem Tag ihres spurlosen Verschwindens wie vom Erdboden verschluckt.«

»Und wieso ist diese Akte dann so dünn?«, wollte Sabrina Schauß wissen.

»Ganz einfach, liebe Kollegin«, erwiderte Geiger betont förmlich, »weil die Originalakten zu diesen Vermisstenfällen natürlich nicht in unserem Archiv lagern, sondern in Saarbrücken.«

Er feuerte einen kessen Seitenblick auf Tannenberg ab. »Ich sollte ja eigentlich nur die Vermisstenanzeigen in unserem eigenen Zuständigkeitsbereich ausgraben«, fuhr der diensteifrige Kriminalhauptmeister fort. »Aber es soll ja angeblich nicht schaden, wenn man ab und an mal einen Blick über den eigenen Tellerrand hinaus wagt.«

»Mann, mir geht dieses fishing for compliments dermaßen auf den Zeiger!«, beschwerte sich Schauß.

»Lass ihn bitte ausreden, Michael«, funkte Tannenberg dazwischen.

»In unserem eigenen Archiv hab ich nur die da entdeckt«, sagte Geiger und legte eine Hand auf den Aktenstapel. »Alles aufgeklärte Altfälle. Entweder sind die vermissten Personen nach einiger Zeit wieder aufgetaucht oder sie wurden irgendwo als Skelett von einem Baum abgeschnitten.«

»Keine einzige aktuelle Vermisstenmeldung in unserer Gegend?«, fragte Tannenberg.

Armin Geiger schüttelte den Kopf. »Nein, der letzte Fall liegt schon ein gutes halbes Jahr zurück. Und der hat sich von alleine erledigt. Der Mann …«

»Zurück zu den Studentinnen.«

»Die saarländischen Vermisstenfälle habe ich übrigens mithilfe einer Datenbank-Recherche ausfindig gemacht, mit der ich eigentlich gar nicht beauftragt war.«

»Klasse Engagement, Geiger, wirklich«, lobte sein Chef, wobei der höhnische Unterton in seiner Stimme nicht zu überhören war. »Weiter!«, drängte er und blies gequält die Backen auf.

»Die Parallelen zur Vermisstensache Jessica Hellmann bestehen darin, dass jede der vier Studentinnen zum Joggen in einem Waldgebiet verabredet war und dort verschwunden ist. Die Kriminaltechnik hat dort zwar jeweils Reifenspuren sicherstellen können, aber es handelte sich dabei immer um andere Reifen, nie um ein und dieselben.«

»Wenn es immer derselbe Täter war, hat er wahrscheinlich jedes Mal ein anderes Auto zur Entführung benutzt.«

»Seh ich auch so, Chef«, bestätigte Geiger. Schade, dass ich jetzt keinen Trommelwirbel abspielen kann, dachte er und pumpte sich auf wie ein Maikäfer vor dem Flug. »Und nun, Kollegen, kommt der absolute Hammer!«, tönte er.

Geiger wartete ein paar Sekunden, bis er endlich fortfuhr. »Auf den PCs und Laptops der Frauen wurden fingierte E-Mails sichergestellt, die von den Mail-Adressen von Freundinnen oder Sportkameradinnen abgeschickt wurden. Mit ihnen wurden die Studentinnen zu den Treffpunkten gelockt.«

»Wie in unserem Fall«, sagte Tannenberg eher zu sich selbst.

»Aber wie konnte dieser unbekannte Absender Zugang zu den Mailboxen erhalten?«, murmelte Sabrina.

»Vielleicht ein Hacker?«, spekulierte ihr Mann.

»Könnte sein«, pflichtete Tannenberg bei.

Armin Geiger wedelte triumphierend mit dem Finger. »Nein, nein, falsch geraten. Die saarländischen Kollegen haben dafür eine ganz andere Erklärung parat.« Um die Spannung noch ein wenig zu steigern, ließ er wieder einen Moment verstreichen, bevor er das Kaninchen aus dem Hut zauberte: »Sie gehen davon aus, dass sich der mögliche Entführer Zugang zu den Wohnungen der Frauen verschafft und dort über die jeweilige Original-E-Mailbox die Nachricht verschickt hat.«

»Wie kommen die Kollegen denn auf so etwas?«, fragte Tannenberg.

Geiger grunzte und schüttelte den Kopf. »Ganz einfach: Dieser Unbekannte hat in jeder der betreffenden Wohnungen eine rote Rose auf der Tastatur zurückgelassen.«

»Wirklich?«, fragte Sabrina.

»Ja.«

»Sonstige Täterspuren?«, hakte Tannenberg nach.

»Nichts, rein gar nichts. An den Rosen war absolut nichts zu finden, keine Fingerspuren, keine DNA, nichts. Die Experten meinen, dieser Typ muss einen Ganzkörperanzug mit Überschuhen, Handschuhen und Kopfhaube getragen haben.«

»Wie die Spurensicherung«, meinte der Leiter des K 1.

»Oder ein Chirurg«, ergänzte Michael.

Sabrina stützte ihr Kinn auf die offene Hand, seufzte und warf ihrem Mann einen betroffenen Blick zu. »Das ist ja richtig unheimlich. Bei der Vorstellung, dass jemand in unser Haus eindringt, darin herumschleicht und sich an unseren PCs zu schaffen macht, ohne dass wir etwas davon mitkriegen, läuft es mir eiskalt den Rücken runter.«

»Es gibt doch diese Verrückten, diese Fremdwohner«, sagte Tannenberg. »Ich hab mal einen Bericht über die gelesen. Diese Irren dringen in fremde Wohnungen oder Häuser ein, von denen sie wissen, dass deren Besitzer in Urlaub sind.«

Sabrina nickte. »Davon hab ich auch schon mal gehört.«

»Diese Einbrecher schlafen dann in den Betten der Leute, legen sich in ihre Badewanne, ziehen ihre Kleider an, fressen die Kühlschränke leer und halten sich im Weinkeller schadlos. Und wenn sie Gelegenheit dazu haben und die entsprechenden Passwörter und EC-Karten finden, plündern sie zum Dank auch noch die Konten der unfreiwilligen Gastgeber.«

»So was Gemeines!«, empörte sich die junge Kommissarin.

»Ja, Sabrina, das sehe ich genauso«, bestätigte Tannenberg. »Aber das ist nur die eine Variante der Spezies ›Fremdwohner‹. Die andere ist eigentlich noch viel unheimlicher, denn von deren Eindringen bekommen die allermeisten Wohnungseigentümer überhaupt nichts mit. Angeblich gibt es Internetseiten, auf denen sich diese durchgeknallten Typen mit ihren vermeintlichen Heldentaten brüsten. Für die scheint es so etwas wie Extremsport zu sein, wenn sie zeitweise in die Identität eines anderen schlüpfen. Zu leben wie dieser Mensch, zu riechen wie dieser Mensch …«

Wolfram Tannenberg schüttelte sich wie ein nasser Eisbär. »Bäh, ist diese Vorstellung eklig. Der absolute Kick besteht wohl darin, sich einige Zeit in einer fremden Wohnung aufzuhalten, ohne dabei auch nur die geringsten Spuren zu hinterlassen. Mit Kopfkameras filmen die sich dabei, wie sie fremde Bücher lesen, aus fremden Tassen trinken, fremde Unterwäsche an- und ausziehen, baden und noch einige andere, bedeutend widerlichere Dinge tun.«

»Also in deinem Schlafzimmer würden mir bestimmt einige Sauereien einfallen«, bemerkte Geiger mit einem dreckigen Grinsen in Sabrinas Richtung.

»Das kann ich mir gut vorstellen, du elende Pottsau«, brüllte Michael, packte Geiger am Kragen und zerrte ihn mit dem Rücken auf den Besuchertisch. Tannenberg konnte ihm gerade noch rechtzeitig in den Arm fassen, sonst hätte der vulgäre Kriminalhauptmeister wohl dringend einen Kieferchirurgen benötigt.

# 6

»So, mein liebes, kleines, süßes Mäuslein, ab jetzt darfst du ganz alleine spazieren gehen«, säuselte der Spider.

Mit geübtem Griff fing er eine weiße Maus ein, packte sie am Schwanz und zog sie aus ihrem Terrarium, in dem gut zwei Dutzend ihrer Artgenossen panisch durcheinanderjagten. Er durchquerte sein laborartiges Arbeitszimmer und ließ die Maus über einem bedeutend größeren Spinnen-Terrarium herumbaumeln, das mit Rindenmulch, einem Ast und einer Korkröhre bestückt war.

»Schau mal, wie sich der gute alte Theo schon auf dich freut«, flötete er, während er den Deckel aufklappte. Seine weiche, melodische Stimme veränderte sich plötzlich wie auf Knopfdruck und war mit einem Mal hart und schneidend. »Ich glaube, der arme Kerl ist ziemlich hungrig«, spie er förmlich seine Schadenfreude aus.

Die männliche Theraphosa blondi, bei Spinnenliebhabern auch als Goliath- oder Riesenvogelspinne bekannt, stellte sich auf die Hinterbeine, richtete ihren Körper auf und bewegte die freischwebenden Vorderbeinen so, als wolle sie ihrem Ernährer zuwinken.

Der Spider besaß ein wahres Prachtexemplar dieser größten lebenden Vogelspinnenart. Theos rostbrauner Körper war fast 10 Zentimeter lang und die Spannlänge seiner stark behaarten, gleichfarbigen Beine brachte es auf beeindruckende 26 Zentimeter.

Theo war ein ausgesprochen aggressives und unberechenbares Tier. Zu seinem Verhaltensrepertoire gehörte neben dem sogenannten Stridulieren, dem Ausstoß eines hochtönigen Zischgeräuschs, das Bombardieren des potenziellen Feindes oder Opfers mit Juckreiz auslösenden und mit Widerhaken versehenen Beinhaaren.

Und natürlich der Giftbiss. Wobei ein Mensch weniger Probleme mit dem recht harmlosen Spinnengift hatte als vielmehr mit der tiefen Fleischwunde, die Theos kräftige Beißklauen im Körper des Opfers hinterlassen konnten.

Bei denjenigen Lebewesen, die normalerweise auf dem Speiseplan einer Goliath-Vogelspinne standen, diente das eingespritzte Gift vor allem der Narkotisierung und Zersetzung des Beutetiers, damit die Theraphosa blondi ihr Opfer anschließend problemlos aussaugen konnte.

Der Spinnenexperte setzte die hysterisch fiepende Maus vorsichtig im Terrarium ab und wartete auf die Reaktion seiner Goliath-Vogelspinne. Doch Theo mimte den scheinbar Desinteressierten, zog sich in seine Höhle zurück und beobachtete die quicklebendige Mahlzeit mit seinen acht kleinen Augen.

»Alter Spielverderber«, grummelte der Spider und schlurfte hinüber zu seinem Schreibtisch, der von Spinnenpostern, Bücherregalen und weiteren Terrarien umrahmt war. Während der Laptop surrend hochfuhr, schaute er noch einmal zu seiner Riesenvogelspinne, doch die regte sich noch immer nicht.

»So, Theo, jetzt wo du dein nächstes Spielzeug auf dem Präsentierteller liegen hast, werde ich mir nun ebenfalls ein neues Spielzeug besorgen.« Es folgte ein diabolisches Kichern.

»Muss ich ja schon alleine deshalb tun, damit die arme Jessica nicht so einsam ist. Im Gegensatz zu dir Einzelgänger brauchen wir Menschen nämlich soziale Kontakte, sonst gehen wir ein wie eine Primel ohne Wasser.«

Er rief eine mit dem Begriff ›Passwörter‹ bezeichnete Word-Datei auf.

»Musikerviertel – was für ein originelles Kennwort, Theo, oder?«, spottete er und hämmerte die Buchstabenkombination in die Tastatur.

»Na ja, die Passwörter für die anderen sozialen Netzwerke sind auch nicht viel kreativer«, setzte er den Dialog mit seinem achtbeinigen Gesprächspartner fort.

Grunzend zog der Spider die Nase hoch und leckte sich die Lippen. »Schauen wir doch erst mal in die Gruppe ›Freunde des Kindergartens am Stadtpark‹ rein.«

Auf dem Desktop erschien eine schmucke Villa aus der Gründerzeit. Er klickte das nächste Foto an, das mit der Überschrift ›Unsere kleinen Racker‹ betitelt war. Während der Mauszeiger langsam über die Kinderköpfe hinwegstrich, tauchten über den fröhlichen Gesichtern Sprechblasen mit den zugehörigen Namen auf.

»Da haben wir ja auch schon die süße, kleine Emma«, stieß er freudig aus. »Ach, hast du ein putziges Bärchen in der Hand.«

Wieder dieses stakkatoartige, blecherne Kichern.

»Vielleicht sollte ich dir bei nächster Gelegenheit eine Vogelspinne als Kuscheltier schenken.«

Sein Blick hüpfte hinüber zu einem seiner Vogelspinnen-Terrarien. »Na, Theo, was hältst du von meiner Idee?«

Schmunzelnd stützte der Spider das Kinn auf seine linke Hand. »Da ist ja auch Emmas Mama«, sagte er mit Blick auf die Gruppe ›Aktuelle Mitglieder des Elternausschusses‹.«

Wie bei einem Torjubel riss er plötzlich die Arme empor

und streckte den Oberkörper nach vorn durch. Nach einem Blick zur Decke, die er routinemäßig nach Weberknechten absuchte, rief er eine weitere FSN-Gruppe auf.

Sie trug den Namen ›Schulfreundinnen – Zutritt nur für Frauen‹. Voller Vorfreude knetete er die Hände, während er die unzähligen kleinformatigen Porträtfotos betrachtete, die ihn unweigerlich an ein Kaleidoskopbild erinnerten.

»Einfach herrlich, was diese dummen Weiber so alles über sich ins Netz stellen.«

Er klickte auf eines der Fotos. Ein fragebogenähnliches Dokument mit allen möglichen persönlichen Daten der Frau erschien.

»Theo, sie heißt Conny Faulhaber, ist 24 Jahre alt und von Beruf Arzthelferin. Das süße kleine Häschen schreibt, dass sie zurzeit sehr einsam ist. Och, die arme, arme Maus«, sagte er in einem Ton, in dem man normalerweise mit Kleinkindern spricht. »Soll ich dir mal vorlesen, was sie geschrieben hat, Theo?« Der Spider verschränkte die Arme vor der Brust und räusperte sich.

»›Der Mistkerl, mit dem ich drei Jahre zusammen war, hat mich nach Strich und Faden belogen und betrogen‹«, las er sich selbst vor. »›Da bin ich natürlich sofort ausgezogen. Und jetzt lebe ich alleine. Und das ist ganz schön schwer, kann ich euch sagen. Die Tage gehen ja noch, weil ich da arbeite, aber die Abende und die Wochenenden – fürchterlich.

Bitte helft mir und unternehmt etwas mit mir, damit ich schnell über diese schwierige Zeit hinwegkomme. Wer von euch hat Lust, mit mir schwimmen, joggen oder spazieren zu gehen? Und vielleicht anschließend zum Quatschen in eine Lounge? Bitte meldet euch, dann schicke ich euch meine E-Mail-Adresse und Telefonnummer. Dann können wir einen Treffpunkt vereinbaren.‹«

Der Spider grinste breit und knetete die Hände. »Das kannst du haben, mein Schätzchen. Ich kümmere mich um dich.«

›Hallo, Conny! Schön, mal wieder etwas von Dir zu hören‹, tippte er. Ich hätte heute Zeit, um Dich ein bisschen zu trösten. Treffen wir uns um 18 Uhr am Waldparkplatz an der Rothen Hohl? Von dort aus können wir zur Jammerhalde und zurück joggen. Da haben wir genug Zeit zum Quatschen. Also, melde Dich. Wenn's bei Dir so auf die Schnelle nicht klappen sollte, dann vielleicht morgen?! Ich warte auf Deine Antwort. Liebe Grüße – Marieke.‹

Keine zwei Minuten später traf bereits die Rückmeldung ein: ›Super, Marieke! Alles klar: heute 18 Uhr an der Rothen Hohl. Ich bin Dir ja so was von dankbar! Freue mich! HDGDL Conny.‹

»Ich hab dich auch ganz doll lieb«, höhnte der Spider und spitzte die Lippen zu einem Küsschen.

Jessica Hellmann spürte den schneidenden Schmerz wie einen Peitschenhieb. Sie bäumte sich dagegen auf, aber dadurch wurden die Schmerzen nur noch schlimmer. Trotzdem zerrte sie weiter verzweifelt an den Metallfesseln.

Plötzlich stieß ihr linker Knöchel gegen einen Widerstand. Sie zog sich an den Handfesseln so weit es ging nach oben und presste die Knie aneinander. Noch ein Stück höher und ihre gefesselten Fersen rutschten über einen kleinen Vorsprung hinweg.

Nun schwebten ihre zusammengebundenen Füße nicht mehr frei in der Luft, sondern hatten festen Stand gefunden. Umgehend reduzierten sich die Schmerzen an den gefesselten Händen. Jessica schnaufte erst einmal erleichtert durch.

Doch die dröhnenden Kopfschmerzen waren immer noch da. Sie hatte das Gefühl, als ob eine Dampframme unter ihrer Schädeldecke arbeitete. Auch die Zunge tat ihr fürchterlich weh. Sie war dick geschwollen und klebte an ihrem ausgetrockneten Gaumen fest.

Blinzelnd öffnete sie die Augen.

*Warum sehe ich denn nichts?*, fragte sie sich entsetzt.

*Trage ich eine Augenbinde?*

Sie presste die Brauen zusammen, sperrte die Augen auf, verzog das Gesicht und blies die Backen auf. Aber sie spürte weder eine Stoffbinde noch eine lichtundurchlässige Schwimmbrille.

*Nein, anscheinend habe ich keine Binde oder Maske auf. Aber irgendetwas klebt auf meiner Haut. Was ist das nur?*

*Bin ich blind?*, schoss es ihr plötzlich wie eine Leuchtrakete durchs Hirn.

Ihr Herz pochte so heftig, dass sie ihren Herzschlag im Hals spürte. Die Kopfschmerzen pulsierten im selben Rhythmus. Sie atmete viel zu hastig, pumpte viel zu viel Sauerstoff in die Lungen.

Als Biologiestudentin wusste sie natürlich, was diese Hyperventilation in ihrem Körper bewirken konnte: Im Extremfall würde ihr Kreislauf zusammenbrechen und sie konnte das Bewusstsein verlieren.

In Erinnerung an das erlernte Autogene Training versuchte sie ihren hechelnden Atem in den Griff zu bekommen. *Ganz ruhig atmen, tief und tiefer. Ich bin ganz ruhig. Atemzüge ruhig und tief*, kommandierte sie tonlos. *Atemzüge ganz ruhig und tief.*

Es dauerte eine Weile, aber dann hob und senkte sich ihr Brustkorb wieder in fast normalem Takt.

*Um mich herum ist es stockfinster*, deutete sie ihre Sinneseindrücke. *Trotzdem muss ich nicht blind sein. Quatsch, ich bin nicht blind! Wahrscheinlich hänge ich in irgendeinem lichtdichten Kellerraum an der Wand.*

Bei diesem niederschmetternden Gedanken überspülte Jessica eine Welle der Verzweiflung. Ein heftiger Weinkrampf schüttelte sie durch. Dicke Tränen schossen aus ihren Augen, perlten über die Wangen und versiegten im Baumwollstoff ihres Sweatshirts.

»Aber warum bin ich hier in diesem Verlies?«, jammerte sie.

Ihr Schluchzen wurde lauter und hysterischer.

»Wo bin ich?«, schrie sie mit sich überschlagender Stimme. »Was willst du von mir?«

Doch niemand antwortete.

Nach ein paar Minuten beruhigte sie sich ein wenig und sie konnte wieder einigermaßen klar denken. Angestrengt versuchte sie, ihr Gedächtnis zu aktivieren.

*Woran erinnere ich mich? Was ist auf diesem Parkplatz passiert? Weil Marieke noch nicht da war, habe ich zuerst ein paar Dehnungsübungen gemacht.*

Nach und nach kehrten immer mehr Bruchstücke zurück.

*In meinem Rücken habe ich plötzlich ein Auto gehört. Ich dachte, es sei Marieke. Aber es war ein schwarzer Lieferwagen. Deshalb habe ich nicht weiter auf ihn geachtet und meine Übungen gemacht. Was passierte dann?*

*Los, erinnere dich!*, feuerte sie sich selbst an.

Plötzlich tauchte vor ihrem geistigen Auge ein Schatten auf. Jessica Hellmann konzentrierte sich, versuchte sich jede Einzelheit in Erinnerung zu rufen. *Mehr habe ich nicht von ihm gesehen. Da war nur noch dieser scharfe Geruch nach Rasierwasser oder Männerparfum. Dann habe ich einen heftigen, krampfartigen Schmerz im Nacken gespürt. Wie bei einem Stromschlag.*

Die Verzweiflung packte sie erneut im Genick und rüttelte sie kräftig durch. »Aber warum hast du ausgerechnet mich entführt, du Mistkerl?«, brüllte sie wie von Sinnen. »Was hab ich dir getan? Was willst du von mir?«

Ein langgezogenes, dumpfes Stöhnen wie von einem verendenden Tier dröhnte durch die bleierne Dunkelheit.

»Wenn diese schnuckelige Conny schon heute Abend mit uns spielen möchte, werden wir uns ein bisschen beeilen müssen, Theo«, sagte der Spider.

Er nahm eine Transportbox und streifte seine Spezialhandschuhe über, mit denen er sich vor den Giftklauen seiner Spinnen schützte. Er schlenderte zu Theos Glaskasten und kniete sich davor nieder.

»Hast ja eigentlich recht, mein Lieber. Lass die Maus noch ein bisschen am Leben.« Der Spider verzog sein Gesicht zu einer hämischen Grimasse. »Wenn du hungrig bist, haben wir alle drei noch ein bisschen mehr Freude an unserem Besuch bei Jessica, nicht wahr?«

Ächzend drückte er sich in die Höhe, nahm den Terrariumdeckel ab, hob die Korkhöhle an und schnappte sich die darunter verborgene Riesenvogelspinne mit einem eingeübten Zangengriff.

Für die Fahrt zu dem zwischen dem Daubornerhof und Hochspeyer gelegenen ehemaligen Militärgelände benutzte er nicht den präparierten Kleintransporter mit den abgedunkelten Scheiben und den gefälschten Nummernschildern, sondern seinen unauffälligen Golf.

Auf seinem Weg stadtauswärts steuerte er den hinter der 23er-Kaserne gelegenen Einkaufsmarkt an, der in den letzten Jahren häufiger seinen Namen als die Regalbestände gewechselt hatte.

Er kaufte ein Päckchen Rasierklingen und ein Sixpack Mineralwasser. Als er an einer Bäckereifiliale vorbeischlenderte, überfiel ihn ein regelrechter Heißhunger auf etwas Süßes. Er ließ sich zwei Berliner einpacken, stopfte sie sich dann aber bereits ein paar Meter weiter nacheinander in den Mund und schlang sie fast unzerkaut hinunter.

In seinem Auto spülte er den süßlichen Geschmack mit Mineralwasser die Kehle hinunter. Nach einem gedehnten Rülpser, der an das Röhren eines brunftigen Rothirsches erinnerte, fuhr er auf die Mannheimerstraße zurück und passierte das Ortsschild von Kaiserslautern. Auf der Bergkuppe des Hochspeyerer Stichs bog er in einen in nördlicher Richtung abzweigenden Forstweg ein.

Fünf Minuten später erreichte er seinen Zielort, ein ehemaliges Depot der US-Armee, in dem Gerüchten zufolge zuweilen auch Giftgasgranaten lagerten. Die untergehende Herbstsonne tauchte den bereits leicht kolorierten Wald in ein mildes Abendlicht, und über dem weitläufigen Wiesengelände waberten die ersten Dunstschleier.

Die ehemalige Militäranlage bestand aus mehreren Komponenten: Zum einen aus einem villenähnlichen Flachdachbau mit Nebengebäuden, in dem die Verwaltung jahrzehntelang ihren Sitz hatte. In diesem Gebäudekomplex befanden sich zudem Aufenthaltsräume, Zweibettzimmer und Sanitäranlagen für die Soldaten sowie eine kleine Cafeteria und eine Waffenkammer.

Über diesem Flachdachgebäude thronte ein etwa zehn Meter hoher, achteckiger Wachturm. Und unter dem angrenzenden Wiesengelände erstreckte sich eine weitverzweigte Bunkeranlage, die von außen nicht zu erkennen und nur durch einen gut getarnten Eingang hinter dem Wachturm zugänglich war.

Vor einigen Jahren hatte das Kulturamt der Stadt international bekannten Graffiti-Künstlern die frisch geweißelten Außen- und Innenwände der Gebäude für einen Wettbewerb zur Verfügung gestellt. Doch inzwischen hatten Sonne und Regen den bunten Kunstwerken auf der Außenfassade stark zugesetzt. Und in den Gebäuden hatten sich Schimmelpilze und Feuchtigkeit über den farbenfroh besprühten Innenputz hergemacht und ihn großflächig abblättern lassen.

Der Spider parkte sein Auto in einem nur schlecht einsehbaren Seitenweg. Er stieg aus, hängte sich seinen geräumigen Wanderrucksack über die Schultern und wanderte zur ehemaligen Anlage der amerikanischen Streitkräfte.

Am Rande eines Fichtenwäldchens spähte er nach allen Seiten und huschte über den geschotterten Forstweg. An der Hinterfront des Wachturms hatte er bereits vor einigen Tagen das Schloss der Außentür aufgebohrt und einen handlichen Stromgenerator in der Schaltzentrale im Keller deponiert.

Nur mit brachialer Gewalt ließen sich die schweren, verrosteten Riegel der Sicherheitstür bewegen. Begleitet von einem hellen, quietschenden Geräusch zog er die Tür nach außen und arretierte sie. So hatte er genügend Licht, um auch ohne Taschenlampe zur Schaltzentrale zu gelangen. Ein feuchtkalter, modriger Geruch stieg ihm in die Nase. Eiseskälte kroch ihm in die Kleider und ließ Gänsehaut auf seinen Armen sprießen.

Er warf den Stromgenerator an, der die Deckenlampen

mit Energie versorgte. Der wie eine Betonröhre wirkende, triste Flur wurde von Neonlicht geflutet. Mit der Hand schirmte er seine Augen gegen den grellen Lichtschein ab. Dann verriegelte er die Außentür und eilte durch ein Labyrinth von unterirdischen Gängen zu einem der ehemaligen Depotbunker, dessen Flurwände und Stahltüren in Brusthöhe mit einem Streifen gelb-schwarzer Signalfarbe markiert waren.

Vor der angepeilten Bunkertür wartete er einen Augenblick. Während er die weißen Dunstschwaden seines Atems beobachtete, die vom Türblatt zu ihm zurückströmten, spitzte er die Ohren. Doch er vernahm nicht das geringste Geräusch.

Übermütig kickte er einen Stein in einen unbeleuchteten Flurbereich. Ein lautes Fauchen und Fiepen ließ ihn erschrocken zusammenzucken. Noch im selben Moment jagten drei Ratten an ihm vorbei und verschwanden auf der anderen Seite des Korridors in einer dunklen Nische.

»Verpisst euch, ihr Scheißviecher!«, zischte er ihnen hinterher.

Nachdem sich der Spider wieder beruhigt hatte, stellte er seinen Rucksack ab und löschte das Flurlicht. Nun war es wieder stockfinster um ihn herum. Er hatte sich die Position der beiden Riegel genau eingeprägt. Wie ein Blinder tastete er nach dem oberen Riegel und drehte ihn langsam nach außen. Dann kam der fast in Bodenhöhe angebrachte zweite Sperrriegel an die Reihe. Wie von einem Unterdruck befreit, schnappte die Tür auf, allerdings nur einen Spaltbreit.

»Ist da jemand?«, keuchte eine ängstliche Frauenstimme.

Dem Spider stellten sich die Nackenhaare und eiskalte

Schauer strömten wellenartig durch seinen Körper bis hinunter in die Fußsohlen.

»Ja, mein liebes, süßes Jessica-Schätzchen, hier ist jemand für dich«, antwortete der Spider und hüstelte. »Eigentlich sind wir sogar wir zu zweit.«

»Durst, ich bin so durstig«, krächzte es ihm entgegen.

»Das kann ich mir gut vorstellen«, entgegnete er verständnisvoll. »Du bekommst auch gleich etwas zu trinken.«

Ein hämisches Lachen löste sich aus der Tiefe seines Brustkorbs. »Allerdings liegt dieser Zeitpunkt noch nicht in Reichweite für dich. Dein Schicksal liegt völlig in meiner Hand. Ich kann dir Wasser geben, ich kann dich verdursten lassen. Ich kann dich …«

Genüsslich verschwieg er den Rest und weidete sich an den verzweifelten Geräuschen seines Entführungsopfers.

Der Spinnenliebhaber tastete nach dem Lichtschalter. Die Starter der Leuchtstoffröhren zündeten und tauchten den unterirdischen Bunker in gleißendes Kunstlicht. Reflexartig presste Jessica Hellmann die Lider zusammen und warf den Kopf zur Seite. Der Spider betrat jedoch nicht die Halle, sondern wartete vor der Tür. Somit blieb er auch weiterhin für die junge Frau unsichtbar.

Außer einer Aluminiumleiter und einem mehrere Meter langen, turbinenähnlichen Lüftungsrohr, das seitlich an der gewölbten Decke entlangführte, war der stollenartige Bunker leer. Sah man einmal von einem überdimensionalen Spinnennetz ab, das an der gegenüberliegenden Wand angebracht war. In diesem klebte Jessica Hellmann wie eine erbeutete Fliege.

Über eine Fläche von circa 20 Quadratmetern hatte

der Spider kräftige Taue gespannt und diese mit Spezialschrauben in der Betonwand befestigt. An mehreren Stellen der Netzkonstruktion ragten schmale Trittbretter aus der Betonwand. Daneben baumelten jeweils zwei Fußfesseln, die genauso wie die Beckengurte aus Leder gefertigt waren. Weit darüber hingen stählerne Handfesseln.

So als habe jemand den Mittelpunkt einer Zielscheibe markieren wollen, leuchtete im Zentrum des riesigen Spinnennetzes ein aufgemaltes knallrotes Kreuz auf der aschgrauen Betonwand. Auch an dieser Stelle befanden sich silberne Handschellen, braune Fußfesseln und ein kleines Podest. Über der Gesamtkonstruktion schwebte ein auf Gleitschienen montierter Flaschenzug.

Als Jessica sich urplötzlich aufbäumte und sich dadurch die Seile spannten, pendelten die Handfesseln wild hin und her und erzeugten ein spitzes Klirrgeräusch, das in dem Bunker gespenstisch widerhallte.

»Spar dir deine Kräfte lieber auf, mein Herzchen«, tönte der unsichtbare Besucher. »Was du gerade tust, ist nichts als Energieverschwendung, denn hier kommst du nie mehr alleine raus. Da kannst du anstellen, was du willst.«

»Bitte, bitte«, flehte die Frauenstimme.

Der Spider ignorierte den Einwurf. »Ich bin der Einzige, der dich aus dieser wahrlich beschissenen Lage befreien kann. Schreien nutzt dir übrigens auch nichts, denn wir befinden uns hier zehn Meter tief unter der Erde. Da hört dich garantiert niemand, höchsten vielleicht ein Maulwurf.« Auf seinen vermeintlichen Kalauer ließ der Spinnenliebhaber ein albernes Juchzen folgen.

»Was muss ich tun, damit Sie mich wieder freilassen?«, wimmerte Jessica Hellmann. »Ich tue alles, was Sie wollen.«

»Alles, wirklich alles?«, fragte der Spider mit einem dreckigen Grinsen. »Na, da fangen wir doch mal mit der Beantwortung einer einfachen Frage an: Woran erinnert dich denn meine geniale Performance?«

Jessicas Augen hatten sich inzwischen einigermaßen an die gleißende Helligkeit gewöhnt. Sie beugte den Oberkörper so weit es ging nach vorn und schaute sich blinzelnd um. Als sie die anderen Fesseln sah, erschrak sie.

»An ein Netz«, keuchte sie.

»Ja, schon, aber diese Antwort reicht mir nicht aus. Sie ist mir zu ungenau, zu allgemein.« Seine Stimme nahm eine bedrohliche Klangfärbung an. »Ich will detailliertere Antworten von dir haben! Sonst …«

»An ein Spinnennetz?«, schob Jessica schnell hinterher.

»Gut, sehr gut«, lobte ihr Entführer. »Du scheinst mir ein ziemlich schlaues Kind zu sein. Du studierst ja auch Biologie und …«

»Woher wissen Sie das?«, schoss es förmlich aus dem Munde der gefesselten Frau.

»Das spielt keine Rolle«, schnauzte ihr Gegenüber und brüllte: »Ist das klar?«

»Ja«, kam es gepresst zurück.

»Gut. Ich sehe, wir verstehen uns, Jessica. Also, weiter im Takt: Als Biologiestudentin kannst du mir sicherlich eine einfache biologische Transferfrage beantworten: Wenn es stimmt, dass du in einem Spinnennetz gefangen bist, dann bist du …?« Den Rest ließ er unausgesprochen und wartete auf eine Reaktion. Als sie sich jedoch nicht gleich einstellte, ergänzte er: »Na, was bist du dann für die Spinne?«

Jessica Hellmann schluckte hart. »Ein Beutetier?«, hauchte sie.

»Lauter, ich kann dich nur undeutlich hören.«

»Bin ich Ihre Beute?«, schrie sie aus Leibeskräften in die leere Halle hinein.

Der Mann kicherte wie ein pubertierendes Schulmädchen. »Das würde ja bedeuten, dass *ich* die Mörderspinne bin«, rief der Spider. »Als Biologiestudentin kurz vor der Abschlussprüfung weißt du doch sicherlich, wie Spinnen ihre Opfer töten, nicht wahr?« Seine Stimme schwoll an. »Oder hast du etwa in der ganzen Zeit noch nie ein Seminar zum Thema ›Gliedertiere‹ belegt? Hast du dich etwa noch nie mit diesen wunderbaren Gottesgeschöpfen beschäftigt, die mich seit Kindertagen wie kaum etwas anderes auf der Welt faszinieren?«

»Doch, doch, das habe ich«, antwortete Jessica. »Deshalb kann ich Ihre Frage auch beantworten: Spinnen töten ihre Beutetiere durch einen Giftbiss. Manche Arten spinnen ihre Opfer danach zuerst ein, bevor sie Verdauungssaft in ihre Beute spritzen. Dadurch werden die verdaulichen Anteile aufgelöst und die Spinne kann diese dann aussaugen.«

»In diesem Seminar hast du aber sehr gut aufgepasst«, lobte der Spider scheinheilig. »Es geht eben nichts über ein anspruchsvolles Biologiestudium an der Kaiserslauterer Universität, gell?«

»Ja, das stimmt«, versuchte Jessica Hellmann ihren Entführer weiter bei Laune zu halten.

»Hast du in diesem Zusammenhang schon einmal davon gehört, dass einige Vogelspinnenarten einen Futtertanz aufführen?«

»Nein, das ist mir neu«, bemerkte die entführte Frau.

»Eure Professoren wissen eben bedeutend weniger, als ihr meint«, spottete der Spinnenexperte. »Also, dann pass mal gut auf, was ich dir jetzt erzähle. Bei ihrem Futtertanz drehen sich die Vogelspinnen im Kreis herum und weben dabei ein festes Netz auf dem Boden, in das sie das Beutetier einrollen. Nach dem Verzehr ihres Opfers putzt sich die Spinne übrigens ausgiebig. Spinnen sind nämlich sehr, sehr auf Sauberkeit bedachte Tiere. Hast du auch nicht gewusst, oder?«

»Nein.«

In diesem Augenblick betrat der Spider den lichtdurchfluteten Bunker.

Als Jessica Hellmann die hünenhafte, mit Parka und Jeans bekleidete Gestalt erblickte, schäumte mit einem Mal die Wut in ihr auf. Das war also ihr Peiniger, dieser Mistkerl, der sie betäubt, gefesselt, entführt, eingesperrt und wie eine Jagdtrophäe in einem Verlies an die Wand gehängt hatte.

*Aber wieso trägt der Typ keine Maske? So kann ich ihn doch identifizieren. – Oh mein Gott!* Die Erkenntnis traf sie wie ein Keulenhieb.

»Warum haben Sie ausgerechnet mich entführt?«, brach sich ihre Verzweiflung Bahn. »Was wollen Sie von mir? Ich kenne Sie doch überhaupt nicht.«

»Keine Angst, meine süße Jessica, du wirst mich noch kennenlernen – und zwar im doppelten Wortsinne.«

Wieder dieses helle, hüstelnde Kichern, das so gar nicht zu diesem großen, kräftigen Mann passen wollte. »Du wirst mich sogar bedeutend schneller und intensiver kennenlernen, als dir lieb sein dürfte.«

Jessicas Zorn verflüchtigte sich genauso plötzlich, wie er aus dem Nichts aufgetaucht war. Sie spürte nur noch panische Angst, die ihren Körpers erschaudern ließ.

Ihr Entführer dagegen badete in ihrer aufkeimenden

Panik. »Weißt du eigentlich, dass du etwas ganz, ganz Besonderes für mich bist?«, fragte er mit zitternder Stimme. »Du bist schließlich mein erstes Opfer. Doch keine Angst, du bekommst schon bald Gesellschaft. Aber weil du das erste Opfer des Spinnenmännchens bist, wirst du natürlich ein wenig länger leiden müssen als deine Schwestern. Ich kann dich jedoch trösten: Das Finale grandioso wird euch alle miteinander vereinen. Die Schwestern des Leidens gemeinsam erlöst vom gnädigen Tod. Ich verspreche dir: Du wirst den Tod herbeisehnen wie ein Ertrinkender den Rettungsring.«

Der Spider stellte die Aluminiumleiter neben die aschfahle, bibbernde Studentin. Dann fasste er in eine Außentasche seines Parkas, kramte die Rasierklingen hervor und zog eine aus der Aufbewahrungsbox.

»Schau mal, was ich dir Wundervolles mitgebracht habe«, sagte er und präsentierte ihr die funkelnde Klinge wie ein wertvolles Schmuckstück. Dabei nagelte er Jessica mit seinem stechenden Blick geradezu an die Wand.

»Was wollen Sie damit machen?«, stieß Jessica schrill aus.

Ihr Entführer machte eine unbestimmte Geste, blies die Backen auf und ließ den aufgestauten Atem geräuschvoll entweichen. »Och, weißt du, Jessica, mit diesen kleinen, scharfen Dingern kann man alles Mögliche anstellen«, erwiderte er grinsend, während er langsam die Leitersprossen emporstieg. Als er auf gleicher Höhe wie sein Opfer war, packte er Jessicas Haarschopf. »Halt still, du kleine Schlampe«, knurrte er durch die geschlossenen Zahnreihen, »sonst tut's weh.«

Jessica gehorchte.

Der Spider schnitt eine dicke Haarsträhne ab und

betrachtete sie zufrieden. »Na, das hat doch nun wirklich nicht wehgetan, oder?«, säuselte er in einem Ton, als hätte er gerade Kreide gefressen.

»Nein, das war nicht schlimm«, keuchte Jessica. Ihre Zähne klapperten so laut, als würde jemand an einer Nähmaschine arbeiten. »Wozu brauchen Sie denn meine Haare?«

»Das bleibt erst mal mein Geheimnis«, erwiderte der Spider. »Vielleicht erzähle ich es dir ja später.« Er nahm seinen Rucksack ab und hängte ihn mit einem Karabinerhaken an eine der mittleren Leitersprossen.

»So, meine Süße, jetzt kriegst du endlich etwas zu trinken, sonst verdurstest du mir noch. Und das wäre doch jammerschade, schließlich haben wir zwei noch eine Menge miteinander vor, nicht wahr?«

Er tätschelte Jessicas nackte Wade. Sie trug nur eine kurze Sporthose und ein Sweatshirt am Körper.

»Ach, was für eine süße Gänsehaut du hast. Wirklich putzig«, schwärmte er. Anschließend schraubte er die Mineralwasserflasche auf und nahm zuerst einmal selbst einen großen Schluck. Ungeniert stieß er einen lauten Rülpser aus. »Bäuerchen gemacht.«

»Könnten Sie mir bitte die Handfesseln abnehmen, damit ich die Flasche selbst halten kann?«, bettelte Jessica.

»Nein, nein, das geht leider nicht«, lehnte der Spider ab.

Er führte den Flaschenhals an ihre spröden, ausgetrockneten Lippen und ließ sie mehrmals trinken. Dabei stieg Jessica Hellmann ein penetranter Schweißgeruch in die Nase und raubte ihr fast den Atem.

»So, das reicht fürs Erste«, entschied ihr Entführer,

stellte die Sodaflasche neben der Leiter ab und zog eine durchsichtige Plastikbox aus seinem Rucksack.

»Schau mal, Jessica, was ich dir Schönes mitgebracht habe«, sagte er in einem Ton, als ob er mit einem Kleinkind spräche. »Das hier ist Theo. Theo ist ein alter Freund von mir. Tiere sind bedeutend ehrlichere und treuere Freunde als Menschen, findest du nicht auch?«

Diese Frage drang überhaupt nicht zu Jessicas Bewusstsein vor. Entgeistert hatte sie Mund und Augen aufgerissen und starrte nun mit panischem Blick auf die Riesenspinne. »Oh nein, nicht«, stöhnte sie.

»Ach, du ahnst also schon, was dir bevorsteht?«, labte sich der Spider an Jessicas Todesangst. »Du fragst dich jetzt garantiert, ob Vogelspinnen giftig sind, oder?«

Keine Antwort, nur Kopfschütteln.

Während Jessica leise vor sich hin wimmerte, begann ihr Peiniger zu dozieren: »Über die Giftigkeit von Vogelspinnen kursieren die wildesten Gerüchte und Halbwahrheiten. In der Sensationspresse taucht immer mal wieder ein Bericht auf, nach dem eine Vogelspinne einen Menschen durch ihren Giftbiss vom Leben in den Tod befördert haben soll.«

Er brach ab und streichelte sanft über Jessicas Oberschenkel. »Das ist wirklich die süßeste Gänsehaut, die ich je gesehen habe«, murmelte er wie in Trance vor sich hin.

Doch dann straffte er sich und erklärte mit lauter Stimme: »Das ist aber alles Quatsch, mein Schätzchen. Die Giftdrüsen der Vogelspinnen erzeugen zwar Nervengifte, um die Beute möglichst rasch bewegungsunfähig zu machen, und auch noch andere chemische Substanzen, die in der Lage sind, Gewebe, Zellen oder Blut der Beutetiere zu zerstören, aber dieser Cocktail kann einem gesunden Menschen normalerweise kaum etwas anhaben.«

Der Spinnenliebhaber seufzte. »Ich kann dich also beruhigen. Bis dato ist keine einzige Vogelspinnenart bekannt, deren Gift dazu in der Lage wäre, einem Menschen ernsthaften Schaden zuzufügen. Das ist doch mal eine erfreuliche Nachricht, oder?«

Jessica antwortete nicht, sondern wimmerte weiter vor sich hin. Sie war regelrecht paralysiert von Kälte, Angst und Ekel.

»Jetzt hör aber mal auf zu flennen, du hysterische Kuh«, brüllte ihr Entführer. »Diese Rotze ist ja so was von eklig.« Angewidert wischte er ihr mit einem Papiertaschentuch übers Gesicht.

»Bäh, was sind die meisten Menschen doch für unästhetische, verdreckte Tiere«, schimpfte er. »Dagegen sind Spinnen, wie ich schon erwähnt habe, extrem reinliche und ästhetische Lebewesen.«

Er atmete tief ein und aus, schien einen Augenblick völlig in die Welt seiner Gedanken versunken. Plötzlich ging ein heftiger Ruck durch seinen Körper.

»Das Gift einer Vogelspinne reicht gerade mal aus, um kleine Wirbeltiere, wie zum Beispiel Mäuse, zu töten«, dozierte er weiter. »Bei Menschen wirkt das Spinnengift ähnlich wie ein Wespenstich. Höchstens eine Blutvergiftung könnte Menschen schwerwiegende Probleme bereiten. Allerdings kann bei einem Allergiker dieses Gift einen anaphylaktischen Schock auslösen.«

Jessica griff nach dem Strohhalm. »Ich reagiere auf tierische Gifte allergisch«, beteuerte sie.

Der Spider kicherte. »Das kann ja jeder behaupten«, wiegelte er ab. »Na ja, das werden wir gleich überprüfen.«

Der Anblick des auf Gedeih und Verderb ausgelieferten, geschundenen Opfers wirkte auf seinen Peiniger wie ein

Aphrodisiakum. Nervös trippelte der Spider auf der Stelle und nagte dabei an seinen schmalen Lippen herum.

»Ach, fast hätte ich dir eine wichtige Information vorenthalten, mein Herzchen«, verkündete er. »Der Biss einer Vogelspinne ist zwar nicht sonderlich gefährlich, dafür aber äußerst schmerzhaft. Manchmal kommt es auch zu individuellen Reaktionen wie Schüttelfrost, Fieber und Lähmungserscheinungen.«

Wieder dieses alberne, blecherne Kichern, diesmal jedoch in einer besonders schadenfrohen Variante. »Ach, mir fällt gerade noch etwas anderes ein, mein süßes Täubchen. Ich weiß nicht, ob dir bekannt ist, dass Vogelspinnen beim Giftbiss häufig größere Fleischfetzen aus dem Körper ihrer Opfer herausreißen.«

Wie eine Asthmatikerin rang Jessica nach Luft.

Mit einer fahrigen Handbewegung schob der Spider eine Strähne seiner spärlichen Kopfbehaarung über die für einen jungen Mann ungewöhnliche Stirnglatze. Die eng zusammenstehenden, tief liegenden Augen formten sich zu Schlitzen und fixierten das Opfer. Doch kurz darauf begann dieser durchdringende, starre Blick urplötzlich zu flackern und die Augen huschten umher, als suchten sie einen Fixpunkt, den sie jedoch nicht finden konnten.

»Pass mal auf, mein Schätzchen, wir drei machen nun ein kleines Spielchen«, sagte der Spinnenfreund. »Eine Spielrunde dauert exakt drei Minuten. In dieser Zeit wird dich Theo ein wenig beschnuppern. Da du normalerweise nicht in das Beuteschema einer Riesenvogelspinne passt, hast du eigentlich nichts zu befürchten. Es sei denn, du machst in dieser Zeitspanne irgendwelche abrupten, hektischen Bewegungen.«

Der Spider summte und legte den Kopf schief. »Das

würde ich dir übrigens nicht raten«, fuhr er fort. »Denn wenn sich Theo durch irgendetwas bedroht fühlt, richtet er seinen Vorderkörper auf und stößt blitzartig die Beißklauen in sein Opfer. In deinem Fall in dein blutjunges, knackiges Fleisch.«

Mit lüsternen Blicken scannte er den halbnackten Frauenkörper ab. Nachdem er sich sattgesehen hatte, zog er Handschuhe an, befreite Theo aus seinem Gefängnis und setzte ihn vorsichtig auf Jessicas Unterschenkel ab.

»Zeit läuft ab jetzt«, verkündete er und löste die Stoppuhr-Funktion seiner Armbanduhr aus.

Jessica Hellmann getraute sich kaum mehr zu atmen. Ihr gesamter Körper stand unter Hochspannung und hatte sich in einen riesigen sensorischen Reizleiter verwandelt. Sie hatte den Eindruck, dass jede einzelne Nervenzelle ihres Körpers auf diese Vogelspinne fixiert war und jede noch so geringe Empfindung sofort an ihr Gehirn weitergeleitet wurde.

Voller Abscheu beobachtete sie die stark behaarte, rostbraune Riesenvogelspinne, wie sie sich behutsam vortastete. Sie spürte jeden einzelnen Reiz, den die Spinnenbeinchen auf ihrer Haut hervorriefen.

Was hätte sie dafür gegeben, wenn sie dieses widerwärtige Tier hätte abschütteln können. Aber sie konnte noch nicht einmal einen Versuch unternehmen, denn selbst wenn ihr dies gelänge, würde ihr Peiniger sie garantiert sehr streng für diese Regelmissachtung bestrafen.

*Bitte, bitte, lieber Gott, beschütze mich und verhindere, dass dieses scheußliche Tier zubeißt,* schickte sie ein Stoßgebet nach dem anderen gen Himmel.

»So, eine Minute ist schon um. Du bist besser, als ich

gedacht habe«, lobte der Spider und kramte in seinem Rucksack herum.

Inzwischen hatte die Riesenvogelspinne Jessicas Knie erreicht und legte eine kleine Verschnaufpause ein.

»Los, auf, Theo, du wirst doch nicht schon müde sein«, feuerte er das achtbeinige Spinnentier an. »Vor dir liegt ein sehr verführerischer Oberschenkel und …«

Den Rest verschluckte der Entführer. Statt weiterzusprechen schob er einen Kopfhörer über die Ohren und schaltete einen MP3-Player ein. Richard Wagners Ritt der Walküren war so laut eingestellt, dass Jessica den Blick von Theo losriss und ihren Entführer anstarrte.

Der fing ihren irritierten Blick auf und beantwortete ihre stumme Frage: »Weißt du, mein Schätzchen, diese geniale Musik ist ein probates Mittel gegen deine Schmerzensschreie.«

»Schmerzens…«, wiederholte Jessica.

Weiter kam sie nicht, denn mit einer völlig überraschenden Bewegung drückte der Spider leicht auf Theos Körper, der sofort seine Beißklauen in das Fleisch der jungen Frau hineinschlug.

Jessica brüllte sich die Seele aus dem Leib.

»Plärr hier doch nicht so hysterisch rum«, kommentierte er die markdurchdringenden Schreie seines Opfers. »Das hält ja kein Mensch aus.«

Der Spider zog Theo von Jessicas Bein ab, setzte ihn zurück in seinen Transportbehälter und fischte einen Elektroschocker aus seinem Parka.

»So, jetzt gibt's endlich Ruhe«, sagte er, während er Jessica mit 10.0000-Volt-Stromstößen narkotisierte.

Die junge Frau sackte wie leblos in sich zusammen.

»Ich hab dich übrigens nicht außer Gefecht gesetzt, um

dir diese tierischen Schmerzen zu ersparen, sondern weil du mir sonst mein Bild versaust«, erklärte er der bewusstlosen Studentin.

»Aber zuerst klebe ich dir noch ein neues Spinnennetz aufs Gesicht, damit du auch ja an mich und Theo denkst, wenn du nachher wieder wach wirst.« Er machte eine unbestimmte Handbewegung. »Obgleich dich die blutende Stelle an deinem Bein eh an uns erinnern wird.«

Wieder dieses gemeine, stakkatoartige Kichern.

»Wir müssen dich nämlich jetzt leider verlassen und wieder auf die Jagd gehen.«

In seinem Rucksack befand sich eine weitere durchsichtige Plastikdose, in der ein freischwebendes Spinnennetz baumelte. Es war zwischen Holzleisten aufgespannt. Vorsichtig nahm er es heraus und legte es seinem Opfer über das Gesicht.

Zufrieden rieb er sich die Hände. »Meine Performance sieht ja schon ganz gut aus«, lobte er sich selbst. »Aber jetzt kommt noch das Sahnehäubchen obendrauf.«

Er setzte sich auf eine Sprosse der Haushaltsleiter, nahm die Rasierklinge und ritzte ein Spinnennetz in Jessicas Oberschenkel.

# 7

Im K 1 traf gerade die Nachricht ein, dass der Einsatz einer Hundertschaft der Enkenbacher Polizeischule leider nicht zum Erfolg geführt hatte. Beim systematischen Durchkämmen der näheren Umgebung des Tatorts konnten weder Kleidungsstücke noch Schuhe der vermissten Studentin sichergestellt werden. Zudem blieb die Suche nach den Tatwerkzeugen ohne greifbares Ergebnis. Somit war davon auszugehen, dass der Täter sowohl den Elektroschocker als auch das Messer vom Tatort entfernt hatte.

»Die armen Kollegen können einem wirklich leidtun«, bemerkte Kriminalhauptmeister Geiger in einfühlsamem Ton. »Ich weiß aus eigener Erfahrung, dass das Durchstöbern von Wäldern und Wiesen eine richtige Syphilisarbeit ist.«

Tannenberg meinte zunächst, sich verhört zu haben. »Eine was?«, fragte er deshalb nach.

»Eine richtige Syphilisarbeit«, wiederholte Geiger.

»Syphilisarbeit? Oh, Mann, ist das gut!«, feixte der Leiter des K 1. Während ihm Tränen in die Augen schossen, japste er wie ein Ertrinkender nach Luft.

Armin Geiger dagegen lief rot an und fletschte die Zähne.

»Du bist vielleicht eine Marke«, prustete sein Chef. »Mensch, Geiger, du meist die Sisyphusarbeit. Sisyphus ist eine antike Sagengestalt, wogegen Syphilis eine Geschlechtskrankheit ist.«

»Wortherkunft des Begriffes ›Syphilis‹«, mischte sich

Petra Flockerzie ein. »Ich habe mich auf die Schnelle im Internet kundig gemacht. Der Name ›Syphilis‹ geht auf den italienischen Arzt Girolamo Fracastoro zurück, der bereits im Jahre 1530 ein Gedicht über diese Krankheit geschrieben hat:

*Syphilus packt sie als ersten.*
*Schlimm wird ihm der Leib zerfressen*
*Von gar garstigen Geschwüren,*
*Schmerzend reißt es in den Gliedern,*
*Seine Nächte flieht der Schlaf.*
*Und nach ihm benennt die Menschheit*
*Heute noch die gleiche Seuche,*
*Es empfängt von ihm die Krankheit*
*Nun den Namen: Syphilis.*

Weiter steht hier zu lesen: ›Girolamo Fracastoro bediente sich bei seiner Namensgebung der antiken Mythologie, denn dort findet sich ein gewisser Sipylus, der zweite Sohn der Niobe, welche die Tochter des legendären Tantalos war.‹«

»Das hab selbst ich nicht gewusst«, gestand Tannenberg grinsend ein. »Also haben Syphilis und Sisyphus doch eine Gemeinsamkeit, nämlich ihren Ursprung in der griechischen Mythologie.«

Völlig überraschend schlug er nun gegenüber seinem Mitarbeiter einen versöhnlichen Ton an. »Nichts für ungut, Kollege Geiger. Man kann ja nicht alles wissen. Aber merk dir für die Zukunft: Wenn man Fremdwörter benutzt, sollte man wissen, was sie bedeuten, sonst kann's peinlich werden.«

Tannenberg wandte sich seiner Sekretärin zu: »Hast du

auch etwas über Sisyphus gefunden, das du unserem wissbegierigen Kollegen präsentieren könntest?«

»Aber klar doch, Chef«, entgegnete Petra Flockerzie. Während sie ihr Doppelkinn kraulte, fasste sie die Informationen der Fundstelle zusammen: »Homer berichtet in seiner berühmten Odyssee von Sisyphus, dem König von Korinth. Sisyphus war offensichtlich ein überaus widerwärtiger, verschlagener und gewinnsüchtiger Mensch. Deshalb wurde er mit einer lebenslangen Hadesstrafe belegt: Immer und immer wieder musste er einen schweren Felsbrocken den Hang hinaufwälzen. Sobald die Steinkugel oben angekommen war, rollte sie wieder hinunter, und für Sisyphus begann die ganze Schinderei von vorne.«

»Danke, Flocke, für diesen kleinen humanistischen Bildungsexkurs«, sagte ihr Vorgesetzter. »Daran sieht man mal, dass das Internet durchaus auch Vorzüge hat und nicht nur für kriminelle Zwecke missbraucht werden kann. – Womit wir nun endlich wieder bei unserem aktuellen Fall angelangt wären.«

»Tja, und da treten wir nach wie vor leider auf der Stelle«, bemerkte Karl Mertel resigniert. Der Leiter der kriminaltechnischen Abteilung zog mehrere Fotografien aus seiner Tasche und reichte sie Tannenberg.

»Ist das Jessica Hellmanns Auto?«

Mertel nickte. »Der PKW der vermissten Person stand glücklicherweise etwas abseits auf dem Parkplatzgelände. Dort scheint seit Längerem kein anderes Fahrzeug mehr geparkt zu haben. Die einzigen identifizierbaren Fußspuren führen vom Auto der Studentin zu einem Waldweg, auf dem sie sehr wahrscheinlich zum Entführungs- beziehungsweise Leichenfundort gelangt ist.«

»Also wurde sie höchstwahrscheinlich nicht auf dem

Parkplatz des Strandbades, sondern auf dem Waldparkplatz an der Straße zwischen dem Gelterswoog und Queidersbach entführt«, sagte Tannenberg eher zu sich selbst.

»Genau, Wolf«, bestätigte der Spurenexperte. »Am Leichenfundort wiederum konnten wir ausschließlich die Reifenprofile eines Fahrzeugs sicherstellen, bei dem es sich definitiv nicht um das Auto der Vermissten handelt.«

»Na, das ist doch auch schon mal was«, sagte Tannenberg. »Zumindest ist es bedeutend mehr als gar nichts.«

Mertel wusste offenbar mit diesem Einwurf nichts anzufangen, denn nach einem kurzen Stirnrunzeln fuhr er mit seinem Fachvortrag fort: »Deshalb können wir meines Erachtens mit einiger Gewissheit davon ausgehen, dass diese Reifenspuren vom Täterfahrzeug stammen. Ebenso wie die in unmittelbarer Nähe der Reifenspuren gefundenen Sohlenabdrücke der Schuhgröße 43 wohl kaum von einer Frau ...«

»Ein oder mehrere Täter?«, fiel ihm der Kommissariatsleiter ins Wort.

»Die Fußspuren neben den Reifenprofilen gehören eindeutig zu einem einzigen Paar Männerschuhe. Diese 43er-Fußabdrücke finden sich auch dort, wo der ermordete Jogger lag. Der Tote hatte übrigens nur Schuhgröße 40 und die vermisste Studentin Größe 36. Ihre Schuhabdrücke wiederum finden sich nicht in der Nähe des vermeintlichen Entführer-Fahrzeugs.«

»Wieso denn das?«, stieß Geiger verdutzt aus. »Ist sie vielleicht doch nicht dort entführt worden?«

Mertel zuckte mit den Schultern. »Bei dieser Spurenlage können wir zum gegenwärtigen Zeitpunkt noch nichts ausschließen, denn Schleifspuren, die auf eine gewaltsame Entführung eindeutig hinweisen würden, haben wir keine gefunden. Die Frau scheint auch nicht zu dem anderen Auto gelaufen zu sein. Zumindest haben wir keine entsprechenden Fußabdrücke entdeckt.«

»Vielleicht hat der Täter die Frau ja getragen«, meinte der Chef-Ermittler.

Mertel legte den Kopf schief und hob skeptisch die Augenbrauen.

»Müssten dann aber die zum Auto des Entführers hinführenden Fußabdrücke nicht tiefer sein als die anderen?«, gab Geiger zu bedenken. »Wegen des erhöhten Gesamtgewichtes«, fügte er schnell hinzu.

»Ein wichtiger Aspekt«, lobte Mertel. »Aber bei dem festen Untergrund leider nicht zu klären.«

»Also bleibt uns wohl oder übel nichts anderes übrig, als unsere Hoffnungen auf die Presseveröffentlichungen morgen früh zu richten«, sagte Wolfram Tannenberg. Er schob die Unterlippe vor und ließ seinen Kopf hin und her baumeln. »Eine komische Sache ist das.«

»Das kann man wohl sagen«, bestätigte Mertel.

Tannenberg klatschte in die Hände. »Okay, Leute, somit sind wir mal wieder auf sachdienliche Hinweise aus der Bevölkerung angewiesen. Und wenn wir die nicht erhalten, weiß ich ehrlich gesagt auch nicht weiter.«

Der Kriminaltechniker kniff die Lippen zu einem schmalen Strich zusammen. »Tja, dann bleibt uns erfahrungsgemäß nichts anderes übrig, als auf das Auftauchen des Leichnams der jungen Frau zu warten.«

»Das ist leider die ernüchternde Erkenntnis aus ähnlich gelagerten Fällen«, pflichtete ihm der Kommissariatsleiter bei.

»Chef, eben ist eine Mail reingekommen«, rief Petra Flockerzie. »Von Ihrer Nichte Marieke.«

Bei Tannenberg schrillten sofort die Alarmglocken. Er hechtete zum PC seiner Sekretärin, stellte sich hinter sie.

Petra Flockerzie öffnete eine angehängte Fotodatei. Entsetzt warf sie eine Hand vor den Mund. »Oh Gott, die arme Frau!«, stöhnte sie auf. »Das ist doch hoffentlich nicht Marieke, oder doch?«

Diese Frage versetzte Tannenberg einen Stich in der Magengegend. Mit zitternden Fingern fischte er sein Handy aus der Jacke und wählte Mariekes Nummer. Seine Nichte hielt sich gerade bei ihren Großeltern auf. Der Kriminalbeamte stammelte eine Entschuldigung und gab an, sich verwählt zu haben.

»Marieke ist es Gott sei Dank nicht«, verkündete er erleichtert.

Seine Sekretärin hatte inzwischen wieder den Text der E-Mail aufgerufen, den der Leiter des K 1 nun laut vorlas: »›Na, wie gefällt euch mein neues Meisterwerk? Bitte beigefügte Bilddatei öffnen. Morgen früh trifft bei den Tannenbergs in der Beethovenstraße ein Kuvert mit einem weiteren Kunstwerk von mir ein.‹«

Tannenberg legte ihr eine Hand auf die Schulter und bat sie, ihm noch einmal das Foto zu zeigen. Petra Flockerzie tat, wie ihr geheißen, wandte sich dann aber mit fahlem Gesicht sofort vom Bildschirm ab. Ihre inzwischen herbeigeeilten Kollegen dagegen stierten wie gebannt auf das Digitalfoto.

»So eine perverse Sau«, zischte Mertel. »Ritzt der armen Frau ein Spinnennetz …« Er brach ab und ergänzte. »Welcher Körperteil ist das wohl?«

Wolfram Tannenberg deutete auf den unteren Rand des Flachbildschirms und malte mit dem Finger einen unsichtbaren Bogen auf die Glasfläche. »Das da könnte der obere Rand ihrer Kniescheibe sein. Also handelt es sich wahrscheinlich um den Oberschenkel der Frau.«

Seine Kollegen nickten zustimmend.

»Aber warum auch noch diese eklige, klaffende Fleischwunde?«, fragte Mertel mit angewidertem Gesichtsausdruck. »Das hat doch mit dem angeblichen Kunstwerk dieses Saukerls überhaupt nichts zu tun, sondern verschandelt es eher.«

»Vielleicht die Folge eines Unfalls?«, spekulierte Geiger.

Tannenberg wiegte in monotonem Rhythmus den Kopf hin und her. »Keine Ahnung, was dieser Drecksack mit diesem Schockfoto bezweckt. Jedenfalls scheint sein Opfer zum Zeitpunkt der Aufnahme wenigstens noch gelebt zu haben.«

»Das schließt du aus den frischen Blutungen?«, wollte Mertel wissen.

»Ja«, kam es einsilbig zurück.

»Ich möchte gar nicht daran denken, was dieser Psychopath noch so alles mit der armen Frau angestellt hat«, stöhnte Petra Flockerzie. Über ihrer Nasenwurzel zeigten sich senkrechte Falten und ihre Lippen waren inzwischen so blass, dass sie sich kaum von der übrigen Haut unterschieden.

»Wieso will dieser Irre dir einen Brief mit einem weiteren ›Kunstwerk‹ nach Hause schicken?«, wechselte Mertel das Thema. »Was für ein abartiges Spielchen will der Kerl mit dir spielen?«

Tannenberg atmete schwer. »Wenn ich das nur wüsste, Karl.«

Zum gleichen Zeitpunkt suchte sich keine zwei Kilometer Luftlinie vom K 1 entfernt Conny Faulhaber ihre Sportsachen heraus. Nach der Trennung von ihrem langjährigen Freund hatte sie Hals über Kopf dessen Villa in Schmalenberg verlassen und war für ein paar Tage bei ihren Eltern untergekrochen.

Aber das war natürlich keine Dauerlösung gewesen, denn ihre Eltern und die jüngeren Geschwister hatten sie mit ihrer ständigen Fragereien extrem genervt. Am allermeisten ihre Mutter, die ihr doch tatsächlich auch noch Vorwürfe machte, dass sie viel zu leichtfertig die Chance ihres Lebens verspielt hätte.

Der Groll stieg wie eine ätzende Flüssigkeit in ihr hoch, als sie an ihre Rückkehr ins Elternhaus dachte. Völlig am Boden zerstört hatte sie Hilfe, Trost und Unterstützung bei ihren Eltern gesucht, doch nichts davon erhalten.

»Wegen solch einem kleinen Ausrutscher reagiert man nicht gleich so extrem hysterisch, wie du das getan hast«, hatte ihre Mutter geschimpft. »Steffen hatte ja nur eine kurze Affäre mit einer deiner Kolleginnen. Ärzte sind eben sehr begehrte Männer. Wenn man sie halten will, muss man ihnen gewisse Freiräume lassen.«

Conny hatte die Gardinenpredigt schweigend über sich ergehen erlassen. Sie war so fertig, enttäuscht und deprimiert gewesen, dass sie sich gegen die verletzenden Vorhaltungen ihrer Mutter nicht hatte wehren können.

»Und was hast du nun von deinem kompromisslosen Verhalten und deiner vorschnellen Kündigung?«, hatte ihre Mutter gezetert. »Wenn du nicht so extrem bockig gewesen wärst, hätte sich die Sache vielleicht schon längst wieder eingerenkt. Aber nein, meine Tochter musste ja unbedingt einen auf Mimose machen. Als Strafe kannst dir jetzt einen neuen Arbeitsplatz suchen. Und das tolle Luxusleben, das dir Steffen geboten hat, kannst du dir auch gleich abschminken Was bist du nur für ein stures, naives Kind.«

»Von wegen stur und naiv, du blöde Kuh«, schimpfte Conny und pfefferte ein Frotteehandtuch in ihre Sporttasche. »Ich war nur konsequent. Und darauf bin ich sogar sehr stolz!«

Dem Handtuch warf sie gleich noch ein Paar Socken hinterher. »Dieser Mistkerl hatte ja nicht nur diese einzige Affäre«, legte sie wütend nach.

»An den Fingern hat er mir alle Frauen aufgezählt, mit denen er mich betrogen hat. Dieser gemeine Mistkerl! Seine beiden Hände haben dafür gerade so ausgereicht. Und mit solch einem widerlichen Typen soll ich weiter zusammenleben, mir vielleicht auch noch Kinder von ihm machen lassen?«

Sie fletschte die Zähne und trat an die Sporttasche. »Nee, dann lebe ich lieber alleine in dieser mickrigen Zweizimmerwohnung. Einen neuen Job hab ich inzwischen übrigens schon«, führte sie den imaginären Dialog mit ihrer Mutter fort.

»Und einen liebevollen, treuen und ehrlichen Mann finde ich garantiert auch irgendwann. Mit dem werde ich dann eine glückliche Familie gründen«, fauchte sie und warf trotzig ihre Mähne ins Genick. »Und auf euch pfeife ich in Zukunft!«

Sie schnappte sich die Sportasche, ihren Autoschlüssel und eine Trinkflasche. Dann trippelte sie die fünf Etagentreppen hinunter zu ihrem Auto, einem weißen Renault Twingo, den sie in der Posener Straße direkt vor einem gegenüberliegenden Hochhaus abgestellt hatte.

Mariekes E-Mail hatte sie regelrecht beflügelt und ihr wieder Lebenswillen eingeflößt. Zunächst war sie sehr überrascht gewesen, dass sich ausgerechnet Marieke als Erste bei ihr gemeldet hatte, schließlich waren sie sich vor ein paar Monaten zum letzten Mal begegnet und hatten seitdem nicht einmal mehr über FSN oder eines der anderen sozialen Netzwerke Kontakt gehabt.

Aber das ist ja gerade das Tolle an FSN: Wenn man Hilfe braucht, ist immer jemand für einen da, freute sich Conny Faulhaber, während sie das Autoradio lauter drehte.

Super, dass sich ausgerechnet Marieke bereiterklärt hat, sich um mich zu kümmern. Sie ist so ein lieber Mensch und hat so eine tolle Familie: einen Traummann und eine goldige kleine Tochter, schwärmte sie.

Conny Faulhaber schob die Brauen zusammen und grübelte angestrengt nach.

Wie hieß die Kleine noch mal?, fragte sie sich.

Plötzlich hatte sie eine Eingebung und schnippte mit den Fingern.

Emma heißt sie. Ein richtig schöner Name. Den hat sie mir selbst gesagt, als ich die beiden in der Fußgängerzone getroffen habe. Bei unserem Zusammentreffen hat mir Marieke erzählt, dass sie wieder schwanger sei und sich unheimlich auf ihr zweites Kind freue.

Conny krauste die Stirn.

Und da will sie mit mir Joggen gehen? Na ja, sie wird schon wissen, was sie sich und ihrem Bauch zumuten kann. Außerdem müssen wir es mit der Rennerei auch nicht übertreiben. Wir können schließlich auch nur spazieren gehen. Die Hauptsache, ich kann mir mal richtig meine Sorgen von der Seele reden.

Als sie am Rauschenweg auf die Grünphase wartete,

hupte plötzlich ein Autofahrer neben ihr. Unwillkürlich drehte sie den Kopf zur Seite – und blickte mitten hinein in das strahlende Gesicht eines jungen Mannes, der lauthals den Text von ›You are so beautiful‹ mitgrölte. Conny hatte denselben Radiosender eingestellt und unterstützte nun ebenfalls Joe Cocker bei einem seiner schönsten Liebeslieder. Zum Abschied schenkte sie dem unbekannten Autofahrer ihr süßestes Lächeln.

Vielleicht kam diese Trennung genau zum richtigen Zeitpunkt, sagte sie sich. Ich bin jung und habe das ganze Leben noch vor mir. Soll dieser alte geile Sack doch in seiner Scheißvilla an seiner Scheißkohle ersticken!

Je länger sie Musik hörte, umso euphorischer wurde sie. Die Wehmut über ihre enttäuschte Liebe und der Schmerz, jahrelang betrogen worden zu sein, verwandelte sich in positive Energie. Der kleine Flirt mit diesem sympathischen Zeitgenossen eben an der Ampel wirkte wie ein Aufputschmittel. Sie öffnete das Fenster, streckte die Hand hinaus und hielt sie dem Fahrtwind entgegen.

»Juhu, wie ist das Leben doch so wunderbar!«, schrie sie hinüber zu einem älteren Ehepaar, das ihr auf der anderen Straßenseite entgegenkam. Die beiden winkten freundlich zurück.

Als sie unter der ausladenden hölzernen Fußgängerbrücke hindurchbrauste, die das Uni-Wohngebiet mit dem Campus verband, warf sie einen kurzen Blick auf die Digitaluhr im Armaturenbrett.

Fünf Minuten zu früh, stellte sie zufrieden fest, denn sie konnte Unpünktlichkeit nicht ausstehen.

Vor der sogenannten Rothen Hohl schwenkte sie von der Landstraße in einen Waldparkplatz ein, der aufgrund des dichten Buschwerks von der Straße her kaum einzusehen war. Sie stellte den Motor ab und schaute sich um. Ein paar Meter vor ihr stand ein schwarzer Kleintransporter, sonst sah sie weit und breit kein anderes Fahrzeug.

Welches Auto fährt Marieke eigentlich?, fragte sie sich gerade, als der schwarze Fiat Sprinter einen Satz nach hinten machte und erst kurz vor der Stoßstange ihres Twingos zum Stillstand kam. Diese völlig unerwartete Attacke paralysierte sie förmlich. Wie ein Kaninchen vor der Schlange war sie zur Salzsäule erstarrt und absolut handlungsunfähig.

Dann ging alles blitzschnell. Noch bevor sie die Situation mental auch nur bruchstückhaft erfasst hatte, riss ein kräftiger Mann die Fahrertür auf und packte sie mit einem schraubstockartigen Griff. Sekundenbruchteile danach spürte sie einen heftigen Schmerz im Genick. Sie tauchte in eine rabenschwarze Dunkelheit ein.

Bereits fünf Minuten später kam Conny Faulhaber wieder langsam zu sich. Ihr Atem rasselte und sie hatte fürchterliche Gliederschmerzen. Ihre Lider drückten schwer wie Blei auf die Augäpfel. Den Kopf konnte sie kurz leicht anheben, aber gleich darauf sackte er wieder auf ihren Brustkorb zurück.

Nur unter größter Anstrengung gelang es ihr, die Augen einen schmalen Spalt weit zu öffnen. Aber sie konnte nichts erkennen, trug offenbar eine lichtundurchlässige Maske oder Brille. Sie war umgeben von totaler Finsternis. Conny versuchte sich zu strecken, doch ihre Hände und Füße waren gefesselt und straff vom Körper weg nach außen gezogen. Sie wollte die Lippen bewegen, aber auch das funktionierte nicht, denn ein dicker Knebel verstopfte ihren Mund.

Das kann alles nur ein böser Traum sein, hoffte sie. Einer

dieser merkwürdigen Träume, in denen man sich selbst als Schauspieler in einem Film sieht. Ich wache bestimmt gleich auf und dann ist dieser Spuk vorüber.

Der Spider hatte den Innenraum des Kleintransporters lichtdicht versiegelt und ihn zudem sehr gut schallisoliert. Außerdem war sein neues Opfer so fest geknebelt, dass es sich unmöglich von dem Pfropf befreien und schreien konnte. Trotzdem lauschte er angestrengt nach hinten. Schweren Herzens verzichtete er auf seine geliebte klassische Musik, obgleich er so gerne in voller Lautstärke seine Lieblings-Richard-Wagner-CD gehört hätte, die immer im CD-Player seines Autos steckte.

Na ja, alles zu seiner Zeit, tröstete er sich über diesen Verzicht hinweg. Heute Abend werde ich noch genügend Gelegenheit zum erquickenden Musikgenuss finden. Aber zuerst muss ich mein heutiges Tagwerk verrichten. Bis jetzt hat alles geklappt wie am Schnürchen. Die Entführung eben war ja wohl das reinste Kinderspiel. Fast schon zu leicht.

Er gluckste vor Vergnügen.

Schade, dass ich diese blöden Bullen-Gesichter nicht sehen kann, wenn sie enttäuscht feststellen müssen, dass an diesem Tatort ganz andere Reifenspuren vorhanden sind, als an dem vorherigen. Was so ein kleiner Reifenwechsel alles bewirken kann.

Der Spider klatschte in die Hände, knetete sie und umfasste dann schnell wieder das Lenkrad, schließlich waren es nur noch wenige Meter bis zum Verkehrskreisel an der Löwenburg. Lächelnd bedeutete er einer ältere Dame, dass sie gefahrlos passieren könne, dann kehrte er in die Welt seiner klammheimlichen Freude zurück.

Außerdem werden die Bullen gleichermaßen erstaunt wie frustriert entdecken, dass es sich augenscheinlich um einen anderen Täter handelt, denn der zweite Entführer trug Lulatschlatschen der Größe 48 und keine Schuhe der Größe 43 wie der andere!

Er hüstelte amüsiert. Diese Riesenfüße lenken zwangsläufig den Tatverdacht auf alle Basketballspieler der Stadt, freute er sich in Gedanken.

Das blecherne Kichern wollte kein Ende mehr nehmen. Erst als in der scharfen Linkskurve beim Übergang der Barbarossa- in die Donnersbergstraße ein rücksichtsloser Autofahrer direkt vor ihm die Kurve schnitt und ihn zu einer Vollbremsung nötigte, erstarb sein affektiertes Lachen.

Inzwischen dämmerte es bereits. Um kein Aufsehen zu erregen, löschte er im Wald das Abblendlicht und tuckerte in gemächlichem Tempo zu dem ehemaligen Militärgelände der amerikanischen Streitkräfte. Als er die zweiflügelige Hecktür seines Lieferwagens öffnete, zerrte Conny an den Handfesseln und versuchte, ihren Entführer zu treten. Doch der blieb von diesem hilflosen Aktionismus ziemlich unbeeindruckt und schenkte ihr das hämischste Grinsen, zu dem er fähig war.

»So, meine Süße, jetzt verpasse ich dir ein kleines Spritzchen, damit du aufhörst, hier so blöd rumzuzappeln. Was sollen denn die lieben Rehlein und Füchslein von dir denken?«, höhnte der Spider und jagte die Nadel in den sich aufbäumenden Körper.

Er wartete, bis die Narkose Wirkung zeigte, dann befreite er sein zweites Opfer von den Fesseln. Anschließend hängte er sich ihre Sporttasche um den Hals und warf den erschlafften Frauenkörper wie einen nassen Sack über die Schulter.

Begleitet von Jessica Hellmanns entgeisterten Blicken legte er Conny vor dem überdimensionalen Spinnennetz auf dem Boden ab. Danach zog er seinem neuen Opfer die Jogginghose herunter, befestigte die Seile des Flaschenzugs unter den Achseln der Frau, hievte Conny ratternd in die Höhe, band ihr die Fesseln um und fixierte ihre Hüfte mit dem Beckengurt. Die junge Frau hing nun schräg unterhalb ihrer Leidensgenossin.

»Irgendwie seht ihr aus wie zwei weibliche Jesusse am Kreuz.« Der Spider klatschte sich mit der flachen Hand an die Stirn. »Quatsch, von Jesus gibt es garantiert keinen Plural, oder Jessica, was meinst du dazu?«

Als die Studentin nicht sofort reagierte, blökte er: »Oder?«

Das Gebrüll fuhr Jessica Hellmann derart in die Knochen, dass ihr Körper einen Moment lang wie bei einem Stromschlag verkrampfte. Das von den sich plötzlich straffenden Seilen und baumelnden Handfesseln erzeugte Geräusch erinnerte an die Takelage eines Segelschiffs, das gerade von einer Windböe erfasst wurde.

»Nein.«

»Schön, dass wir mal wieder einer Meinung sind, meine Liebe«, flötete der Spider. »Wie geht's dir denn eigentlich?«,

Jessica Hellmann schluckte hart. »Ich bin so durstig«, kam es ihr abgehackt und keuchend über die Lippen. Ihr Körper war völlig verkrampft und jeder Muskel tat ihr weh.

»Dann will ich mal nicht so sein und lösche deinen Durst mit stillem Wasser«, entgegnete der Spinnenfetischist und führte die Plastikwasserflasche an Jessicas spröde Lippen.

»Da siehst du mal wieder, was ich doch für ein netter Mensch bin«, tönte er. »Ich gebe dir nicht nur zu trinken, sondern tupfe dir sogar mit Connys Handtuch auch noch den Mund ab. Ist das nicht ausgesprochen nett von mir?«

»Doch.«

»Schön, dass du das auch so siehst. Und weil ich jetzt so lieb zu dir war, musst du nun auch lieb zu mir sein.«

»Was muss ich denn machen?«, krächzte Jessica. Wie eine Welle schwappte plötzlich die Verzweiflung über sie. Ihre Gesichtszüge entgleisten und sie begann herzerweichend zu wimmern.

»Hör sofort auf mit dieser unerträglichen Mitleidstour!«, schimpfte der hünenhafte Mann ungehalten los. Er räusperte sich und schob in bedeutend sanfterem Tonfall nach: »Du brauchst keine Angst zu haben, mein herzallerliebstes Jessilein, du musst mir nur zuhören, sonst erwarte ich nichts von dir. Bist du dazu bereit?«

Die eingeschüchterte Studentin nickte kurz.

Ihr Entführer machte eine Geste, als ob er gerade einen Schwarm aufdringlicher Stechmücken verscheuchen würde. Er verschränkte die Arme auf dem Rücken und wanderte durch die Halle. Danach kehrte er zu seinem Opfer zurück.

»Du bist schließlich auch hier in diesem exklusiven Seminarraum, um etwas zu lernen«, verkündete er. »Und zwar aus deinem eigenen Fachbereich, nämlich der Biologie.«

»Nein, bitte nicht schon wieder«, stieß Jessica angewidert aus, als sie das neue Spinnennetz entdeckte, das der Spider gerade aus seinem Rucksack zog. »Das ist so eklig, so klebrig. Bäh, bitte, bitte nicht.«

»Keine Panik, mein Herzchen, dieses Wunderwerk der Natur ist nicht für dich, sondern für deine schnuckelige kleine Freundin«, verkündete er und spannte das klebrige Netz über Connys regungsloses Gesicht.

»Weißt du, Jessica, es ist ja so traurig, dass die meisten Menschen mit Abscheu und regelrechten Panikattacken auf den Anblick von Spinnen reagieren. Und jetzt auch noch du.« Brummend wiegte er den Kopf. »Was soll ich nur mit dir machen? Soll ich dich dafür bestrafen?«

»Nein, bitte nicht«, flehte Jessica ihren Peiniger an. »Ich hab's doch nicht so gemeint.«

Der Spider ließ sich davon nicht besänftigen. Er näherte sich ihrem Gesicht bis auf wenige Zentimeter und hauchte sie an. »Vielleicht empfindest du ja auch mich als eklig und abstoßend«, zischte er wie eine aggressive Schlange. »Ist das so?«

Jessica hielt den Atem an und schüttelte mit weit aufgerissenen Augen den Kopf.

Die fleischige Männernase rieb sich an ihrer zarten Wange, während die rauen Hände des Spiders an den Außenseiten ihrer Oberschenkel nach oben glitten. Doch dann stieß sich Jessicas Peiniger ruckartig von der Betonwand ab und sagte: »Solch ein abscheuliches menschliches Verhalten haben diese wunderbaren Gottesgeschöpfe wahrlich nicht verdient. Oder wie siehst du das?«

»Nein, das haben sie wirklich nicht verdient«, kam es gepresst zurück.

Die riesigen Pranken bewegten sich erneut auf das Opfer zu. Diesmal tätschelten sie Jessicas rechten Oberschenkel. Und zwar genau an der Stelle, wo der Spider nur wenige Stunden zuvor mit der Rasierklinge gewütet hatte.

Jessica saugte hörbar Luft durch die geschlossenen

Zahnreihen. »Aua«, stöhnte sie auf. »Bitte nicht noch fester schlagen.«

»Ach, Kindchen, ich hab dich doch nicht geschlagen«, höhnte ihr Entführer, entfernte aber die Hand. »Ich finde es übrigens ausgesprochen erfreulich, dass wir uns so gut verstehen«, säuselte er.

Urplötzlich zuckten seine Augenlider, als würden sie kleine Stromstöße erhalten. Der athletische Mann legte seine fast tellergroßen Hände übers Gesicht, so als wolle er dadurch die nervösen Zuckungen ersticken. »Du weißt sicherlich, dass es sich bei Spinnenseide um ein erstaunliches Material handelt, oder?«, fragte er mit geschlossenen Augen.

Wieder ein Nicken als Antwort.

Der Spider entfernte die Hände vom Gesicht. Sein Blick huschte unruhig hin und her, aber die Zuckungen waren verschwunden.

»Spinnfäden sind Wunderwerke der Natur«, dozierte er. »Sie sind sehr leicht, ausgesprochen elastisch – und dabei stabiler als Stahl. Da staunst du jetzt aber Bauklötze, nicht wahr?«

Er bekam Jessicas Reaktion nicht mit, denn er wandte ihr abrupt den Rücken zu und schlenderte wieder nachdenklich ein paar Schritte durch den Bunker. Wie ein Soldat machte er auf dem Absatz kehrt und schlurfte zurück zu dem überdimensionalen Spinnennetz.

»Kein einziges Material, das wir angeblich so unglaublich genialen Menschen bislang produziert haben, kann gleichzeitig mit diesen drei Eigenschaften aufwarten«, fuhr er fort. »In der Medizin erhofft man sich von den Meisterwerken unserer kleinen achtbeinigen Freunde wahre Wunderdinge. Unser Immunsystem stößt die aus langen Ketten von Eiweißmolekülen bestehenden Spinnfäden nämlich nicht als Fremdkörper ab. Somit können sie für alle möglichen medizinischen Zwecke eingesetzt werden. Also ist uns Mutter Natur wieder einmal hinsichtlich Kreativität und Funktionalität haushoch überlegen.«

Grunzend zog er die Nase hoch und spie den Schleim vor sich auf den staubigen Betonboden, wo sich die Spucke in eine sandige Kugel verwandelte. »Gestern habe ich in einer Fachzeitschrift gelesen, dass Forscher auf Madagaskar eine bislang unbekannte Spinnenart entdeckt haben, die Unglaubliches zu leisten vermag«, glänzte er mit weiterem Expertenwissen.

»Das muss man sich wirklich einmal bildlich vorstellen«, verkündete der Spider: »Diese nur zwei Zentimeter kleinen Tierchen spannen über drei Quadratmeter große Netze über Flüsse und Bäche, die an bis zu 25 Meter langen Halteleinen befestigt sind. Kein Mensch hat auch nur den blassesten Schimmer davon, wie sie diese Meisterleistung hinkriegen. Ist das nicht unglaublich?«

»Doch, das ist es«, stimmte Jessica zu.

Der Entführer warf einen Blick auf seine Armbanduhr. »Oh, das tut mir jetzt aber richtig leid für dich«, seufzte er. »Ich muss mich nämlich auf die Socken machen.«

Mit einer überfallsartigen Bewegung packte er Jessicas Oberschenkel und zog das eingeritzte Spinnennetz mit beiden Händen so fest auseinander, dass die Schnittwunden wieder zu bluten begannen.

In Jessicas Schmerzensschreie hinein grummelte er in gehässigem Ton: »Damit du heute Nacht auch ja an mich denkst.« Dann eilte er aus dem Bunker und löschte das Licht.

»Lebst du noch?«, ächzte Jessica Hellmann.

Doch die Frau unter ihr reagierte nicht.

# 8

Als der Leiter des K 1 nach Ende der Dienstbesprechung Dr. Schönthaler von der Entführermail berichtete, produzierte der Kopf des kreativen Rechtsmediziners sogleich eine pfiffige Idee: Warum in der Beethovenstraße auf glühenden Kohlen den Postboten abwarten statt den Brief direkt in der Hauptpost in Empfang zu nehmen, wenn er vom Briefverteilzentrum in Ludwigshafen in der Barbarossastadt eintraf?

Tannenberg war von der Eingebung seines Freundes begeistert. Er schnappte sich seine Lederjacke, warf Petra Flockerzie ein Handküsschen zu und verabschiedete sich zu einem wichtigen Dienstgang.

Der für das Musikerviertel zuständige Briefträger hieß Werner Kollmenter und wohnte nur einen Steinwurf von Heiners Haus entfernt in der Parkstraße. Auf dem Weg vom Pfaffplatz zum Musikerviertel versank Tannenberg so tief in der Welt seiner Gedanken, dass er beim Überqueren der Pirmasenser Straße fast vor ein Auto gelaufen wäre.

Immer wieder tauchte vor seinem geistigen Auge dieses blutende Spinnennetz auf, das der Entführer seinem Opfer in die Haut eingeritzt hatte.

Was muss das nur für ein abartiger Mensch sein, der einem anderen Menschen so etwas antut? überlegte er. Kann man solch einen perversen Kretin überhaupt noch als Menschen bezeichnen? Das ist doch ein Tier.

Wütend kickte Tannenberg eine Plastikflasche in den Rinnstein.

Nein, das stimmt nicht, denn kein Raubtier ist solch ein Raubtier wie der Mensch.

Er blieb stehen, zog die Stirn in Falten und wiederholte in Gedanken seinen letzten Satz.

Den muss ich mir unbedingt merken, entschied er. Ist fast so gut wie Thomas Hobbes ›homo homini lupus‹. Obwohl dieser alte Philosophenspruch ja eigentlich eine Verunglimpfung meines Vornamens darstellt: ›Der Mensch ist dem Menschen ein Wolf.‹

Amüsiert schüttelte er den Kopf und ging weiter.

In dem Teil der Parkstraße, in dem Werner Kollmenter seit seiner Geburt wohnte, waren die Einfamilienhäuser Wand an Wand gebaut. Von seinem Vater wusste Tannenberg, dass der Briefträger seit etwa einem Jahr allein in seinem Elternhaus lebte.

Im letzten Winter hatte Kollmenters Mutter ihre Schwester im Allgäu besucht. Während dieser Zeit war plötzlich deren Ehemann verstorben, und die alte Frau Kollmenter war dauerhaft bei ihrer Schwester geblieben.

Im Musikerviertel war es ein offenes Geheimnis, dass sich Mutter und Sohn Kollmenter nicht sonderlich gut verstanden. Der Postbote selbst machte keinen Hehl daraus, dass er seiner launischen, herrischen Mutter keine Träne nachweinte.

Werner Kollmenter war ein stiller und höflicher Nachbar, mit dem es nie irgendwelche Probleme gab. Die Briefzustellung erledigte er stets pünktlich, korrekt und freundlich, allerdings blieb er dabei auf Distanz zu seinen Mitmenschen. Tannenberg konnte sich nicht daran erinnern, jemals mehr als einen belanglosen Satz mit dem Eigenbrötler gewechselt zu haben.

Obwohl es noch gar nicht richtig dunkel war, hatte Werner Kollmenter zur Parkstraße hin bereits die Rollläden heruntergelassen. Doch hinter der teilverglasten Haustür brannte Licht, folglich war der Briefträger höchstwahrscheinlich zu Hause. Tannenberg läutete und wartete geduldig. Als niemand reagierte, läutete er Sturm.

»Komm ja schon«, hörte er ein barsches menschliches Knurren. Kurz darauf öffnete sich die Holztür und ein frischgeduschter Mann mit nassen Haaren füllte den Türrahmen fast komplett aus. Kollmenter war mit einem dunkelblauen Bademantel und Sportsandalen bekleidet. Über seiner rechten Schulter hing ein Frotteehandtuch.

»Tut mir leid, Werner, wenn ich dich unter der Dusche herausgeholt habe«, entschuldigte sich Tannenberg. Wie die allermeisten der alteingesessenen Bewohner des Musikerviertels war auch er seit Urzeiten mit dem Postboten per Du.

»Schon gut.«

»Ich hab auch nur eine kurze Frage an dich, die du mir sicher ganz schnell beantworten kannst.« Tannenberg stellte seinen linken Fuß auf die zweite Treppenstufe. »Und zwar in deiner Eigenschaft als Postbeamter.«

»Gut, dann stell sie mir am besten sofort. Ich bin nämlich auf dem Sprung«, erklärte Kollmenter mit einer fahrigen Handbewegung. Sein Gesicht leuchtete auf. »In einer Stunde beginnt in der Fruchthalle Rüdiger Nehbergs Vortrag über seine letzte Expedition in den Amazonas-Urwald, auf den ich mich schon seit Langem sehr, sehr freue.«

»Ist das nicht dieser Abenteurer, der auf Fotos meistens eine Schlange um den Hals oder eine Vogelspinne auf der Glatze …?«

»Oder einen Skorpion zwischen den Zähnen hat«, schnitt ihm der Briefträger das Wort ab. »Doch, genau der ist das«, bestätigte er und rubbelte sich mit dem Frotteehandtuch die Haare trocken. »Und da will ich mir einen der vorderen Plätze sichern«, fügte er hinzu und räusperte sich. »Also, wie kann ich dir helfen?«

»Okay, wenn du es so eilig hast, will ich dir nicht länger als nötig auf die Nerven gehen«, sagte der Kriminalbeamte.

Kollmenter wippte ungeduldig mit dem Fuß. »Na, dann frag mich doch jetzt einfach«, drängte er.

»Ich erwarte einen ganz wichtigen Brief, Werner.« Der Leiter des K 1 fuchtelte wild mit den Armen herum. »Aber keinen privaten«, erläuterte er. »Es handelt sich um eine dienstliche Angelegenheit, die keinen Aufschub duldet. Deshalb muss ich wissen, um wie viel Uhr morgens die Postsendungen in der Hauptpost eintreffen.«

»Zwischen fünf und halb sechs.«

»Sind die Briefe dann schon sortiert?«, fragte Tannenberg. »Ich meine in die einzelnen Zustellbezirke?«

Kollmenter nickte. »Ja, das schon, aber jeder einzelne Briefträger muss natürlich seine Post noch nach Straßen- und Hausnummern ordnen.«

»Klar. Und wie lange dauert das?«

»Etwa um 6 Uhr sind wir damit fertig und dann geht's ab auf die Fahrräder«, ein breites Grinsen, »damit die Tannenbergs rechtzeitig ihre Post erhalten.«

»Okay, Werner, das war's eigentlich schon. Vielen Dank für die Auskunft.«

»Gern geschehen«, entgegnete Kollmenter und machte einen Schritt zurück.

»Ich bin dann morgen früh rechtzeitig bei dir in der Hauptpost«, verkündete Tannenberg. »Und viel Spaß bei deinem Vortrag.«

»Den hab ich bestimmt.«

Auf dem Weg zu seinem Elternhaus informierte der Kriminalbeamte seine Kollegen darüber, dass er sich gerade dazu entschlossen hatte, die am nächsten Morgen eigentlich auf 9 Uhr anberaumte Frühbesprechung aus zwingenden Gründen zwei Stunden vorzuverlegen. Mertel bat er, sich ab 6 Uhr in seinem Labor zur spurentechnischen Analyse des Entführerbriefs bereitzuhalten.

In der folgenden Nacht machte Tannenberg kaum ein Auge zu. Jedes Mal, wenn er beinahe wegdämmerte, projizierte ihm sein pulsierendes Gehirn sofort dieses blutende Spinnennetz mit der klaffenden Fleischwunde auf seine innere Leinwand. Auch wenn er krampfhaft versuchte, an etwas anderes zu denken, es nutzte nichts: Das Kino in seinem Kopf ließ ihn einfach nicht zur Ruhe kommen.

Irgendwann war er völlig durchgeschwitzt und stellte sich unter die Dusche. Um Johanna nicht noch mehr zu belästigen, legte er sich im Wohnzimmer auf die Couch und las in einem Kriminalroman. Aber er konnte sich nicht auf den Inhalt konzentrieren, denn andauernd sprangen ihm zwischen den Zeilen kleine Springteufelchen mit quälenden Fragen entgegen.

Wo befindet sich Jessica? Was hat dieser Mistkerl alles mit ihr angestellt? Was hat er noch vor mit ihr? Will er sie weiter quälen und foltern? Am Ende gar töten? Was für ein perverses Spiel will dieser Psychopath mit der Polizei spielen? Welche Rolle fällt mir dabei zu? Warum hat er diesen Brief ausgerechnet an mich adressiert?

Egal, wie intensiv er auch darüber nachgrübelte, auf keine dieser Fragen fand er zum gegenwärtigen Zeitpunkt eine Antwort. Auch wenn ihm diese bleierne Tatenlosigkeit fast den Verstand raubte, konnte er zurzeit nichts anderes tun, als sich auch weiterhin in Geduld zu üben.

Inständig hoffte er darauf, dass entweder der Täter einen Fehler beging oder ihn Kommissar Zufall, zum Beispiel in Form eines sachdienlichen Hinweises aus der Bevölkerung, auf die Spur des Entführers und potenziellen Mörders führen würde.

Aber etwas wurde ihm in dieser unruhigen Nacht immer klarer: Es musste einen direkten Zusammenhang zwischen der Ermordung des Joggers und Jessica Hellmanns Entführung geben. Die Spurenlage am Tatort ließ nach seiner Einschätzung kaum einen anderen Schluss zu: Bei Jessicas Entführer und Dennis Richters Mörder musste es sich um ein und dieselbe Person handeln.

Sehr wahrscheinlich war der junge Queidersbacher Fußballspieler ein Zufallsopfer. Womöglich war der Jogger bei seinem Waldlauf mitten in die Entführung hineingeplatzt. Vielleicht hatte er versucht, der Studentin zu helfen, und sein selbstloses, mutiges Einschreiten war ihm zum Verhängnis geworden.

Wenn tatsächlich dieser Zusammenhang existierte, musste man davon ausgehen, dass es sich bei dem Täter um einen äußerst brutalen und skrupellosen Verbrecher handelte, der auch vor einem Mord nicht zurückschreckte. Und was dies für Jessica Hellmann bedeutete, mochte Tannenberg sich nicht ausmalen.

»Ach, Kurt, manchmal könnte ich an meinem Job regelrecht verzweifeln«, seufzte der Leiter der Kaiserslauterer Mordkommission, während er den riesigen Hundekopf auf seinem Oberschenkel kraulte.

Wohlig grunzend schloss der imposante Genmix aus einer Langhaarschäferhündin und einem Leonbergerrüden die Augen und drückte den Unterkiefer noch fester auf das nackte Bein seines frustrierten Herrchens. Als Tannenberg seine Streicheleinheiten einstellte, stieß ihm Kurt umgehend seine nasse, kalte Nase in die Hand, woraufhin er gedankenversunken weiterkraulte.

Endlich zeigte die große Bahnhofsuhr in Tannenbergs Wohnzimmer 5 Uhr. Der ruhelose Kriminalbeamte schlüpfte in seine Straßenkleider und trottete in die Küche. Kurt verfolgte ihn wie sein Schatten. Als Tannenberg den Kühlschrank öffnete, um sich Butter herauszunehmen, quietschte Kurt plötzlich wie eine Gummiente.

»Nicht so laut, du verfressenes Monster«, zischte Wolfram Tannenberg und legte einen Finger auf die Lippen. »Pst! Sonst weckst du noch Hanne auf. Ich weiß doch auch ohne dein Quietschen, was du von mir willst.«

Schmunzelnd schnitt er ein Stück Fleischwurst ab, befreite es von der störrischen Pelle und warf es seinem Hund zu. Kurt fing es in der Luft auf und schlang es gierig hinunter.

»Einen Gourmet werde ich aus dir wohl nie machen können, oder?« Der Kriminalbeamte summte nachdenklich. »Aber eigentlich gar keine schlechte Idee, so ein schnelles Frühstück. Ein dickes Fleischwurst-Brötchen am Morgen vertreibt Kummer und Sorgen«, dichtete Tannenberg, während er die Lyoner zerteilte. Natürlich fiel dabei auch noch ein großes Stück Wurst für Kurt ab.

Als Nächstes stand für den Familienhund der Morgenspaziergang zum Stadtpark auf der Agenda. Normalerweise fand dieser erst zwei Stunden später statt und wurde von Jacob übernommen. Aber an diesem kühlen Septembertag kümmerte sich Kurts Herrchen ausnahmsweise einmal selbst darum.

Das weitläufige Stadtparkgelände war um diese Uhrzeit noch wie ausgestorben. Also konnte Tannenberg seinen Hund unbesorgt frei herumstreunen lassen. Während er auf der eiskalten Metallbank saß und darauf wartete, dass Kurt sein Geschäft erledigte, blickte er andauernd auf seine Armbanduhr. Er hatte den Eindruck, dass sich die Zeiger viel langsamer als sonst über das Zifferblatt schleppten.

Dann war es endlich so weit. Wolfram Tannenberg nahm mit Emmas ausrangierter Kinderschaufel die Hunde-Exkremente auf und entsorgte sie in einem Abfalleimer. Auf dem Nachhauseweg passierten sie die in einer Gründerzeitvilla untergebrachte Kindertagesstätte, in der die kleine Emma auch diesen Mittwochmorgen verbringen würde.

Bei ihrer Rückkehr in der Beethovenstraße brannte bereits Licht in der elterlichen Wohnküche. Kurt holte sich bei den beiden alten Tannenbergs die obligatorischen Schmuseeinheiten ab, dann verzog er sich an die Zentralheizung und ließ sich brummend in seinem überdimensionalen Hundekorb nieder.

»Was ist mit dir los? Bist du krank?«, knurrte Jacob hinter der Zeitung.

»Wieso?«

»Na ja, sonst kriegst du Schnarchnase um diese Uhrzeit doch nie deinen Hintern aus den Federn.«

»Nein, Vater, ich habe um 6 Uhr einen sehr wichtigen dienstlichen Termin«, verkündete sein Sohn.

»Was? Schon um sechs?« Die ›Pfälzische Allgemeine Zeitung‹ sank nach unten und ein unrasierter, strubbeliger Männerkopf tauchte auf, dem die Neugierde ins Gesicht geschrieben stand. »Wegen deinem neuen Fall, he?«

»Erraten.«

»Und was und wo?«

»Kein Kommentar, mein lieber Sherlock Holmes aus der Beethovenstraße, ich muss jetzt eh dringend los.«

»Ja, wohin denn, verflucht noch mal?«, rief Jacob seinem davoneilenden Sohn hinterher, doch der war bereits im Treppenhaus verschwunden.

Für den Fußmarsch zu der nur zwei Straßenecken entfernten Kaiserslauterer Hauptpost benötigte Wolfram Tannenberg kaum mehr als zwei Minuten. Voller Tatendrang stürmte er in den Eingangsbereich.

»Stopp! Sie haben hier keinen Zutritt«, blaffte der Portier und schraubte sich hinter seinem Empfangstresen in die Höhe.

»Hab ich doch«, konterte der Kriminalbeamte und hielt ihm seinen Dienstausweis unter die Nase.

»Und was wollen Sie schon in aller Herrgottsfrüh bei uns?«

»Ich erwarte eine wichtige Postsendung.«

»Und da können Sie sich nicht gedulden, bis die Ihnen ordnungsgemäß zugestellt wird?«

»Nee, sonst wäre ich nicht hier, guter Mann. Also, behindern Sie nicht weiter die polizeiliche Ermittlungsarbeit und sagen Sie mir, wo ich die Sortierhalle finde.«

Der eingeschüchterte Postbedienstete geleitete Tannenberg zu einem riesigen Raum, der beim ersten Anblick an einen pulsierenden Bienenstock erinnerte. Schätzungsweise 60 oder 70 gelb-schwarz gewandete Briefträger standen an ihren Tischen und sortierten mehrere tausend Postsendungen aus großen, gelben Plastikkörben in ihre mit Posthörnern dekorierten Zustelltaschen.

Tannenberg schaute sich suchend um, entdeckte Werner Kollmenter aber nicht.

»Wo ist denn Ihr Kollege Kollmenter?«, fragte er seinen Begleiter.

Der Portier streckte einen Arm aus und erklärte: »Da rechts hinter der Säule hat sich der Werner versteckt. Der ist immer froh, wenn er sich ein bisschen von den anderen absetzen kann.« Er machte eine abschätzige Geste. »Der war schon immer ein Eigenbrötler.«

Tannenberg bedankte sich und ging an den hektisch sortierenden Briefträgern vorbei zum angegebenen Betonpfeiler, wo ihn der Gesuchte bereits erwartete.

»Guten Morgen, Wolf«, begrüßte ihn Kollmenter freundlich. »Ich hab eure Post schon rausgelegt«, verkündete er und wies mit dem Kinn auf die rechte Ecke seines Arbeitstisches. »Einen Brief für dich, zwei für Johanna von Hoheneck und Kaffeefahrten-Werbung für deine Eltern. Willst du alles gleich mitnehmen?«

»Nee, ich brauche nur meinen Brief, den Rest kannst du ganz normal zustellen«, entgegnete Tannenberg, während er seine Plastikhandschuhe überstreifte. »Ich gehe jetzt eh nicht mehr nach Hause, sondern direkt ins K 1.«

»Was, die Kripo fängt morgens auch schon so zeitig an?«

»Ja, manchmal schon«, antwortete der Ermittler.

Mit spitzen Fingern hob er das braune DIN-A4-Kuvert vorsichtig an einer Ecke in die Höhe. Begleitet von den erstaunten Blicken des Postbeamten schob er den Brief in eine durchsichtige Asservatentüte und inspizierte ihn eingehend von allen Seiten.

Tannenbergs Adresse hatte der Absender maschinell auf die Vorderseite gedruckt. Das Kuvert war ordnungsgemäß frankiert und vom Briefzentrum Ludwigshafen abgestempelt, in dem auch die in Kaiserslautern eingeworfenen Postsendungen bearbeitet wurden. Wie erwartet, fanden sich auf dem Briefumschlag keinerlei Angaben zum Absender.

Tannenberg entdeckte ein Wasserglas. »Ist das deins?«, wollte er wissen.

»Ja.«

»Dann sei so gut und nimm es mal in die Hand.«

Werner Kollmenter warf die Stirn in Falten. »Warum denn?«

»Wegen deiner Fingerabdrücke. Die braucht die Kriminaltechnik zum Abgleich mit den anderen, die sich möglicherweise auf dem Kuvert sicherstellen lassen.« Der Leiter des K 1 machte eine wegwerfende Handbewegung. »Wobei ich ehrlich gesagt keine große Hoffnung habe …« Den Rest verschluckte er.

Währenddessen hatte der Briefträger die Anweisung befolgt.

Tannenberg steckte das Glas in einen weiteren Asservatenbeutel. Dann legte er dem Postboten des Musikerviertels eine Hand auf die Schulter. »Danke, Werner, du hast mir sehr geholfen.«

»Keine Ursache, das hab ich doch gern gemacht«, gab Kollmenter zurück und wechselte das Thema: »Der Vortrag gestern Abend war übrigens Spitze. Den hättest du dir ruhig auch anhören können.«

»Welcher Vortrag?«, fragte Tannenberg. Er hatte gar nicht richtig hingehört, denn er war gedanklich mit Spekulationen über den möglichen Inhalt des Kuverts beschäftigt.

»Der von Rüdiger Nehberg.«

»Und, war er gut?«

»Ja, hab ich doch gerade gesagt.«

»Ach so, ja. Freut mich sehr für dich, dass der Vortrag gut war«, grummelte der Kriminalbeamte und verabschiedete sich mit einer Geste.

Anschließend machte er sich auf den Weg zu seiner am Pfaffplatz gelegenen Dienststelle. Wie gerne hätte er das Kuvert geöffnet, aber dann würde ihm Mertel den Kopf abreißen.

Als Wolfram Tannenberg wenig später im Labor der Kriminaltechnik erschien, hatte Mertel bereits alle notwendigen Vorbereitungen zur spurentechnischen Begutachtung des Entführerbriefes getroffen. Die Männer begrüßten sich mit einem dahingeknurrten »Moin«, dann drückte der Kriminaltechniker seinem Kollegen die Tageszeitung in die Hand und schob ihn in einen Nebenraum, wo auf einem freigeräumten Schreibtisch eine Thermoskanne mit Kaffee und zwei Croissants den Leiter des K 1 erwarteten.

»Mensch, Karl, du bist ja fürsorglicher als meine Mutter«, freute sich Tannenberg.

»Das ist keine Fürsorge, sondern reiner Selbstschutz. Wenn du Nervensäge neben mir stehst, kann ich nämlich nicht arbeiten.«

Tannenberg kehrte die Handflächen nach außen. »Okay, okay, Karl, ich hab's kapiert: Du arbeitest ungestört und ich frühstücke derweil und lese in aller Ruhe Zeitung.« Er grinste breit. »Gar nicht schlecht, das können wir gerne öfter so machen.«

Nach einer knappen Viertelstunde ertönte Karl Mertels tiefe Stimme aus Richtung des Labors: »Du kannst kommen, Wolf. Ich hab alles, was ich wollte. Jetzt können wir das Kuvert öffnen.«

Der Leiter des K 1 eilte zu seinem Kollegen, der gerade

behutsam eine Rasierklinge in eine Ecke der zugeklebten Lasche schob.

»Mach zu, Karl«, drängte Tannenberg, der es vor Spannung kaum mehr aushielt. »Es wird schon keine Briefbombe drin sein.«

»Dein Wort in Gottes Ohr«, seufzte der Kriminaltechniker.

Mertel ließ sich nicht aus der Ruhe bringen und ging weiter ausgesprochen vorsichtig zu Werke. Nachdem er endlich das Kuvert auf voller Länge aufgeschlitzt hatte, führte er eine Pinzette ein und zog in Zeitlupentempo einen rechteckigen Pappkarton heraus.

»Ein aufgeklebtes Spinnennetz«, stieß der Leiter des K 1 verwundert aus, als er die dicken Klebstoffwülste sah, in die menschliche Haare eingelassen waren. Anschließend verfrachtete er das Fundstück in einen Asservatenbeutel. »Mit einem aufgemalten roten Kreuz in der Mitte.«

»Sieht irgendwie aus, als ob die Haare in Bernstein eingeschlossen wären«, meinte der Spurenexperte.

»Wahrscheinlich hat dieser perverse Mistkerl genau das beabsichtigt, denn deine Assoziation passt exakt zu dem beigefügten Text«, sagte Tannenberg. Er nahm den Beutel an sich und las vor.

»›Ein britischer Forscher hat in einem Bernstein das älteste bekannte Spinnennetz der Welt entdeckt. Der Fund offenbart, wie Spinnen ihre Netze zu Zeiten der Dinosaurier bauten. Der Paläobiologe Martin Brasier von der Universität Oxford schätzt das Alter des Fundes auf 140 Millionen Jahre.

Unter dem Mikroskop untersuchte Brasier die etwa einen Millimeter langen Fäden. Das fossile Spinnennetz habe eine ähnliche Struktur gehabt wie die heutigen Spinnennetze, sagte Brasier. Die Fäden seien in einer runden Struktur miteinander verknüpft, wie man sie von heutigen Spinnennetzen her kenne. Dies beweise, dass Spinnentiere schon seit dem Zeitalter der Dinosaurier ihre Beute in Netze einspannen.

Zwar glauben Spinnenexperten, dass Spinnen auch schon früher Netze bauten – beweisen ließ sich das bislang aber nicht, denn normalerweise hinterlassen die feinen Seidenfäden keine fossilen Spuren. In Bernstein hingegen können Netze überstehen.‹ SPIEGEL, Heft 51/2008.«

»Dieser bescheuerte Spinnenfreak hat doch nicht mehr alle Tassen im Schrank!«, schimpfte Mertel, normalerweise eher ein ausgeglichener, ruhiger Zeitgenosse, der sich nur höchst selten zu verbalen Ausbrüchen hinreißen ließ. »Ich wette, dass es sich um Jessica Hellmanns Haare handelt.«

»Tja, das befürchte ich auch«, stimmte Tannenberg zu.

Karl Mertel fixierte seinen Kollegen mit einem stechenden Blick. »Zum DNA-Abgleich brauche ich natürlich Vergleichsmaterial. Kannst du mir das so schnell wie möglich besorgen?«

»Klar, ich kümmere mich sofort darum«, antwortete der Leiter des K 1.

Telefonisch instruierte er Geiger, auf seinem Weg zum Pfaffplatz in der Studenten-WG in der Pariser Straße vorbeizufahren und vom Freund des Entführungsopfers entsprechendes DNA-Material zu erbitten.

»Auf was will uns dieser Irre eigentlich mit dem aufgemalten roten Kreuz hinweisen?«, stellte Mertel eine naheliegende Frage in den Raum.

»Du meinst das Kreuz in der Mitte des Spinnennetzes?«

»Sonst sehe ich weit und breit keins, Wolf«, spottete Mertel.

»Ja, sicher, Karl, du hast ja recht«, murmelte Tannenberg. Nachdenklich knetet er sein Kinn. »Wenn ich das nur wüsste.«

»Dieses gesamte Gebilde sieht irgendwie aus wie eine Zielscheibe«, brachte der Kriminaltechniker eine weitere Interpretationsmöglichkeit ins Spiel.

»Tja, sieht ganz danach aus«, pflichtete ihm Tannenberg bei. »Und diese aufgeklebte schwarze Plastikmücke neben dem Kreuz soll womöglich Jessica symbolisieren.«

Mertel stieß Luft durch die Nase. »Wahnsinn.«

»Das Opfer klebt hilflos im Netz und wartet darauf, von der Spinne aufgefressen zu werden. Was für eine perverse Symbolik!«

Ein paar Sekunden lang wanderte das Schweigen zwischen den beiden altgedienten Kriminalbeamten hin und her.

»Jessica hängt aber nicht im Zentrum des Netzes«, bemerkte der Spurenexperte. »Das ist noch frei.«

Tannenberg nickte. »Nur wer soll da hin? Vielleicht läuft bei diesem abartigen Spiel alles auf das Zentrum hinaus.«

»Du meinst, auf ein ganz bestimmtes Opfer? Quasi als Krönung dieser makaberen Inszenierung?«

Der Leiter der Kaiserslauterer Mordkommission zog die Mundwinkel nach unten und schüttelte deprimiert den Kopf. »Das ist wirklich der absolute Wahnsinn, Karl.« Er warf einen Blick auf seine Armbanduhr. »Oje, ich muss los zur Frühbesprechung.«

»Ich warte noch auf Geiger, dann komme ich auch zu euch hoch.«

Tannenberg hatte gerade seinen Mitarbeitern die Neuigkeiten präsentiert, als Mertel und Geiger überfallsartig in sein Dienstzimmer hereinstürmten. Der Kriminaltechniker wedelte mit zwei Asservatenbeuteln.

»Wolf, wir haben in diesem Kuvert zwei sehr wichtige Dinge übersehen«, behauptete er hechelnd.

»Und was?«

»Eine weitere Plastikmücke und einen Klebezettel mit einem Zitat. Die müssen sich wohl während des Transportes von dem Spinnennetz abgelöst haben.«

Während der Chef-Ermittler die Fundsachen eingehend inspizierte, fuhr sein Kollege fort: »Auf dem Spinnennetz habe ich Klebstoffreste entdeckt, die auf Folgendes schließen lassen.«

Mertel unterbrach seine Rede und eilte unter den erwartungsvollen Blicken seiner Kollegen zu einem Flipchart, auf den Tannenberg ein Spinnennetz inklusive rotem Kreuz und stilisierter Mücke aufgezeichnet hatte. Der Spurenexperte nahm einen Edding und malte eine weitere schwarze Fliege ins Netz.

»Diese zweite Mücke befand sich genau hier, also schräg links über der anderen«, erläuterte Mertel.

»Bist du dir ganz sicher, dass sie nicht auf dem roten Kreuz angebracht war?«, fragte Tannenberg nach.

»Ja, das bin ich«, erwiderte der Kriminaltechniker. »Denn im Zentrum des Spinnennetzes habe ich keinerlei Klebemittelrückstände gefunden, dagegen dort, wo ich die Mücke gerade eingezeichnet habe, schon. Es handelt sich dabei übrigens um einen handelsüblichen Klebstoff. Die Haare wurden jedoch mit flüssigem Kunststoff aus einer Heißklebepistole umschlossen.«

»Jetzt muss ich mal etwas ganz Blödes loswerden«,

meldete sich Sabrina Schauß zu Wort. »Wir haben zwei Mücken, aber bislang nur ein einziges Entführungsopfer. Oder sehe ich da etwas völlig falsch?«

»Nein, natürlich nicht«, entgegnete ihr Vorgesetzter. »Da uns dieser Irre zwei Mücken geschickt hat, gehe ich davon aus, dass er sein zweites Opfer bereits gestern entführt hat. Ich kann mir nicht vorstellen, dass der Mistkerl in dieser Hinsicht irgendeinen Fehler macht. Der hat alles bis ins Detail durchgeplant.« Tannenberg reckte den Zeigefinger. »Und zwar chronologisch: Eine Aktion folgt der anderen.«

»Bis er am Schluss die letzte Mücke in die Mitte des Netzes kleben kann«, beteiligte sich nun auch wieder Mertel.

»Und dann?«, warf Sabrina ein.

Die Frage schwebte eine Weile unbeantwortet durch Tannenbergs Büro.

Ihr Ehemann brach das Schweigen. »Wir haben doch die Kollegen instruiert, uns sofort Bescheid zu geben, wenn eine neue Vermisstenmeldung reinkommt«, meinte der junge Kommissar. »Aber es gibt noch keine.«

»Ich fürchte, wir müssen davon ausgehen, dass dies nur noch eine Frage der Zeit ist«, seufzte Tannenberg und wiegte den Kopf. »Was ist das nur für ein komischer Spruch?« Er zeigte auf das betreffende Zitat. »›You must kill the spider to get rid of the cobweb.‹«

Die Übersetzung ließ nicht lange auf sich warten, denn Petra Flockerzie hatte durch die offene Tür mitgehört und sofort im Internet recherchiert. »Das ist ein maltesisches Sprichwort«, rief sie, »und bedeutet so viel wie: ›Man muss die Spinne töten, wenn man das Spinnennetz loswerden will.‹«

»Also kommt der Täter aus Malta«, schlussfolgerte Armin Geiger messerscharf. »Dann sollten wir sofort Interpol verständigen.«

# 9

Gähnend öffnete der Spider das Wohnzimmerfenster. Er machte einige Dehnungsübungen und pumpte die kühle, belebende Herbstluft in seine Lungen. Dann ging er in die Küche und braute sich eine Kanne starken Kaffees. Das Koffein verscheuchte die bleierne Müdigkeit, die ihn manchmal aus heiterem Himmel überfiel. Kein Wunder, denn die letzten Tage waren ziemlich anstrengend und aufregend gewesen.

Aber nun war er wieder fit. Das war nötig, schließlich hatte er heute eine Menge vor. Er fühlte sich wie ein mit Aufputschmitteln vollgepumpter Topmanager, der permanent unter Strom stand und sich keine Atempause erlauben konnte.

Den Zeitrahmen seines Projektes hatte er absichtlich so eng gesteckt, dass die Polizei immer nur reagieren konnte und nicht in der Lage war, eine aktive Strategie zu entwickeln. Wie ein guter Schachspieler nutzte er das Tempo des ersten Zuges. Es kam entscheidend darauf an, immer genügend Vorsprung vor seinen Verfolgern zu besitzen. Und den hatte er.

Außerdem versuchte er, die nächsten Züge seiner Gegner zu antizipieren, was ihm bislang auch recht gut gelungen war. Als leidenschaftlicher Perfektionist hatte er darüber hinaus einen pfiffigen Notfallplan entwickelt, um auf alle nur erdenklichen Eventualitäten sofort reagieren zu können. Doch bis jetzt lief alles prima.

Schmunzelnd startete er Mariekes Laptop. Das neutrale

Hintergrundbild hatte er durch das Foto einer angriffslustigen Atrax Robustus ersetzt.

»Hallo, meine wunderschöne Todesbotin«, flötete er. »Wir beide wissen, wie gefährlich du bist und dass dein Gift ein Kind in 15 Minuten töten kann. Bei Erwachsenen dauert es natürlich entsprechend länger, auch die Schmerzen, auch die Krämpfe, auch die Verzweiflung. Aber das wissen diese naiven Herzchen im Bunker nicht, noch nicht.«

Der Spider zitterte vor Erregung. »Ja, wie du bin auch ich eine Killerspinne«, sagte er mit bebender Stimme, »allerdings eine zweibeinige. Auch ich bin ein Monster, das seine Opfer töten, auflösen und aussaugen wird«, jubilierte er und rieb sich die Hände. »Und keiner kann mich stoppen, keiner. Ich werde erst zufrieden sein, wenn die Königin im Netz hängt.«

Er tippte ›Emmalein‹ in die Startseite der FSN-Community.

»Schön, dass Mariekes Zugang noch immer nicht gesperrt ist. Na ja, wahrscheinlich wollen die Bullen das nicht«, murmelte er. »Wäre aber auch egal, denn die liebe Jessica hat mir ja ihr Passwort verraten. Zwar nicht ganz freiwillig. Aber wie sagt man so schön: Wo ein Wille ist, da ist auch ein Weg.«

Ein blechernes Kichern.

»Dieses Codewort kennt außer ihr niemand. Das hat sie jedenfalls behauptet. Falls das nicht stimmt, werde ich«, sein Blick huschte hinüber zu den Terrarien, »besser gesagt, werden *wir* sie wohl für diese Lüge bestrafen müssen. Nicht wahr, meine achtbeinigen Freunde?«

Der Spinnenliebhaber trank einen großen Schluck Kaffee. Anschließend durchstöberte er Mariekes Gruppen bei FSN. Seine Stimmung wurde immer besser, geradezu euphorisch.

»Na, wen suchen wir uns denn diesmal aus?«, säuselte er vor sich hin. »Wie wär's denn mit den ›Sportlichen Mädels‹?« Er klickte den entsprechenden Link an und wartete ungeduldig, bis sich die Seite aufgebaut hatte.

»Wow, 138 Mitglieder hat diese Gruppe«, stieß der Spider begeistert aus. »Na, da wird ja wohl hoffentlich auch ein süßes, sportliches Zuckerpüppchen für mich dabei sein. Natürlich nehmen wir nur eine mit einer besonders knackigen Figur.«

Er klatschte in die Hände. »Aber zuerst die Arbeit, dann das Vergnügen«, rief er aus und sprang wie von der Tarantel gestochen in die Höhe.

Es dauerte nur ein paar Sekunden, bis die Heißklebepistole ihre Betriebstemperatur erreicht hatte. Hochkonzentriert zog der Spider dünne Plastikwürste über Conny Faulhabers Kopfhaare.

In die Mitte des Pappkartons, der als Träger des Spinnennetzes fungierte, hatte er zuvor mit Filzstift ein rotes Kreuz aufgemalt. Zufrieden betrachtete er sein Werk. Nun gab er zwei Tropfen Uhu auf die Spinnfäden und klebte die kleinen schwarzen Plastikmücken darauf.

Eigentlich eine völlig überflüssige Prozedur, denn genauso gut hätte er die beiden Mücken ja auch in den flüssigen Kunststoff hineindrücken können. Das wäre nicht nur einfacher, sondern auch sicherer gewesen.

Aber es hätte die Polizei nicht verwirrt. Und eben darum ging es dem Spider.

Als der Klebstoff angetrocknet war, zog er die Mücken ab und legte sie neben sein vermeintliches Kunstwerk. Anschließend schob er das Spinnennetz in den frankierten und an Wolfram Tannenberg adressierten Umschlag.

»So, und euch beide werden die Bullen erst beim zweiten Blick in die Tüte entdecken«, lachte er hell auf. »Ein weiteres Überraschungspaket.«

Er grunzte amüsiert. »Ach, was werden sich diese blöden Bullen wohl wieder für unnötige Gedanken darüber machen, *weshalb* ich für meine Plastikmücken normalen Kleber benutzt habe. Diese Idioten suchen immer nach dem Sinn von allem, was ein Verbrecher tut. Dabei besteht der Sinn des Ganzen nur darin, dass *sie* diesen Sinn *suchen*. Das bindet ihre Arbeitskraft und verschafft mir wertvolle Freiräume.«

Der Spinnenexperte verschloss das Kuvert mit einem Tesafilmstreifen. Danach schlenderte er eine Weile gedankenversunken durch sein Arbeitszimmer. Ab und an blieb er vor einem der postergroßen Fotos stehen, mit denen er die Wände dekoriert hatte. Seine Augen suhlten sich förmlich in den selbst geschossenen Aufnahmen.

Welche grandiosen Gottesgeschöpfe ihr doch seid, schwärmte er im Stillen. Keine andere Tierart auf diesem Planeten ist so ästhetisch und faszinierend wie ihr.

Er warf einen Blick auf den Futterplan, den er auf einer Pinnwand neben der Zimmertür angebracht hatte. »Ach, heute ist ja die Brachypelma albopilosum dran«, murmelte er.

Mit einem kleinen Netz fing er eine Wüstenheuschrecke ein und entließ sie in einem anderen Terrarium wieder in die Freiheit. Einer trügerischen Freiheit allerdings, denn die dunkelbraune Kraushaarvogelspinne nahm sie sofort ins Visier.

»Und nun suchen wir uns aus diesem Internetkatalog

eine hübsche Sportlerin aus, die mit uns joggen gehen will«, sagte er zu einer schwarzen Witwe, die er gerade behutsam auf den mit Rindenmulch ausgelegten Boden einer Transportbox absetzte.

»So, mein Schätzchen, damit du nicht so alleine bist, bekommst du Gesellschaft«, verkündete er und fischte eine suppentellergroße Kamelspinne aus einem anderen Terrarium.

»Aber natürlich werde ich euch durch eine Glaswand trennen.« Wieder dieses hüstelnde Kichern. »Schließlich sollt ihr nicht übereinander herfallen und euer Gift zum Töten eines Artgenossen benutzen. Das wäre eine maßlose Verschwendung.«

Grinsend kehrte er zu Mariekes Laptop zurück und schrieb eine kurze Mail an eine gewisse Natalie Himmer. Sie klagte so sehr über ihre Einsamkeit, dass ihm aus Mitleid ganz warm ums Herz wurde.

Eine halbe Stunde später saß der Spider im Stadtpark auf einer kalten Edelstahlbank und mimte den sonnenhungrigen Parkbesucher, der seine Eindrücke mit einer digitalen Videokamera festhielt.

Von hier aus hatte er freie Sicht auf die nur etwa 50 Meter Luftlinie entfernte und in einer schmucken Gründerzeitvilla untergebrachte kirchliche Kindertagesstätte. Das herrschaftliche Sandsteingebäude war von einem weitläufigen Grundstück umgeben, das von einer hohen Mauer eingefriedet wurde. Auf der Sandsteinmauer thronte ein hoher Metallzaun mit sichelförmig gebogenen Spitzen.

Der Spider vertrieb sich die Wartezeit, indem er die anderen Parkbesucher mit dem Teleobjektiv auf seinen kleinen Monitor zoomte. Am meisten faszinierte ihn ein

Punkerpärchen, das sich von der Pirmasenser Straße her in sein Blickfeld schob.

Die beiden führten einen zotteligen Hund aus, der wie ein Langhaardackel auf Stelzen aussah. In aller Seelenruhe beobachteten sie das Tier, wie es mitten auf dem Kinderspielplatz sein Geschäft erledigte. Anschließend ging das Punkerpärchen einfach weiter, ohne sich um die stinkende Hinterlassenschaft ihres Hundes zu kümmern.

Das war nun wirklich völlig inakzeptabel, fanden drei junge Mütter, die sich mit ihrem Kinderwagenkonvoi aus Richtung des ehemaligen Hallenbadgeländes näherten. Gemeinsam stimmten sie ein wütendes Protestgezeter an. Eine der Frauen zückte ihr Handy und drohte damit, die Polizei zu verständigen. Die Punker grölten ein paar Schimpfwörter zurück, reckten die Mittelfinger empor und rannten dann einfach weg.

In diesem Moment tauchte im Augenwinkel des Spiders die kleine Emma auf. Im Schlepptau hatte sie Marieke und Kurt, der kurz zuvor an der Mauerecke der Beethovenstraße eine kleine Schnüffelpause eingelegt hatte.

Ausgelassen hüpfte Emma neben ihrer hochschwangeren Mutter her und trällerte dabei ein Liedchen. Marieke schob ihren dicken Bauch durch das quietschende schmiedeeiserne Tor, das von zwei, aus Eisenstäben kunstvoll zusammengeschweißten Türmchen flankiert wurde.

Im Grundstück befestigte sie Kurts Leine am Gitterzaun. Einen Befehl musste sie ihm nicht erteilen, denn der tapsige, bärenartige Mischlingshund legte sich an dieser Stelle immer automatisch ab. Obwohl er einen recht trägen Eindruck erweckte, ließ er die beiden nicht aus den Augen, während sie die Sandsteintreppe hinaufkletterten und in der herrschaftlichen Villa verschwanden.

Der Spider hatte genug gesehen. Er klappte die Digitalkamera zu, steckte sie in die Jacke und machte sich frohgemut auf zu neuen Taten.

Conny Faulhaber kam langsam zur Besinnung. Zuerst versuchte sie, sich zu bewegen. Doch Arme und Beine gehorchten nicht den Befehlen ihres Gehirns. Schmatzend öffnete sie den Mund. Plötzlich nahm sie einen metallischen Geschmack wahr.

»Blut?«, krächzte sie.

»Gott sei Dank, du lebst«, stieß schräg über ihr eine Frauenstimme aus. »Dann bin ich zum Glück nicht mehr allein.«

In Zeitlupentempo drehte Conny den Kopf zur Geräuschquelle hin. Aber sie konnte niemanden erkennen. Nichts als rabenschwarze Finsternis um sie herum.

»Wer bist du?«, fragte sie in die Dunkelheit hinein.

»Ich heiße Jessica. Jessica Hellmann«, kam es mit gehauchter Stimme zurück. »Und wie heißt du?«

»Conny Faulhaber«, antwortete die junge Frau und hustete ein paarmal heiser. »Wo bin ich überhaupt? Warum ist es denn hier so stockfinster?«

»Wir befinden uns in einem großen Gewölbekeller oder in einer unterirdischen Halle.«

»Woher weißt du das?«

»Als vorhin das Licht brannte, habe ich diesen riesigen Raum gesehen. Außerdem ist es sehr kalt und feucht hier drinnen. Wir müssen unter der Erde sein. Deshalb ist es auch so stockdunkel.«

Conny schniefte. Bruchstückhaft kehrten ihre Erinnerungen zurück. »Ich wollte mit einer Freundin joggen gehen«, sagte sie zu ihrer unsichtbaren Leidensgenossin. »Aber die kam nicht. Dafür kam ein Mann.« Conny schluchzte auf. »Ich wurde von einem brutalen Mann entführt.«

»Wo?«

»Auf einem Parkplatz am Wald.«

»Das Gleiche wie bei mir. Auch ich war mit einer Freundin zum Joggen verabredet«, erklärte Jessica.

»Aber warum hat man uns entführt?«

»Das weiß ich nicht.«

»Bist du reich?«

»Nein.«

»Deine Eltern?«

»Nein, die auch nicht.«

»Bei mir ist auch kein Lösegeld zu holen«, seufzte Conny.

»War das bei dir derselbe Kerl? So ein vermummter, kräftiger Typ?«

»Ja.«

Jessicas Handgelenke schmerzten derart, dass sie verzweifelt an den Metallfesseln rüttelte. Ein spitzes Klirren hallte durch den ehemaligen Bunker. »Warum hat er nur die Handschellen so fest zugemacht? Das tut so verdammt weh«, stöhnte sie.

»Meine sind auch viel zu eng«, jammerte Conny. »Ist dir an unserem Entführer irgendetwas Besonderes aufgefallen?«

»Ich weiß sogar, wie dieser Mistkerl aussieht.«

»Wieso denn das? Hast du ihm die Mütze heruntergerissen?«

»Nein, das war gar nicht nötig. Denn als er hier war, hat er seine Maske nicht mehr getragen.«

»Und? Kennst du ihn?«

»Nein, ich habe ihn noch nie zuvor gesehen.«

»Was will der nur von uns, wenn er kein Lösegeld erpressen kann?«, fragte Conny. Ihr Mund war so ausgetrocknet, dass sie fast keinen Ton mehr herausbrachte. »Glaubst du, er will uns vergewaltigen?«, schob sie gepresst nach. »Hat er dich etwa schon …?«

»Nein, Gott sei Dank nicht.«

Conny Faulhaber schluckte trocken. »Aber wenn er sich dir unmaskiert gezeigt hat, kannst du ihn doch bei der Polizei identifizieren.«

Jessica schniefte.

Die blitzartig in Connys Gehirn aufschreiende Erkenntnis raubte ihr fast den Atem. Wie eine Ertrinkende japste sie nach Luft. »Oh nein, er … wird … uns … töten«, kam es abgehackt über ihre Lippen.

»Ich glaube nicht, dass er uns schon bald töten wird«, meinte Jessica.

Ein Funken Hoffnung keimte in Conny auf. »Wieso?«

»Weil er noch eine ganze Weile mit uns spielen will.«

»Spielen?«

»Ja. Wie ein Kater mit der gefangenen Maus.« Ein bitteres Lachen. »Allerdings ist dieser Perverse kein Kater, sondern eine Spinne.«

»Eine Spinne?« Conny lief es kalt den Rücken hinunter.

»Ja, unser Entführer ist ein durchgeknallter Spinnenfreak.«

»Ein Spinnenfreak?«, fragte Conny ungläubig nach. »Wie kommst du denn auf so was?«

»Ganz einfach: Wir hängen in einem riesigen Spinnennetz. Außerdem hat er mir ein Spinnennetz in den Oberschenkel geritzt«, schniefte sie.

»Oh Gott«, stieß Conny entsetzt aus. »Dann stammt das Blut in meinem Mund vielleicht gar nicht von mir.«

»Das kann gut sein, dass es aus meiner Wunde auf dich getropft ist. Ich habe jedenfalls gespürt, wie mir Blut das Bein hinunterlief.«

Conny Faulhaber greinte herzerweichend.

Als Jessica die Reaktion der anderen Frau wahrnahm, entschied sie sich spontan, ihrer Leidensgenossin vorerst nichts von der Riesenvogelspinne zu erzählen, die ihr ein tiefes Loch ins Bein hineingebissen hatte. »Außerdem gehört zu seinem abartigen Spielchen, dass er uns echte Spinnennetze übers Gesicht legt«, jammerte sie.

»Deshalb spannt meine Haut so«, erwiderte Conny. Sie schnitt Grimassen, wurde die klebrigen Fäden aber nicht los. »Das ist so eklig«, sagte sie mit tränenerstickter Stimme. »Warum macht dieses perverse Schwein das nur mit uns?«

»Weil er mit uns spielen und sich an unserem Leid aufgeilen will.«

Conny Faulhaber verlor nun endgültig die Selbstbeherrschung. Sie warf den Kopf wild hin und her, brüllte und strampelte.

Jessica wartete, bis sich ihre Leidensgenossin wieder einigermaßen beruhigt hatte. »Wir dürfen jetzt nicht verzweifeln oder uns apathisch mit unserem Schicksal abfinden, sondern wir müssen sein Spiel mitspielen und versuchen, es in die Länge zu ziehen.«

»Aber das nutzt uns leider auch nicht viel, denn aus dieser Gruft kommen wir alleine nicht mehr raus.«

»Trotzdem dürfen wir die Hoffnung nicht aufgeben«, betonte Jessica Hellmann, »sonst sind wir wirklich verloren. Mitspielen ist unsere einzige Chance. Wir müssen unbedingt Zeit gewinnen. Die Polizei sucht uns garantiert schon.«

»Glaubst du?«

»Ja, ganz bestimmt. Mein Freund hat inzwischen hundertprozentig eine Vermisstenmeldung aufgegeben. Und dich sucht sicher auch schon jemand.«

»In meinem Fall bin ich mir da nicht so sicher.«

»Wieso?«

»Ich lebe zurzeit alleine, hab mich von meinem Freund getrennt. Und Kontakt zu meiner Familie habe ich auch nur noch selten.«

»Und deine anderen Freunde oder Arbeitskollegen?«

»Ja, sicher, meine Kolleginnen werden mich bestimmt vermissen. Ich bin ja nicht zur Arbeit erschienen.«.

»Wo arbeitest du denn?«

»In einer Arztpraxis. Ich bin gelernte Arzthelferin. Und du?«

»Ich studiere hier an der Uni.«

»Und was?«

»Informatik.«

»Computer und so.«

»Genau.«

»Wenn du studierst, hast du wahrscheinlich noch keine Kinder, oder?«, wollte Conny wissen.

»Nein.«

»Ich auch nicht.«

»Bei mir wird es aber nicht mehr allzu lange dauern. Mein Freund Lukas und ich werden gleich nach unserem Examen heiraten. Und wenn dann einer von uns einen guten Job gefunden hat, wollen wir so schnell wie möglich Kinder haben. Mindestens drei.«

»Eine schöne Zukunft«, bemerkte Conny, wobei ein

Anflug von Neid in ihrer Stimme mitschwang. »Ich hab zurzeit ja nicht mal einen neuen Freund.« Sie seufzte tief und unterdrückte mühevoll eine neue Tränenflut. »Es ist alles so schrecklich. Und jetzt auch noch das.«

Jessica Hellmann versuchte, ihre verzweifelte Leidensgenossin ein wenig zu trösten. »Also, wenn du einen neuen Freund suchst, musst du nur zu den Unifeten kommen. Bei dem Männerüberschuss an unserer Uni hat man als Frau die freie Auswahl.«

»Mache ich doch glatt«, schniefte Conny.

»Pst«, zischte Jessica. »Hast du das eben auch gehört?«

»Was?«, flüsterte Conny.

»Ja, da, ganz deutlich: Schritte.«

Conny Faulhabers Magen krampfte sich zu einem schmerzenden Klumpen zusammen. »Oh Gott, wird er uns jetzt quälen«, sie schluckte hart, »oder sogar töten?«

# 10

Die Ermittlungen traten nach wie vor auf der Stelle. Und das, obwohl Kriminalrat Eberle inzwischen eine Sonderkommission eingerichtet hatte und die Kaiserslauterer Mordkommission von gut einem Dutzend Beamten aus anderen Dezernaten bei ihrer Arbeit unterstützt wurde.

Die Reaktionen der Bevölkerung auf den Zeitungsaufruf beschränkten sich auf nur wenige, unergiebige Hinweise. Der DNA-Abgleich lieferte exakt das Ergebnis, das alle erwartet hatten: Die Haare, die der Entführer für das Spinnennetz verwendet hatte, stammten zweifelsfrei vom Kopf der vermissten Informatikstudentin Jessica Hellmann.

Inzwischen hatte Mertels Schwiegersohn in spe das Passwort von Jessicas Community-Zugang geknackt. Aus den Chatprotokollen und den gespeicherten E-Mails ging hervor, dass allein in den letzten vier Wochen über dreißig Männer versucht hatten, mit Jessica Kontakt aufzunehmen. Die Identifikation dieser User gestaltete sich allerdings äußerst schwierig, denn erfahrungsgemäß bewegten sich die meisten FSN-Mitglieder mit Pseudonymen in dem sozialen Netzwerk.

Kurz nach 17 Uhr meldete sich eine Arzthelferin in der Notrufzentrale und behauptete, seit mehreren Stunden ihre Arbeitskollegin nicht erreichen zu können. Die Zentrale leitete das Gespräch sofort ins K 1 weiter. Die Frau erklärte, dass ihre Kollegin heute Morgen nicht zur Arbeit erschienen sei, sich aber auch nicht krankgemeldet habe.

Dieses Verhalten könne sie sich nicht erklären, denn ihre

Kollegin sei ausgesprochen zuverlässig. Zudem befinde sie sich noch in der Probezeit und wolle unbedingt ihren Job behalten. Deshalb mache sie sich große Sorgen um sie.

Tannenberg erfuhr von der Anruferin, dass sie sich gerade vor dem Haus der vermissten Person aufhielt, wo sie ohne Erfolg Sturm geklingelt hatte. Er bat sie, den Hausmeister zu verständigen und an Ort und Stelle auf ihn zu warten.

Michael Schauß steuerte das Zivilfahrzeug in das Kaiserslauterer Gewerbegebiet. In der Merkurstraße musste er an einer roten Ampel anhalten. »Das sieht mal wieder verdammt nach einem Serientäter aus«, sagte er zu seinem Vorgesetzten.

»Und zwar nach einem psychopathischen«, grummelte Tannenberg vor sich hin.

»Sind denn nicht alle Serienmörder zwangsläufig Psychopathen?«, fragte Michael.

Statt einer Antwort erhielt er nur ein kurzes Brummen.

»Ein Entführer und Mörder, der aus den Haaren seiner Opfer Spinnennetze bastelt, gehört jedenfalls eindeutig zur Kategorie ›Psychopath‹«, fuhr der junge Kommissar fort. In einem tiefen Zug sog er Luft ein und ließ den Atem zischend entweichen. »Diese Wahnsinnigen haben immer neue Spleens.«

»Ja, das stimmt leider«, meinte Tannenberg. Er streckte den Arm aus. »Da vorne geht's zum Fischerrück rein.«

»Wenn du die Hand vor meinem Gesicht wegnimmst, sehe ich's auch.«

»Sei mal nicht so empfindlich«, blaffte sein Vorgesetzter.

Michael Schauß kniff die Augenbrauen zusammen. »Warum bist du denn auf einmal so aggressiv, Wolf?«

»Tut mir leid, Mischa, dass ich dich eben so angepflaumt habe«, entschuldigte sich sein Beifahrer.

»Schon gut.«

Diese Blitzreaktion war sehr ungewöhnlich für Wolfram Tannenberg, denn normalerweise dauerte es eine ganze Weile, bis er sich zu einer Entschuldigung durchringen konnte. Manch ein Kollege oder Familienmitglied wartete auch schon mal vergeblich auf einen entsprechenden Anflug von Selbstkritik.

Tannenberg seufzte. »Ich bin zurzeit ziemlich angefressen. Irgendwie geht mir dieser Fall ganz schön an die Nieren. Ich werde einfach das Gefühl nicht los, dass wir immer zu spät kommen.«

»Wie der Hase bei seinem Wettlauf mit dem Igel.«

Der Leiter des K 1 nickte. »Wer weiß, wie viele Frauen dieser Irre noch auf seiner Liste hat. Diese sogenannten sozialen Netzwerke bieten ja auch einen unerschöpflichen Fundus. Das muss man sich einmal vorstellen: Diese bekloppten Typen sitzen zu Hause an ihrem Computer und wählen in aller Gemütsruhe ein Opfer nach dem anderen aus. So wie wir früher im Neckermann-Katalog nach Sonderangeboten gesucht haben, durchstöbern diese Perversen die Communitys.«

»Tja, besonders Frauen und Kinder sind leider ziemlich naiv. Unvorstellbar, was die so alles über sich ins Netz stellen: Fotos, Adressen, Telefonnummern und viele andere persönliche Daten.«

»Und sie schildern auch noch ihre intimsten Probleme.«

»Die diese Spanner wie Honig aufsaugen.« Schauß räusperte sich und hieb auf das Lenkrad ein. »Elende Saubande.«

Tannenberg durchfurchte seine Haare. »Wie kann man nur so arglos sein?«

»Ich versteh's auch nicht.«

»Wenn ich mir vorstelle, wie sich diese pädophilen Schweine an den Fotos der ahnungslosen Kinder aufgeilen …« Sein Beifahrer presste die Kiefer so fest aufeinander, dass sich unter seiner Gesichtshaut kleine Höcker abzeichneten. »Wenn ich daran denke, könnte ich ausflippen.«

»Mir geht's genauso, Wolf«, stimmte der junge Kommissar zu. »Du wirst es nicht glauben, aber selbst Sabrina hat private Dinge über sich und uns ins Netz gestellt. Zum Beispiel Fotos von ihr im knappen Bikini. Als ich das mitgekriegt habe, bin ich fast ausgeflippt.« Schauß wiegte energisch den Kopf. »Was steckt dahinter, Wolf? Produziergehabe? Exhibitionismus? Eitelkeit?«

»Ich weiß es nicht«, gestand Tannenberg zerknirscht ein.

Als die beiden Ermittler vor dem Hochhaus in der Posener Straße eintrafen, stürmte eine spindeldürre, hektische Mittvierzigerin auf sie zu und redete wild gestikulierend auf die Kriminalbeamten ein, obwohl diese noch gar nicht ausgestiegen waren.

Im Schlepptau hatte sie den Hausmeister, der zur Begrüßung demonstrativ mit seinem Generalschlüssel wedelte. Während sein Kollege Eva Pöppel befragte und ihre Kernaussagen in seinem Notizbuch festhielt, fuhr Tannenberg mit dem Aufzug zur Wohnung der vermissten Arzthelferin. Er ließ sich die Tür aufsperren und eröffnete dem neugierigen Hausmeister, dass er ihn nun nicht mehr benötigte.

Gleich hinter der Tür streifte Wolfram Tannenberg Gummihandschuhe über und steckte seine Schuhe in

Plastiktüten. Als er sich anschließend im Flur umschaute, wurde ihm schlagartig klar, dass auch er eine Art ›Fremdwohner‹ war, zumindest für kurze Zeit.

Strenggenommen zeigte er bei seiner Marotte, die Wohnung eines Mordopfers, Täters oder einer vermissten Person als Erster und allein zu inspizieren, ein ähnliches Verhalten, wie es diese ›Fremdwohner‹ an den Tag legten, denen es einen Kick versetzte, wenn sie sich Zutritt zum Leben eines wildfremden Menschen verschafften.

Doch seine Motivation war eine rein dienstliche, schließlich versuchte er zu erkunden, wie der Wohnungsmieter gelebt hatte, welche Eigenschaften er besaß, welchen Hobbys er nachging, welche Bücher er las, welche Fernsehsendungen er anschaute, wie groß sein Freundeskreis war und so weiter und so fort.

In manchen Behausungen hatte er regelrecht das Gefühl, diesem fremden Menschen so nahe gekommen zu sein, dass er förmlich dessen Atem riechen konnte. Die Wohnung eines Menschen sagte sehr viel über seinen Charakter aus und stellte gerade bei schweigsamen Tätern ein wertvolles Hilfsmittel zum Verständnis seiner Persönlichkeit dar.

Mit geschärften Sinnen wandelte Tannenberg durch die überschaubare Zweizimmerwohnung, die allerdings nicht gerade gemütlich wirkte, sondern eher den Eindruck einer vorübergehenden Bleibe erweckte.

Überall stapelten sich Umzugskisten und Kleiderberge. Das Bett war noch nicht einmal aufgebaut, nur die Matratze lag auf dem Boden. An der Decke baumelten nackte Glühbirnen. Die Küchenschränke waren leer, die Fenster gardinenlos, die Regale standen in ihre Einzelteile zerlegt in der Ecke.

Die Wohnung hatte auch noch nicht den urtypischen

Geruch der Mieterin angenommen. Es roch hier weder nach kaltem Rauch oder menschlichen Ausdünstungen, sondern nach der anscheinend erst kürzlich durchgeführten Renovierung.

Offenbar war die junge Frau erst vor Kurzem hier eingezogen und lebte seitdem in einem chaotischen Provisorium. In einer Umzugskiste entdeckte er mehrere Fotos, auf denen jeweils derselbe Mann mit einem dicken schwarzen Kreuz durchgestrichen war. Er steckte eines der Bilder in die Jacke, nahm Conny Faulhabers Laptop an sich und verließ die Wohnung.

Die bei der kurzen Wohnungsinspektion gewonnenen Erkenntnisse passten weitgehend zu dem, was ihm Schauß wenig später berichtete. Eva Pöppel hatte sich mit der Vermissten angefreundet und war bestens über deren Trennungsgeschichte und die anschließende räumliche Abnabelung vom Ex-Freund informiert.

Jedoch hatte sie offenbar nicht den leisesten Schimmer, mit wem sich Conny Faulhaber gestern Abend, in der Nacht oder gar heute früh verabredet haben könnte. Als Conny gestern am späten Nachmittag die Praxis verließ, hatte sie dahingehend keinerlei Andeutungen gemacht. Eva Pöppel spekulierte, dass möglicherweise ihr Ex-Freund hinter dem plötzlichen Verschwinden ihrer Arbeitskollegin steckte.

»Glaubst du, da ist etwas dran?«, fragte Michael, nachdem die beiden wieder in ihrem Dienstfahrzeug saßen.

Tannenberg zuckte mit den Schultern. »Wohl eher nicht. Aber wir sollten diesem Herrn sicherheitshalber mal auf den Zahn fühlen.«

»Der Spruch passt haargenau.«

»Bitte?«

»Na ja, Connys Ex ist Zahnarzt.«

»Ach so, verstehe. Hast du seine Adresse?«

»Ja, die habe ich. Wenn wir zurück sind, kümmere ich mich gleich um ihn.«

»Stimmt, du hast ja heute Nacht Bereitschaft.«

»So ist es, leider. Ich würde nämlich viel lieber …«

»Stopp! Fahr sofort rechts ran!«, befahl Tannenberg in Kasernenhofton.

Schauß trat nicht gleich auf die Bremse, sondern schaute zuerst in den Rückspiegel. »Was? Mitten auf der Pariser Straße?«

»Ja, los, mach schon«, drängte sein Chef.

Nun bremste der junge Kommissar scharf ab und fuhr vorsichtig den Bordstein hoch. Hinter ihm hupte ein Autofahrer, der wegen des abrupten Bremsmanövers fast auf den Dienst-Mercedes aufgefahren wäre.

»Was ist denn los, Wolf?«, fragte Schauß mit geschürzten Lippen.

Tannenberg zeigte auf eine Straßenlaterne. »Was siehst du da vorne?«

Michael schnaubte genervt. »Also, ich sehe nichts Besonderes.«

»Doch, das tust du«, behauptete sein Vorgesetzter. »Nur verstehst du noch nicht, was du siehst.«

Michael Schauß grunzte ungehalten. »Du sprichst in Rätseln.«

»Was hängt da vorne an der Laterne?«

»Meinst du das Plakat?«

»Volltreffer«, lobte Tannenberg. »Fahr noch 'n Stück näher ran.«

Schauß schaltete die Warnblinkanlage ein und ließ den Wagen nach vorn rollen.

»Ach du Scheiße«, zischte er. »Jetzt kapier ich's endlich.«

»Wurde ja langsam auch Zeit«, frotzelte der Leiter des K 1.

Michael Schauß ignorierte den spöttischen Einwurf. »Dem Rüdiger Nehberg sitzt eine große Spinne auf der Glatze.«

»Genau das meine ich«, bestätigte sein Beifahrer.

»Aber du glaubst doch nicht etwa, dass dieser Nehberg hinter den Entführungen steckt«, fragte Schauß irritiert, »oder etwa doch?«

»Nein, natürlich nicht er, sondern jemand anders.«

»Und wer?«

Tannenberg fasste seinen jungen Kollegen scharf ins Auge und verkündete: »Werner Kollmenter.«

Ungläubig wiederholte Michael Schauß den Namen. »Ist das nicht euer Briefträger, den du heute Morgen in der Hauptpost aufgesucht hast? Wegen des Entführerbriefs mit dem Spinnennetz.«

»Doch, genau der ist das«, erwiderte Tannenberg.

»Aber was hat denn Kollmenter mit diesem Plakat zu tun?«

»Das ist der springende Punkt.«

Kommissar Schauß kniff die Lippen zusammen und schüttelte den Kopf. »Ich kann dir nicht folgen, Wolf. Rede doch bitte endlich mal Klartext mit mir.«

»Kollmenter hat mir gestern Abend von Rüdiger Nehberg vorgeschwärmt und anschließend in der Fruchthalle dessen Vortragsveranstaltung besucht.« Tannenberg wies erneut auf das Plakat. »Das hat er mir heute Morgen bestätigt.« Er leckte sich die Lippen. »Und das, obwohl ich ihn gar nicht danach gefragt hatte. Das ist doch irgendwie komisch, oder?«

Schauß war noch immer nicht von diesem neuen Verdächtigen überzeugt. »Na ja, ich weiß nicht, irgendwie erscheint mir deine Vermutung ziemlich an den Haaren herbeigezogen«, wandte er ein.

»Der Meinung bin ich ganz und gar nicht«, gab sein Chef trotzig zurück.

»Du meinst also wirklich, dieser Briefträger könnte der irre Spinnenfreak sein, der mit uns spielen und uns durch versteckte Hinweise an der Nase herumführen will?«

»Ich weiß, dieser Verdacht hört sich irgendwie abstrus an«, gestand Tannenberg ein. »Ehrlich gesagt kann auch ich mir nicht vorstellen, dass ausgerechnet Werner solch einen Wahnsinn ausgeheckt haben sollte. Er ist so ein netter, höflicher Zeitgenosse, der bestimmt keiner Fliege etwas zuleide tun kann.« Der Kommissariatsleiter schnalzte mit den Fingern. »Lass uns trotzdem mal zum Spaß davon ausgehen, er steckt hinter allem.«

»Also auch hinter dem Einbruch in Mariekes Wohnung?«

»Ja, Michael, auch das«, entgegnete Tannenberg. Er zog ein Leinentaschentuch hervor und schnäuzte sich geräuschvoll die Nase. »Wenn ich mich richtig erinnere, hast du bei einer Dienstbesprechung die Frage aufgeworfen, woher der Handtaschenräuber wissen konnte, dass sich während unserer Exkursion zum Wurstmarkt niemand in Heiners Haus aufhielt, nicht wahr?«

Schauß nickte.

»Die Antwort ist möglicherweise ganz einfach, Michael: Aufgrund der räumlichen Nähe der beiden Häuser wäre es für Kollmenter ein Leichtes gewesen, von seinem Fenster aus die Parkstraße zu beobachten. Und das völlig unauffällig. Er hätte sich einfach nur hinter die Gardinen stellen müssen. Dann hätte er alles mitbekommen, was sich vor Heiners Haus abgespielt hat.«

Schauß legte den Kopf schief und knetete sein Kinn. »Also, ich weiß nicht.« Er atmete hörbar ein. »Okay, Wolf, andererseits wäre es natürlich fatal, wenn wir diesen Tatverdacht ignorieren würden.«

»Das sehe ich ganz genauso.«

»Dann solltest du diese Hypothese unseren Kollegen und der Staatsanwaltschaft mitteilen.«

»Nein, Mischa, das werde ich garantiert nicht tun.«

»Warum denn? So abstrus ist diese Idee nun auch wieder nicht.«

Wolfram Tannenberg beobachtete eine Schar Tauben, die sich auf dem Bürgersteig über ein trockenes Brötchen hermachte. »Nein, nein«, wiegelte er ab. »Wahrscheinlich handelt es sich wieder einmal nur um eine meiner berühmt-berüchtigten Schnapsideen, mit denen ich mich schon öfter bis auf die Knochen blamiert habe. Und solch einen neuerlichen Triumph möchte ich vor allem meinem Spezi Hohl-Hohl-Hollerbach nicht gönnen.«

Der junge Kommissar lachte. »Das kann ich nachvollziehen.«

Tannenberg legte den Finger an die Lippen. »Also, Mischa: Kein Wort davon zu irgendjemandem, okay?«

Schauß stimmte mit einer Kopfbewegung zu.

»Ich kann mich wirklich darauf verlassen?«, hakte sein Vorgesetzter nach.

»Jaaaa«, kam es gedehnt zurück. »Das kannst du.«

»Sehr schön«, freute sich Tannenberg. »Trotzdem muss ich natürlich dieser Sache nachgehen und den ungeheuerlichen Verdacht gegen unseren armen Briefträger ausräumen. Das bin ich Werner Kollmenter schuldig. Schließlich könnte ja auch noch jemand anders auf diese Idee kommen.«

»Zum Beispiel Geiger.«

»Ja, zum Beispiel unser lieber Kollege Geiger«, wiederholte sein Beifahrer. »Dem traue ich solche abgedrehten Gedankengänge durchaus zu.«

»Und wie willst du Kollmenter überprüfen?«, wollte Schauß wissen.

»Ganz einfach, Mischa: Ich stibitze meinem Vater eine Flasche Wein aus dem Keller und statte Werner einen Überraschungsbesuch ab.«

»Dieb.«

»Von wegen. Der Zweck heiligt die Mittel!«, entgegnete Tannenberg. Verschwörerisch kniff er ein Auge zusammen. »Außerdem muss ich mich bei Werner ja noch höflich für seine Hilfe heute Morgen bedanken.«

Wolfram Tannenberg ließ sich in der Beethovenstraße absetzen. Und das quasi direkt vor dem Straßenbesen seines Vaters, der gerade vor dem Haus den Rinnstein von Laub, Sand und Zigarettenkippen befreite. Zähnefletschend schwang Jacob den Besen und deutete Schläge auf die Frontscheibe des Dienst-Mercedes an.

»Oh mein Gott, der irre Besenschwinger treibt wieder sein Unwesen im Musikerviertel«, rief Michael Schauß durch die offene Seitenscheibe. »Da mache ich mich wohl besser gleich aus dem Staub.«

»Das kann ich dir auch nur raten, Michael, sonst gibt's was auf die Haube«, mimte der Senior weiter den Rabauken. Er grinste breit. »Schönen Gruß an Sabrina.«

»Die sehe ich heute leider nicht mehr – Nachtschicht.«

»O je, du armer Kerl. Willst du nicht reinkommen und vorher noch etwas Vernünftiges zu Abend essen?«

»Nein, vielen Dank, ich muss sofort los. Ihr Sohn hat mir einen wichtigen Ermittlungsauftrag erteilt.«

Jacobs Augen blitzten vor Neugierde. »Was denn für einen?«

»Ich soll …« Weiter kam der junge Kommissar nicht, denn sein Chef fuhr ihm brutal in die Parade.

»Michael, du weißt doch ganz genau, dass wir unsere Dienstgeheimnisse nicht ausplaudern dürfen. Vor allem nicht, wenn der legendäre Sherlock Holmes aus der Beethovenstraße zuhört.«

»Sturer Bock«, schimpfte Jacob an seinen Sohn adressiert. Er lehnte den Besen an die Hausmauer und verschränkte herausfordernd die Arme vor der Brust.

Tannenberg schenkte ihm ein schadenfrohes Grinsen.

»Der arme Michael muss weiter ermitteln, und mein werter Herr Sohn, seines Zeichens *Leiter* der Kaiserslauterer Mordkommission, seilt sich ab und fläzt sich zu Hause faul auf die Couch«, legte der Senior provokant nach.

»Genau das mache ich jetzt.«

»So etwas hätte es früher nicht gegeben«, tönte er lauthals. »Da waren die Vorgesetzten noch Vorbilder und keine notorischen Drückeberger wie heutzutage.«

Wolfram Tannenberg war inzwischen das Lachen gründlich vergangen. »Nicht so laut Vater!«, zischte er ungehalten. »Diesen Quatsch muss doch nicht die ganze Beethovenstraße hören.«

»Doch! Das, was ich zu sagen habe, muss nicht nur die Beethovenstraße, sondern die ganze Welt hören«, polterte Jacob. Und zwar so geräuschvoll, dass auf der gegenüberliegenden Straßenseite eine Nachbarin das Fenster öffnete.

»Guten Abend, Frau Remmler«, rief er zu der älteren Frau hinüber. »Das musste doch mal gesagt werden, oder?«

»Ja, ja, sehr richtig, Jacob«, erwiderte die Grauhaarige, obwohl sie dessen Provokationen nur bruchstückhaft mitbekommen hatte. »Wir Alten müssten den Jungen viel öfter die Meinung sagen.«

»Du bist einfach unmöglich«, fauchte Tannenberg, während er an ihm vorbei zur Haustür ging. »Wenn man solch einen Vater hat, braucht man wirklich keine Feinde mehr.« Kopfschüttelnd verzog er sich in sein Elternhaus, allerdings nicht in seine Wohnung, sondern in den gut bestückten Weinkeller des streitsüchtigen Familienoberhauptes. Auf dem Weg dorthin kam er an der riesigen Modelleisenbahn seines Vaters vorbei.

Er blieb stehen und warf einen Blick in den Kellerraum, in den Jacob oft stundenlang verschwand, um an der Gleisanlage herumzubasteln oder einfach nur wie ein kleiner Junge mit leuchtenden Augen die ratternden Züge zu bestaunen. Die für einen realistischen Eisenbahnbetrieb notwendigen Bahnhofsdurchsagen überließ er nicht einem Tonbandgerät, sondern übernahm sie selbst.

»Achtung, auf Gleis 5 fährt ein der Intercity aus Paris. Sie haben Anschlussmöglichkeiten mit den Regionalbahnen nach Kirchheimbolanden, Lauterecken und Pirmasens. Bitte von der Bahnsteigkante zurücktreten.«

Als Wolfram Tannenberg diese Ansage im Ohr klingelte, huschte ein amüsiertes Schmunzeln über sein Gesicht.

Was ist das nur für ein verrückter Kerl, was ist das doch für eine verrückte Familie, in die ich da vor 56 Jahren hineingeboren wurde?, dachte er. Als ihm Kurt, der seinem Herrchen auf dem Fuß in den Keller gefolgt war, gerade seine Schnauze in die Seite rammte, ergänzte er im Stillen: Und was für ein verrückter Hund.

Der Kriminalbeamte kniete sich nieder, packte mit beiden Händen Kurts massigen Hundekopf und drückte ihn fest an sich. »Guter Polizeihund, guter Polizeihund.«

Kurt produzierte ein wohliges Geräusch, das irgendwo zwischen Quietschen und Knurren angesiedelt war.

Anschließend verließ Tannenberg sein Elternhaus durch die Hintertür, durchquerte den gemeinsam genutzten Innenhof und betrat Heiners Zweifamilienhaus, in dem Marieke, Max und Emma im Dachgeschoss wohnten. Er stieg die halbe Treppe hinauf und auf der anderen Seite wieder hinunter. An der Haustür legte er eine Hand auf die Messingklinke.

Er trat aber nicht sofort ins Freie, sondern spitzte die Ohren und lauschte ins Treppenhaus. In Heiners Wohnung war es mucksmäuschenstill, aber hoch oben unter dem Dach erklang die Sandmännchen-Melodie, ein untrügliches Anzeichen dafür, dass Emma vorm Fernseher saß und ihre Lieblingssendung anschaute.

Bereits im Hof hatte Tannenberg einige Regentropfen abbekommen. Trotzdem verschwendete er keinen einzigen Gedanken an einen Schirm. Schließlich lag Werner Kollmenters Haus nur einen Katzensprung entfernt. Er zog den Kragen hoch und lief im Sturmschritt durch die Parkstraße. Der Briefträger öffnete erst nach dem dritten Läuten die Tür. Und das auch nur einen Spalt weit.

»Hallo, Werner«, begrüßte ihn Tannenberg und hielt die Rieslingflasche in die Höhe. »Ich wollte mich bei dir bedanken.«

Kollmenter winkte ab. »Ach was, das ist doch nicht nötig. Ich hab dir gerne geholfen.«

»Was hältst du davon, wenn wir diese sehr gute Flasche Riesling Spätlese gemeinsam trinken? Ich hatte heute einen ziemlich stressigen Tag und könnte jetzt ein Glas Wein in netter Gesellschaft gut gebrauchen. Außerdem wollte ich dich eh noch etwas fragen.«

Um seine Beharrlichkeit zu demonstrieren, setzte der Kriminalbeamte einen Fuß auf die unterste Treppenstufe und zog den Kopf noch tiefer in die Jacke. »Sauwetter, elendes«, schimpfte Tannenberg. »Ich weiß überhaupt nicht, wo diese blöde Regenwolke plötzlich herkommt. Den ganzen Tag über war so tolles Wetter. Und jetzt kübelt's auf einmal richtig.«

Kollmenters nach wie vor betont abweisendes Verhalten sollte dem ungebetenen Besucher offenbar signalisieren, dass dieser sehr ungelegen kam. Doch das nutzte ihm wenig, denn wenn Wolfram Tannenberg sich etwas in den Kopf gesetzt hatte, ließ er sich nicht so einfach von seinem Vorhaben abbringen, auch nicht von einem verstört wirkenden, störrischen Briefträger. Also ging er noch stärker in die Offensive.

»Du, Werner, ich werde allmählich nass«, beschwerte er sich. »Willst du mich nicht endlich reinlassen? Ich verspreche dir auch, dass ich dir nicht sehr lange auf den Wecker gehen werde. Ich möchte wirklich nur schnell ein, zwei Glas Riesling mit dir trinken und dich um eine Auskunft bitten. Anschließend verschwinde ich wieder. Es dauert höchstens eine halbe Stunde.«

»Das passt mir jetzt aber gerade gar nicht«, erklärte Kollmenter mit verkniffenem Gesicht. »Ich bin überhaupt nicht auf Besuch eingestellt. Bei mir ist nicht aufgeräumt und außerdem muss ich eh gleich weg.«

»Deine Ausflüchte nehme ich dir nicht ab.«

Werner Kollmenters Miene veränderte sich wie auf Knopfdruck, Anspannung wurde durch Erstaunen ersetzt. »Wieso?«, fragte er und vergaß für einen Augenblick, den Mund zu schließen.

»Ich weiß den wahren Grund, warum du mich nicht reinlassen willst.«

Der Briefträger verschränkte trotzig die Arme vor der Brust. »Und der wäre?«

»Du alter Schwerenöter hast dir bestimmt übers Internet eine nackte Blondine bestellt, die du mir nicht zeigen willst, oder?«, versuchte Tannenberg einen Kalauer zu landen. »Stimmt's oder hab ich recht?«

Kollmenter schoss die Schamesröte ins Gesicht. »Nein, ich bin natürlich alleine. So etwas würde ich nie tun.«

»Na, dann kannst du mich doch auch kurz reinlassen. Wieso musst du eigentlich gleich wieder weg? Nehbergs Vortrag war doch gestern. Über ihn wollte ich übrigens mit dir sprechen.«

»Warum?«

»Weil mich dieser verrückte Kerl schon seit ewigen Zeiten fasziniert.«

»Nehberg ist nicht verrückt«, stellte Kollmenter in scharfem Ton klar.

Tannenberg fächerte seine Arme zu einer entschuldigenden Geste auf. »Ich meine das ja auch nur im positiven Sinne. Er ist ein besessener Abenteurer, der …«

»… unheimlich sozial engagiert ist«, fiel ihm Kollmenter ins Wort.

Der Postbote war mit einem Mal wie ausgewechselt. Sein zuvor verkniffenes, mürrisches Gesicht leuchtete förmlich auf. »Dann komm halt rein. Aber viel Zeit hab ich wirklich nicht«, gab sich Kollmenter nun endlich geschlagen. »Was willst du denn über Rüdiger Nehberg wissen?«, fragte er neugierig und bat Tannenberg in sein Haus.

Werner Kollmenter hatte wirklich nicht übertrieben. Im Flur, in dem es ziemlich muffig roch, lagerten Mülltüten, Schuhe, Jacken sowie leere Flaschen wild durcheinander. Vor den Wänden stapelten sich Zeitungen, Werbebroschüren und Bücher.

»Hast du diese tollen Bilder gemalt?«, stieß Tannenberg erstaunt aus, als er auf die Aquarelle aufmerksam wurde, die in diesem verwahrlosten Korridor die Wände schmückten.

»Ja, die sind von mir.«

»Als Motive hast du ja alle möglichen Reptilienarten gewählt: Schlangen, Spinnen, Echsen. Aber in ganz anderen Farben, als sie in der Natur vorkommen. Das erinnert mich spontan an Andy Warhol.«

»Stimmt«, bestätigte Kollmenter mit stolzgeschwellter Brust. »Seine Werke haben mich inspiriert, diese wunderbaren Tiere einmal in etwas ungewöhnlicheren Farbvariationen auf die Leinwand zu bannen.«

Wolfram Tannenberg war sichtlich beeindruckt. »Dieser Bilder sehen spitze aus«, lobte er. »Du bist ja ein richtiger Künstler.«

»Na ja, ich betrachte mich eher als Handwerker«, bemerkte Kollmenter bescheiden. »Mit diesem Künstlergedöns habe ich rein gar nichts am Hut. Das finde ich total affig.«

»Das geht mir ähnlich«, pflichtete ihm der Leiter des K 1 bei. »Hast du deine Aquarelle schon einmal irgendwo ausgestellt? Könnte ich dir eins abkaufen?«

Der Briefträger winkte ab. »Nein, nein, das möchte ich nicht. Meine Bilder sind unverkäuflich. Diese Aquarellmalerei ist reine Privatsache, und sie soll es auch bleiben. Bist du so gut und behältst die Sache für dich?«

»Klar, mach ich das, Werner.«

»Gut, danke. Komm, wir setzen uns in die Küche«, schlug der Briefträger vor und wies seinem Gast den Weg.

Tannenberg zögerte, denn soeben hatte er einen Blick durch zwei geöffnete Zimmertüren geworfen. »Hier sieht es ja aus wie in einer Zoohandlung. Alles voller Terrarien. Du malst also nicht nur diese Tiere, sondern du besitzt sie auch.«

»Klar, sie sind meine Studien- und Malobjekte.«

»Züchtest du auch?«

»Ja, sicher. Auf immer mehr Menschen üben Reptilien eine starke Faszination aus.«

»Das ist zurzeit ein richtiger Trend.«

»Ja, das kann man wohl sagen«, bestätigte Kollmenter. »Dadurch ist der Bedarf an diesen Tieren in den letzten Jahren enorm gestiegen.« Er hob den Zeigefinger. »Und zwar der Bedarf an legal zu erwerbenden Reptilien, muss betont werden. Die Tiere müssen hier bei uns gezüchtet worden sein.« Die beiden schlenderten weiter durch den Flur.

»Stichwort: Artenschutz«, bemerkte Tannenberg.

Der Postbote zog die Unterlippe ein und nickte. »Durch strenge Vorschriften will man verhindern, dass Reptilien in fernen Ländern von skrupellosen Geschäftemachern gestohlen und illegal importiert werden. Also leisten meine Züchterkollegen und ich auch einen wertvollen Beitrag zum Naturschutz und zum Erhalt der Artenvielfalt.«

»Verstehe. Ist diese Züchterei eigentlich ein lukratives Geschäft?«

Werner Kollmenter machte eine wage Handbewegung. »Geht so. Man investiert natürlich auch einiges, vor allem viel, viel Zeit.«

»Züchtest du auch Spinnen?«

»Aber klar doch, Wolf.«

Während der Briefträger zwei Gläser ausspülte und abtrocknete, entkorkte Tannenberg die Weinflasche. »Wie man sieht, liest du auch die entsprechenden Fachzeitschriften«, sagte er und las die Titel vor: ›Der Terrarienfreund‹, ›Die Reptilienzucht‹.«

»Diese Zeitschriften sind sehr interessant. Und außerdem sind sie sehr wichtig, um einen hohen Zuchtstandard zu gewährleisten. Da stehen viele wertvolle Tipps drin, vor allem für Anfänger.«

Kollmenter schenkte die Gläser voll. »Wobei das Internet immer wichtiger wird«, fuhr er fort. »In den Expertenforen tauschen wir unsere Erfahrungen aus und über die Reptilienbörsen kaufen oder verkaufen wir unsere Tiere.«

Wolfram Tannenberg hob sein Glas. »Prost, Werner, und nochmals vielen Dank für deine Hilfe heute früh.« Die Weingläser erzeugten beim Aufeinandertreffen einen kurzen, spitzen Ton.

»Hat's denn etwas gebracht?«

»Wie man's nimmt«, gab der Kriminalbeamte zurück.

»Natürlich würde mich der Inhalt dieses Kuverts brennend interessieren«, meinte Kollmenter. »Aber du darfst mir sicherlich nichts darüber sagen.«

»So ist es«, entgegnete Tannenberg und nahm einen kräftigen Schluck.

Der Briefträger des Musikerviertels leerte in einem Zug sein Glas, dann tippte er auf seine Armbanduhr und erhob sich. »Entschuldige, aber ich muss dich nun leider rauswerfen.«

Sein ungebetener Gast schraubte sich ebenfalls in die Höhe. »Alles klar, dann mache ich mich jetzt mal auf die Socken. Du brauchst dich nicht zu bemühen, die Haustür finde ich alleine.«

Die Männer schüttelten sich die Hände. Wolfram Tannenberg schlenderte zur Tür, Kollmenter folgte ihm wie sein Schatten. »Sag mal, Wolf, du wolltest mich doch noch etwas über Nehberg fragen«, bemerkte der Reptilienliebhaber.

Der Leiter des K 1 klatschte sich an die Stirn und wandte sich um. »Stimmt, das hätte ich ja fast vergessen. Vorhin habe ich meinem Kollegen eines der Nehberg-Plakate gezeigt, die überall in der Stadt herumhängen. Ich meine das, auf dem ihm eine große Spinne auf dem Kopf sitzt.«

»Ja, das kenne ich natürlich.«

»Mein vorwitziger Kollege hat nun behauptet, dass er sich hundertprozentig sicher ist, dass es sich dabei um eine Vogelspinne handelt. Ich hab zwar keine Ahnung, hab aber aus Prinzip 20 Euro dagegen gewettet.«

Kollmenter lachte herzhaft. »Die Wette hast du leider verloren. Es handelt sich bei der abgebildeten Spinne eindeutig um eine Lasiodora parahybana, eine brasilianische Riesenvogelspinne.«

»Scheibenkleister«, fauchte Tannenberg.

»Die Lasiodora parahybana habe ich übrigens schon in der freien Natur beobachten können. Ich war nämlich bei einigen Urwald-Expeditionen dabei.« Kollmenter seufzte. »Leider noch bei keiner, die Nehberg geleitet hat.«

»Sind solche Expeditionen nicht schweineteuer?«

»Doch, das schon. Aber man gönnt sich ja sonst nichts«,

erwiderte der Briefträger. »Hast du eigentlich gewusst, dass es Wolfspinnen gibt?«, fragte der Briefträger, wobei er den Begriff in seine Einzelteile zerlegte.

»Nee, hab ich nicht gewusst. Sind die giftig?«

»Nur schwach. Selbst das Gift der größten Exemplare reicht nicht aus, um einem Menschen ernsthafte Probleme zu bereiten. Es schmerzt höchstens ein wenig an der Stelle, an der die Wolfspinne zugebissen hat.«

Tannenberg entschied sich kurzzeitig für eine Nachtschicht. Urplötzlich stand Michael Schauß vor seinem Schreibtisch. »Was willst du denn hier um diese Zeit? Haben die Sprüche deines Vaters dir etwa ein schlechtes Gewissen gemacht?«, frotzelte der junge Kommissar.

»Ich brauche jetzt dringend einen doppelten Espresso. Vielleicht schafft es ja das Koffein, Ordnung in meine wirren Gedanken zu bringen«, erklärte Tannenberg. »Der stramme Fußmarsch hierher hat es jedenfalls nicht hingekriegt. Willst du auch einen?«

»Ja, gerne, ich muss schließlich noch ein paar Stunden wach bleiben. Aber was ist denn eigentlich passiert?«

Während Tannenberg die beiden doppelten Espressos braute, schwieg er betreten vor sich hin. Dann setzte er sich seinem Kollegen gegenüber und schilderte ihm ausführlich den Besuch bei Kollmenter.

»Ein Briefträger, der Spinnen züchtet und sie auch noch auf Aquarellen verewigt. Also …«

»Und das gar nicht mal so schlecht, wie ich dir versichern kann«, warf Tannenberg dazwischen.

»Also haben wir es mit einem Künstler zu tun«, vollendete Schauß seinen begonnenen Satz. »Und du glaubst nun, dass er deshalb als Entführer in die engere Wahl kommt, weil er Spinnen züchtet und makabere Spinnennetz-Kunstwerke kreiert?«

»So abwegig ist dieser Gedanke doch gar nicht, oder?«

»Nein, Wolf, das ist er nicht. Vor allem auch deshalb nicht, weil ich weit und breit keinen anderen Verdächtigen sehe, der als Täter infrage kommen könnte«, entgegnete Michael Schauß. Er warf einen Blick hinüber zur Pinnwand, wo die Namen und Fotos der bisherigen Entführungsopfer hingen, und ergänzte: »Und bei Kollmenter liegen schon zwei gewichtige Indizien vor, wie ich finde.«

»Das sehe ich auch so«, unterstrich sein Vorgesetzter.

»Dann sollten wir den Herrn doch am besten gleich festnehmen und mal anständig ins Kreuzverhör nehmen.« Schauß grinste breit. »Ich hab ja eh nichts anderes vor heute Nacht.«

Tannenberg beulte mit der Zungenspitze seine Wange aus und schüttelte den Kopf. »Nein, Mischa, das ist keine gute Idee.«

Sein junger Mitarbeiter schob die Augenbrauen so dicht zusammen, dass sich auf der Stirn eine tiefe, senkrechte Falte bildete. »Und wieso?«, fragte er verdutzt.

»Wenn unsere Arbeitshypothese stimmt und Kollmenter tatsächlich unser Täter ist, dann können wir meines Erachtens mit hoher Wahrscheinlichkeit davon ausgehen, dass er seine Festnahme und das Verhör in seinen Plan einkalkuliert hat.«

»Du glaubst, das wäre Teil seines makaberen Spielchens mit uns?«

»Also, eins ist jedenfalls ziemlich sicher, Mischa: Egal, ob Kollmenter nun der gesuchte Psychopath ist oder nicht, unser Täter ist ein eiskalter Stratege, der alle seine Schritte geplant hat und einen nach dem anderen abarbeitet. Deshalb würden wir mit seiner Verhaftung ein unkalkulierbares Risiko eingehen.«

»Inwiefern?«

»Erinnere dich bitte mal an die Entführung dieses Bankierssohnes in Frankfurt vor einigen Jahren, wo der Täter gefasst wurde, er aber …«

»… den Ort, an dem er den kleinen Kerl versteckt hielt, nicht preisgab, auch nicht unter Androhung körperlicher Gewalt«, fiel ihm Schauß ins Wort. »Und als man dieses Erdloch dann endlich entdeckte, war der Junge bereits tot.«

Tannenberg nickte betroffen. Mit den gespreizten Fingern durchfurchte er seine Haare und kratzte sich am Hinterkopf. »Ich befürchte, dass es unserem Täter große Freude bereiten würde, uns den Aufenthaltsort seiner Opfer nicht preiszugeben.«

Michael Schauß setzte sich auf die Schreibtischkante und nagte an einem Daumen herum. »Du meinst, es geht ihm vor allem darum, uns seine Überlegenheit zu demonstrieren?«

»Ich weiß es nicht, Mischa. Jedenfalls sind diese Entführungen äußerst merkwürdig. Wieso sind zum Beispiel noch immer keine Lösegeldforderungen bei den Angehörigen eingegangen?«

»Die würden bei einer Studentin und einer Arzthelferin wenig Sinn machen, zumal auch deren Eltern nicht gerade reich sind«, bemerkte Schauß.

»Genau: Warum entführt er nicht solche Leute, bei denen richtig etwas zu holen ist?«

»Aber wenn es ihm nicht um Geld geht, um was geht es ihm denn dann?«

»Tja, wenn wir das wüssten, wären wir schon einen großen Schritt weiter«, sagte der Leiter des K 1.

»Vielleicht hat Kollmenter die Frauen in seinem eigenen Haus versteckt, zum Beispiel im Keller. Wenn er sie geknebelt und den Raum schalldicht isoliert hat, wäre das eine Möglichkeit.«

»Sicher, zumindest eine theoretische, die wir trotzdem sehr wohl überprüfen müssen«, sagte Tannenberg. »Ich hab da schon eine Idee.«

»Und welche?«

»Die ist noch nicht spruchreif.«

»Vielleicht auch nicht so ganz legal, wie ich vermute.«

Er gab ein schelmisches Grinsen zur Antwort. »Jedenfalls dürfen wir im Falle Kollmenter nicht das geringste Risiko eingehen«, betonte der Kommissariatsleiter. »Deshalb werden wir ihn von nun an rund um die Uhr beschatten. Und zwar sehr, sehr diskret. Falls er wirklich der Täter sein sollte, wird er uns irgendwann zum Versteck der Frauen führen. Wenn wir ihn allerdings zu früh festnehmen und er dichtmacht, blüht den Entführungsopfern möglicherweise das gleiche grausame Schicksal wie damals dem Bankierssohn.«

»Okay, Wolf, das leuchtet mir ein.«

»Es gibt da allerdings ein kleines Problem. Um die Pferde nicht scheu zu machen, dürfen wir diese Observation nicht an die große Glocke hängen, sprich die SOKO und Hollerbach informieren. Wenn die Presse davon Wind bekäme …« Den Rest ließ Tannenberg unausgesprochen.

»Gut, ich stehe selbstverständlich ab morgen früh für solch eine Observation zur Verfügung«, verkündete Schauß. »Sabrina sicherlich auch.«

»Super, dann wären wir schon mal zu dritt. Ich frage Karl und Rainer noch.«

»Und deinen Vater? Der wohnt doch in unmittelbarer Nähe und ist ein leidenschaftlicher Hobby-Kriminalist.«

»Sehr gute Idee. Der kann sich einfach in Heiners Wohnzimmer hinter die Gardinen stellen und den Eingang von Kollmenters Haus beobachten. Den werde ich allerdings unter Strafandrohung dienstverpflichten müssen und ihm eindringlich klarmachen, dass er von seiner Hilfssheriff-tätigkeit nichts im Tchibo ausplaudern darf.«

»Na, dann kann ja nichts mehr schiefgehen«, meinte Schauß, während ein süffisantes Lächeln seine Lippen umspielte. »Hast du vorhin nicht erzählt, dass Kollmenter dringend wegwollte? Hättest du da nicht gleich mit der Observation beginnen sollen?«

»Scheiße«, zischte Tannenberg und raufte sich die Haare. »Du hast recht. Ich Hornochse! Hoffentlich ist er jetzt nicht auf dem Weg zu einer weiteren Entführung.«

# 11

Connys Herz raste wie ein wildgewordener Elektromotor. Sie spürte, wie die Angst langsam in ihr hochkroch, sie mit einer eisernen Faust im Genick packte und kräftig durchrüttelte. Das Geräusch ihrer klappernden Zähne erinnerte an eine arbeitende Nähmaschine.

Ihr Mund war mit einem Mal so trocken, dass ihre Zunge am Gaumen festklebte und sie nicht mehr schlucken konnte. Die Schmerzen und Ängste der jungen Frau brachen sich in einem verzweifelten, leidvollen Schluchzen Bahn, das gespenstisch in dem stockfinsteren Gewölbebunker widerhallte.

»Sei bitte ruhig«, fauchte Jessica, die überraschend gefasst geblieben war. »Denk daran, wir müssen das Spiel unseres Entführers mitspielen, um wertvolle zu Zeit gewinnen. Nur so haben wir eine Chance, gerettet zu werden.«

Conny Faulhaber biss die Zähne fest zusammen und erstickte ihre aufgeschäumten Emotionen, indem sie den Atem anhielt.

Nur Sekunden später hörten die Frauen, dass jemand die Klinke herunterdrückte und die schwere Eisentür mit einem spitzen Quietschen nach innen schob. Im selben Moment tauchte im Lichtschein der Flurbeleuchtung die Silhouette eines Mannes auf, der fast den gesamten Türrahmen ausfüllte.

In der linken Hand trug er eine große, rechteckige Arzttasche und über seiner rechten Schulter hing ein Gegenstand, der auf den ersten Blick wie ein zusammengerollter Teppich aussah. Doch die beiden Frauen wussten sofort, dass es sich dabei um einen bewusstlosen Menschen handelte.

»Na, meine süßen Täubchen, wie geht's euch denn heute so?«, flötete der Mann, während die Neonröhren aufflackerten und ihn nun auch von vorn anstrahlten. »Wie ihr seht, habe ich euch Gesellschaft mitgebracht, damit es euch zu zweit nicht zu langweilig wird. Damit seid ihr jetzt quasi so etwas wie ein flotter Dreier.«

Der Spider kicherte wie ein affektiertes kleines Mädchen. Dann stellte er die Arzttasche vor die Wand, legte den schlaffen Frauenkörper auf dem kalten Betonboden ab und nahm seinen geräumigen Wanderrucksack von der Schulter.

Anschließend zog er ein gefaltetes Blatt Papier aus seiner Jacke, packte eine Hand der Frau, winkte damit in Richtung des Spinnennetzes und säuselte: »Hallo, ihr Hübschen.«

Dann legte er die Hand wieder ab und las den gedruckten Text vor: »›Ich heiße Natalie Himmer, bin 23 Jahre alt und von Beruf Verwaltungsangestellte. Meine Geschwister heißen Sven, Chris und Chayenne. Sie gehen alle noch zur Schule. Meine Eltern heißen Sven und Sandra. Sie arbeiten beide bei Opel. Ich bin in Kaiserslautern geboren und wohne in der Ländelstraße. Telefonnummer: 0631/2451978, E-Mail-Adresse: nathimmer@hotmail.de.‹«

Der Entführer verlagerte sein Gewicht und räusperte sich. »Da wisst ihr jetzt aber schon eine ganze Menge über eure neue Freundin, gell?« Er lächelte, ohne seine Zähne zu zeigen. »Aber das ist noch nicht alles«, tönte er weiter. »Jetzt kommen die richtig persönlichen, man könnte auch sagen intimen Dinge. Also spitzt die Ohren, was ich alles über die liebe Natalie weiß.«

Der Mann räusperte sich erneut. »Ich zitiere: ›Um mich herum gibt es nur dumme Sprüche, blöde Anmachen, ätzende Feten, falsche Freunde, untreue Jungs, nervige Musik und viel zu wenig Geld. Ab und zu lache ich auch, zurzeit aber gerade weniger, weil ich so traurig bin, denn ich bin leider wieder solo.‹«

Ein spöttisches Lachen erklang. »Och, die Arme«, säuselte der Spider und schmatzte. »›Deswegen bin ich total deprimiert. Mir geht einfach alles auf den Keks. Zu nichts habe ich Lust. Es ist zum Verzweifeln. Wenn es mir besser geht, sind meine Hobbys Tanzen, Schwimmen, Fußballspielen, Ins–Kino-Gehen, Shoppen, Musikhören.‹«

Der Spider brach ab und kickte einen kleinen Stein in Richtung des Spinnennetzes. Die beiden gefesselten Frauen zuckten erschrocken zusammen.

»Ach Gott, warum so schreckhaft, die Damen? Dafür gibt es doch überhaupt keinen Grund«, höhnte er. Seine Stimme schlug um. »Oder?«, brüllte er hinterher.

Jessica und Conny schüttelten energisch die Köpfe.

»Das will ich auch meinen. Also dann zurück zu Natalie. Als Lieblingsmusiker hat sie angegeben: Rihanna, Selena Gomez, Katy Perry, Bruno Mars, Madcon. Ihre Lieblingsfilme sind: Step up 3D, Street dance 2.« Der Mann zog geräuschvoll die Nase hoch und spuckte den Schleimpfropfen unmittelbar neben die am Boden liegende, bewusstlose junge Frau.

»Wollt ihr wissen, wo Natalie schon mal war?«, blökte er.

»Ja«, kam es aus zwei Mündern gepresst zurück.

»Sie war schon in Dänemark, in Frankreich und in Spanien. Wollt ihr auch wissen, wo Natalie gerne mal hin möchte?«

Die gleiche Reaktion seiner Opfer.

»Nach New York, Hawaii, Thailand«, schob der Spider nach. Er brummte, schüttelte den Kopf und fixierte die beiden Frauen an der Wand mit einem eiskalten, durchdringenden Blick. »Wollt ihr eigentlich nicht wissen, woher ich diese Informationen habe?«

»Doch, natürlich«, keuchte Conny Faulhaber.

»Die haben Sie wahrscheinlich aus Natalies Community, stimmt's?«, fragte Jessica in einem freundlichen, ruhigen Ton, der überhaupt nicht zu ihrer scheinbar aussichtslosen Lage zu passen schien.

Ihr Entführer schob die Unterlippe vor und nickte beeindruckt. »Respekt, Respekt, mein Mädchen. Was ich über Natalie und euch weiß, habe ich natürlich in diesem wunderbaren Freunde-Suchen-Netzwerk gefunden. Ihr dummer Hühner plaudert in dieser Community alles Mögliche über euch aus. Wie kann man nur so blöd sein? Na ja, ihr seht ja gerade, wohin euch eure Naivität geführt hat.«

»Wir denken uns eben nichts dabei, wenn wir unseren Freunden etwas über uns mitteilen«, meinte Jessica.

»Und das ist ein großer Fehler.«

»Aber das machen doch alle so«, beharrte Jessica.

»Ist es automatisch etwas Gutes, nur weil alle etwas tun?«, stellte der Spider kritisch in den Raum.

Es dauerte einige Sekunden, bis sich Jessica Hellmann wieder zu Wort meldete. »Nein, natürlich nicht. Wenn zum Beispiel alle Menschen ihre Nachbarn umbringen würden, wäre das sicherlich nicht gerade gut.«

»Du bist wirklich ein schlaues Mädchen, Jessica. Man merkt eben doch, dass du Studentin bist.«

Ihr Entführer kletterte die Leiter hoch. Nun befand er

sich so dicht neben Conny, dass ihr sein aufdringlich nach Pfefferminze riechenden Atem in die Nase kroch.

Conny stockte der Atem.

»Du bist die Schweigsamere von euch beiden, gell?«, fragte der Spider und hauchte sie an.

Auch wenn es ihr angesichts dieser extrem belastenden Umstände äußerst schwerfiel, beherzigte Conny nun das, was ihre Leidensgenossin als Ultima Ratio empfohlen hatte: Ein kooperatives, freundliches Verhalten, und damit eine geschickte Verzögerungstaktik, um Zeit zu gewinnen, in der Hoffnung auf eine baldige Rettung.

»Manchmal schon«, antwortete sie leise.

Der Mann trat einen Schritt zurück. »Ach, übrigens bestehe ich darauf, dass ihr mich duzt. Schließlich stehen wir uns sehr nahe und bilden so etwas wie eine Schicksalsgemeinschaft.« Wieder dieses alberne Kichern.

»Wie heißen Sie denn?«, wollte Jessica wissen.

»Mein Name tut nichts zur Sache. Ihr könnt mich ›Spider‹ nennen. Das ist mein Spitzname. Den habe ich schon so lange, dass ich mich an meinen richtigen Namen fast nicht mehr erinnern kann.«

Er warf einen erneuten Blick auf den Computerausdruck in seiner Hand. »›Ich bin solo‹«, las er amüsiert vor. »›Kennt ihr eigentlich diesen affengeilen Partysong? Den singt ein gewisser Mickie Krause, glaube ich jedenfalls.‹«

Keine Antwort, nur Kopfschütteln.

»Aber ›I am sailing‹ von Rod Stewart kennt ihr doch, oder?«

»Ja, ich kenne ihn.«

»Ich auch«, stimmte Conny zu.

»Das ist super, Mädels!«, jubilierte der Spider und

stimmte den Popsong an. »Klingelt euch diese Melodie auch im Ohr?«

Beide nicken.

»Toll, dann müsst ihr jetzt nur zu dieser genialen Melodie meinen genialen Text singen. Ich sing's euch mal vor:

›Ich bin solo, Ich bin solo,
Ich bin solo,
Scheißegal!
Ich bin solo, Ich bin solo,
Ich bin solo,
Scheißegal!
Ich bin solo, Ich bin solo,
Ich bin solo,
Scheißegal!
Ich bin solo, Ich bin solo,
Ich bin solo,
Scheißegal!‹

So, und nun alle zusammen!«, forderte der Spinnenliebhaber und intonierte die erste Zeile. Als die Frauen einstimmten, gestikulierte er wie ein besessener Chorleiter, der das Maximale aus seinen Sängern hervorholen wollte.

»Lauter, lauter, lauter.« Er feuerte sie mit der Handbewegung eines Drehorgelspielers an. »Immer weitersingen, immer weitersingen.«

Während der Entführer lauthals diesen Gassenhauer mitgrölte, hängte er Natalie Himmer in die Seile, und zwar schräg links unterhalb von Jessicas Füßen. Im Zentrum des überdimensionalen Spinnennetzes leuchtete das große rote Kreuz und wurde an drei Seiten von den Entführungsopfern eingerahmt.

Als er mit der Fesselaktion fertig war, wischte er sich mit dem Jackenärmel den Schweiß von der Stirn. Danach kramte er aus seinem Rucksack eine Flasche Wasser heraus, trank sie in einem Zug halb leer und setzte zuerst Conny und anschließend Jessica die Plastikflasche an die Lippen.

»Wer von euch beiden muss denn am dringendsten Pipi?«, fragte er, während er einen Mundwinkel nach oben zog. »Beim letzten Mal war Conny zuerst dran, wenn ich mich richtig erinnere. Deshalb fangen wir diesmal gerechterweise mit Jessica an«, entschied er.

Noch bevor er die Biologie-Studentin von ihren Fesseln befreite, legte er ihr eine Plastikschlinge um den Hals. Sie bestand aus einem breiten Kabelbinder und einem etwa zwei Meter langen Kälberstrick.

Die Schlinge war so konstruiert, dass sich bei Spannung der Kabelbinder sofort festzog und in dieser Stellung arretierte. Damit dieser fatale Mechanismus nicht ausgelöst wurde, musste die Betroffene strikt darauf achten, keine Seilspannung zu erzeugen.

Jessica lief im immergleichen Abstand ein Stück vor dem Spider her, der sie wie ein Hündchen an der Leine ausführte. Diese Konstanz fiel ihr sehr schwer, denn ihr Körper war verspannt und schmerzte. Sie war derart wacklig auf ihren Beinen, dass sie große Angst hatte, über eine Unebenheit zu stolpern und zu stürzen. Deshalb hüpfte ihr flackernder Blick permanent zwischen dem Betonboden und dem leicht durchhängenden Seil hin und her.

Die verwahrloste Toilettenanlage befand sich unmittelbar hinter der Bunkertür. Hier roch es wie in einer Kloake, der Wandputz blätterte ab, die meisten der Sperrholztüren waren eingetreten und die Sanitärobjekte waren völlig verdreckt.

Jessica durfte zwar die Kabinentür ins Schloss drücken, doch dadurch wurde das Seil eingeklemmt. Sie stand Todesängste aus, denn ein einziger fester Zug hätte genügt, ihr die Kehle zuzuschnüren und sie in der Kabine zu erdrosseln.

Nachdem ein paar Minuten später auch Conny Faulhaber ihre Notdurft verrichtet hatte und sie wieder festgekettet im Seil hing, stellte sich der Spider vor das Netz und nickte zufrieden.

»Was für eine geniale Performance«, lobte er sein Kunstwerk. »Jetzt fehlt nur noch die Königin. Sie ist die Krönung, das Zentrum, das pulsierende Herz dieses Spinnennetzes.«

Voller Vorfreude rieb sich der Entführer die Hände. »Und wenn sie endlich bei euch ist, werde ich ein Opfer nach dem anderen töten.«

Er legte eine kleine Pause ein und ging ein paar Schritte. Erst als er wieder an derselben Stelle stand, fuhr er fort: »Anschließend werde ich die besonders interessanten Teile von euch auflösen und diese dann genüsslich aufsaugen.« Er lächelte versonnen. »Wie man es eben als Spinne so macht.«

Den Frauen gefror das Blut in den Adern. Sie hatten das Gefühl, als ob ihnen jemand gerade mit seiner eisigen Faust das Herz bei lebendigem Leib aus dem Körper herausgerissen hätte.

Urplötzlich hatten sich alle guten Vorsätze, mit denen sie das teuflische Spiel in die Länge ziehen und dadurch wertvolle Zeit gewinnen wollten, in nichts aufgelöst. Verzweifelt bäumten sich die gefesselten Frauen gegen ihr unabwendbar scheinendes Schicksal auf, warfen die Köpfe wild hin und her, brüllten, wimmerten und flehten ihren Peiniger an.

Doch der stand mit einem eingefrorenen Grinsen im Gesicht vor seinen Opfern und weidete sich an deren Todesangst. Außer seinen Augen, die hektisch zwischen den beiden Frauen hin- und hersprangen und dem schnell sich hebenden und senkenden Brustkorb, bewegte sich nichts an ihm.

»So, jetzt reicht's aber mal langsam«, brüllte er die nun laut aufschluchzenden Frauen an. »Mir tun ja schon die Ohren weh.« Conny und Jessica reagierten nicht. »Ruhe jetzt! Oder ich stell euch mit meinem Elektroschocker ruhig.«

Diese Drohung wirkte, denn die beiden hatten die von den starken Stromstößen hervorgerufenen Schmerzen noch lebhaft in Erinnerung.

»Seht ihr, was ihr angerichtet habt?«, schimpfte der Spider. »Mit eurem Höllenlärm habt ihr die arme Natalie aufgeweckt.«

Aber Natalie Himmer war noch nicht wach, sondern dämmerte in einer Zwischenwelt vor sich hin. Ab und an lallte sie etwas Unverständliches oder sie öffnete kurz die Augen. Doch ihre Lider waren so bleischwer, dass sie sich gleich wieder über die Augäpfel schoben. Ihre Arme gehorchten ihr noch nicht, sie schaffte es lediglich, kurz die Ellbogen zum Körper hinzuschieben, dann klappten sie aber gleich wieder nach außen weg.

»Mit eurem Spektakel bringt ihr noch meinen ganzen Plan durcheinander. Ihr setzt mich unter Zeitdruck, und das finde ich gar nicht gut«, zeterte der Spinnenfreak weiter, während er in seinem Koffer herumkramte.

»Jede von euch wird von mir gleichermaßen verwöhnt«, verkündete er mit einem dreckigen Grinsen.

Dann zog er ein weiteres, in einem Holzrahmen aufgespanntes natürliches Spinnennetz aus seinem Arztkoffer und legte es über Natalie Himmers Gesicht. Die junge Frau wusste offensichtlich nicht, was ihr da gerade geschah. Sie ächzte, verzog angewidert den Mund und verdrehte die Augen.

»Dieses perfekte, wunderschöne Netz wurde von einer Araneus diadematus gefertigt«, erklärte der Spinnenliebhaber. »Wisst ihr, wie man sie in unserer Muttersprache nennt?« Da dem Anschein nach niemand die Antwort wusste, löste er selbst das Rätsel auf. »Im normalen Sprachgebrauch heißt sie ›Garten-Kreuzspinne‹. Den Namen habt ihr aber schon mal gehört. Oder?«

Reflexartig nickten die beiden Frauen.

»Dann wisst ihr vielleicht auch, dass die Netze der Araneus diadematus einen Durchmesser von bis zu einem halben Meter aufweisen können«, schwärmte der Spider, nun offensichtlich ganz in seinem Element.

»An diesem perfekten Spinnennetz kann man sehr schön sehen, dass diese bei uns heimische Kreuzspinnenart ihre Netze sehr engmaschig webt. Wie viele ihrer Artgenossinnen ist auch sie in der Lage, verschiedene Arten von Fäden zu spinnen. Und zwar je nach Verwendungszweck: klebrige Fäden zum Fang der Opfer oder festere Fäden zur sicheren Befestigung der Netze. Faszinierende Gottesgeschöpfe sind das doch, oder?«

Als sie nicht antworteten, sondern wieder nur mechanisch nickten, schmetterte er ihnen noch einmal ein »Oder?« entgegen.

»Ja«, stöhnten die jungen Frauen.

»Warum nicht gleich so, meine werten Damen? Ihr wisst, dass ihr mich nicht provozieren sollt. Das könnte ganz schnell für euch sehr, sehr ungemütlich werden.« Der

Spider hielt sich die Hand vor den Mund und feixte, nun allerdings bedeutend leiser: »Wird es jetzt aber eh.«

Das stakkatoartige Kichern steigerte sich zu einem nervtötenden Sirenengeheul. Während ihn Conny und Jessica panisch anstarrten, wechselte er das Thema.

»Man behauptet ja immer, dass Frauen die humaneren, einfühlsameren und sozialeren Lebewesen seien. Deshalb meine Frage an euch: Soll ich eurer neuen Kollegin das Spinnennetz nicht besser schon jetzt in den Oberschenkel gravieren? Später, wenn sie erst einmal richtig wach ist, tut ihr diese Prozedur bestimmt noch mehr weh als jetzt, wo sie geistig noch ziemlich weggetreten ist.«

Die Frauen zögerten.

»Ach so, ich verstehe«, sagte der Entführer, wobei er jede einzelne Silbe betonte. »Ihr befindet euch in einem sogenannten unlösbaren Dilemma, gell?«

Keine Reaktion.

»Schließlich lasse ich euch nur die Wahl zwischen Pest und Cholera. Denn ihr möchtet eigentlich gar keine Entscheidung treffen, am liebsten wäre euch, wenn Natalie von dieser zugegebenermaßen recht schmerzhaften Prozedur gänzlich verschont bliebe.«

Der Spider breitete seine Arme zu einer hilflosen Geste aus. »Aber das ist leider unmöglich, meine Lieben. Auch wenn ich es wollte, könnte ich Natalie das nicht ersparen. Dieses Prozedere ist ein zentraler Bestandteil meines Plans.«

Der Entführer zeigte seine unregelmäßigen Zähne und grinste hämisch. »Und einen Plan muss man konsequent zu Ende bringen, sonst scheitert er womöglich noch.«

Er hob entschuldigend die Schultern. »Irgendwie tut es mir ja leid für euch, aber es führt kein Weg daran vorbei:

Jedes Opfertier im Spinnennetz bekommt eine solch blutige Kennzeichnung verpasst.«

Mit der Schuhspitze malte der Mann ein Kreuz in den staubigen Betonboden. »Das wird quasi euer Markenzeichen, damit derjenige, der irgendwann einmal eure ausgeplünderten Körper findet, sofort sieht, dass ihr damals zusammengehört habt, Teil einer genialen künstlerischen Inszenierung wart.«

Er saugte die Wangen ein und blickte nachdenklich zur Decke empor. »Wie könnte ich dieses Kunstwerk nennen? Habt ihr eine Idee für einen passenden Titel?«

Geschockt und eingeschüchtert schwiegen die Frauen.

»Na, wie wär's denn zum Beispiel mit ›Blut-Schwestern im Netz‹ oder ›Hängendes Stillleben‹ oder ›Hommage à l'araignée‹ – ›eine Hommage an die Spinne‹.« Der Spider schnaubte verächtlich.

»Wie ich sehe, habt ihr mit Kunst leider nicht viel am Hut.« Er schnalzte mit den Fingern. »Fast hätte ich's ja vergessen: Ich hab euch etwas mitgebracht.«

In den Gesichter seiner Entführungsopfer spiegelte sich blankes Entsetzten wider.

»Bei uns hier unter der Erde ist es ja fast wie an Weihnachten: Jedes Mal, wenn ich zu euch komme, zaubere ich ein Geschenk aus meinem Gabensack«, tönte der Spider.

Der Spider war offenbar der Meinung, dass ihm ein besonders guter Scherz gelungen sei, denn er lauschte einen Moment andächtig dem Nachhall seiner Worte. Dann öffnete er seinen Rucksack, holte zwei Pappschachteln hervor und deutete nacheinander auf sie. »In der einen Transportbox befindet sich eine schwarze Witwe, in der anderen eine Kamelspinne«, sagte er in einem Ton, als würde er aus einer Speisekarte vorlesen. »Welche von euch Hübschen möchte denn welches dieser süßen Tierchen etwas näher kennenlernen?«

Keine Antwort, nur schiere Abscheu.

»Nun gut, dann werde ich eben die Wahl treffen«, erklärte der Entführer.

Anschließend streifte er seine Spezialhandschuhe über und entnahm einer der Schachteln eine tiefschwarze Spinne, die im Durchmesser gerade mal vier Zentimeter maß.

»Das hier, meine liebe Jessica, ist eine Latrodectus mactans, auch ›Schwarze Witwe‹ genannt«, erklärte der Spinnenfreak.

Er stieg ein paar die Leiter empor und führte die zappelnde Spinne so nahe an Jessicas Mund heran, dass ihre dünnen, langen Beinchen die farblosen Lippen fast berührten. Jessica presste den Mund zu einem schmalen Strich zusammen und schlug mit dem Hinterkopf so fest gegen die Betonwand, dass die junge Frau vor Schmerzen aufstöhnte.

Mit verträumtem Blick auf die schwarze Witwe, der diese Flugeinlage überhaupt nicht zu gefallen schien, säuselte der Mann: »Habt ihr eine Idee, wieso dieses wunderhübsche Geschöpf diesen merkwürdigen Namen trägt?«

Wieder keine Antwort, nur Stöhnen und Krächzen.

»Die Erklärung ist ziemlich einfach, meine Damen«, behauptete der Spinnenexperte. »Die Schwarzen Witwen haben eine ausgesprochen spektakuläre Angewohnheit.« Wieder dieses feixende Kichern. »Sie dürfte jeder Feministin juchzende Freudenschreie entlocken.«

Sein Grinsen reichte fast von einem Ohr zum anderen. »Nach der Begattung töten die Spinnenweibchen ihre bedeutend kleineren Männchen, fressen sie anschließend auf und machen sich dadurch quasi selbst zur Witwe. Lustig, gell? Jetzt wisst ihr auch, warum in unserem Land so viele Rentnerinnen ohne Mann an Kaffeefahrten teilnehmen.«

Der Spider juchzte vor Freude. Er kletterte die Leiter herunter. Wie ein kleiner Junge, der dringend zur Toilette musste, trippelte er auf der Stelle herum. Dann legte er seine freie Hand auf Connys Kniescheibe und ließ sie langsam nach oben wandern.

Conny stellten sich die Haare zu Berge. Sie spürte die raue Haut auf ihrem hypersensiblen Schenkel. Unwillkürlich hielt sie den Atem an. Kurz vor dem verkrusteten Spinnennetz entfernte ihr Peiniger die Hand wieder und kehrte in seine theatralische Rednerpose zurück.

»Die Schwarze Witwe ist eine der wenigen Spinnenarten, deren Giftklauen so kräftig sind, dass sie tief in die Haut des Menschen einzudringen vermögen«, dozierte er. »Ihr Giftbiss ist für Kinder äußerst gefährlich und in vielen Fällen sogar tödlich. Dagegen reagieren Erwachsene weniger dramatisch darauf. Sie leiden unter starke Schmerzen, Lähmungen und starken Krämpfen. Bei Menschen, die besonders sensibel auf diese Giftart reagieren, kann es jedoch auch zum Atemstillstand kommen.«

Wie ein Kind, das mit einem Papierflieger spielt, simulierte der Spider mit der Schwarzen Witwe Flugbewegungen. Dazu stimmte er ein an- und abschwellendes Motorengeräusch an. Der kleinen Spinne schien diese Flugshow nun noch weniger zu behagen, denn sie schlug immer wilder mit ihren Beinchen um sich.

»Schon gut, schon gut, meine Süße«, sagte er und beendete die Flugeinlage. »Das Fatale an der Schwarze Witwe ist, dass man ihren Biss fast nicht wahrnimmt«, fuhr er mit seinem Fachvortrag fort.

»Der menschliche Körper reagiert nicht sofort auf das Gift, sondern erst mit ungefähr einer Stunde Verzögerung. Leitbeschwerden sind starke Schmerzen in den Lymphknoten und im Oberbauch, die als fast unerträglich beschrieben werden. Zudem kommt es häufig zu starken Krämpfen in der Gesichtsmuskulatur, welche die betroffenen Menschen regelrecht entstellen. Ich weiß von Berichten, nach denen Familienmitglieder ihr engsten Angehörigen nicht mehr wiedererkannt haben sollen.«

»Oh Gott, oh Gott, bitte nicht, bitte nicht«, jammerte Jessica.

Anscheinend hatte sie sich ihrem Schicksal ergeben. Der Kopf mit den schweißnassen, verklebten Haaren hing schlaff zum Brustkorb herab und aus ihrem Körper war jegliche Spannung gewichen. Nichts, aber auch rein gar nichts mehr erinnerte an ihre kühle Selbstbeherrschung, mit der sie noch vor einer halben Stunde ihrer Leidensgenossin imponiert hatte.

Jessica Hellmann war nur noch ein Häuflein Elend – ein Zustand, in dem ihr Conny in nichts nachstand.

»Ach, da wäre noch etwas, das euch sicherlich ebenso brennend interessieren dürfte«, schob der Spinnenexperte schmunzelnd nach: »Die Schwarzen Witwen gehören zu der Spinnenart, mit der wir Menschen am häufigsten in Kontakt kommen.«

Er wartete einen Augenblick und leckte sich genüsslich die Lippen. »Das liegt vor allem daran, weil sich diese Spinnen sehr gerne in Häusern aufhalten und dort bevorzugt ihre trichterförmigen Netze unter Toilettendeckeln spannen, was sehr oft zu unangenehmen Bissen in der Genitalregion führt.«

Erneut dieses blecherne Kichern, diesmal mit einer besonders gemeinen, schadenfrohen Prise gewürzt. Das gerötete Gesicht des Spiders leuchtete auf.

»Wisst ihr was, ich hatte gerade eine Idee«, verkündete er den Entführungsopfern. »Und zwar eine, über die ihr euch bestimmt sehr freuen werdet. Eigentlich hatte ich ja vor, euch nacheinander mit meinen süßen Tierchen zu beglücken. Damit die eine mitbekommt, was sich bei der anderen so alles abspielt. Aber ich bin ja kein Unmensch. Deshalb werde ich nachher beide Spinnen direkt nacheinander auf euren knackigen Oberschenkeln absetzen. Ist das nicht ausgesprochen nett von mir.«

»Was haben wir Ihnen nur Schlimmes angetan, dass Sie uns so quälen müssen?«, wimmerte Conny Faulhaber.

Der athletische Mann grunzte höhnisch. »Ihr habt mir gar nichts angetan. Ihr seid nur so etwas wie ein Symbol.«

»Ein Symbol wofür?«, ächzte Jessica.

»Halt die Schnauze, du bist jetzt nicht mehr an der Reihe«, blaffte der Spider. Er setzte die Schwarze Witwe zurück, öffnete eine andere, bedeutend größere Transportbox und entnahm ihr ein riesiges Spinnentier.

»An dieser Kamelspinne sieht man deutlich, dass bei meinen Lieblingstieren ähnliche Größenunterschiede existieren wie zum Beispiel bei Hunden«, fuhr er fort. »Denkt nur mal an einen Rauhaardackel und an eine Dogge. Das ist doch eine objektive Erkenntnis, nicht wahr?«

Den Frauen hatte es nun völlig die Sprache verschlagen. Eine derart furchteinflößende Spinne hatten sie noch nie in ihrem Leben gesehen, auch nicht in einer Fernsehsendung oder in einem Tierbuch. Diese Riesenspinne war so groß wie ein Suppenteller, hatte einen gelben, länglichen Körper und fast durchscheinende behaarte Beine.

»Zählt mal schnell die Beine nach«, forderte der Spider.

Conny schluckte hart und ächzte dann: »Die hat zehn Beine.«

»Falsch!«, zischte der Entführer. »Es sind natürlich nur acht Beine, sonst wäre die Kamelspinne ja gar keine Spinne. Bei den beiden vermeintlich zusätzlichen Beinen handelt es sich um Kopffühler.«

Er räusperte sich. »Ich kann dich übrigens beruhigen, Conny-Herzchen. Die Kamelspinne sieht gefährlicher aus, als sie tatsächlich ist. Zwar ernährt sie sich von Ratten und Vögeln, aber ihr Gift löst bei uns Menschen nur ein paar Tage Übelkeit aus. Sehr beeindruckend an ihr finde ich die Geschwindigkeit, mit der sie ihre Opfer jagt. Sie schafft über 15 Kilometer je Stunde und ist damit dreimal so schnell wie ein zügiger Wanderer.«

Der Spider setzte die Monsterspinne zurück in ihre Pappschachtel. Danach drehte er vor Freude eine Pirouette auf der Stelle. Nachdem er wieder zum Stillstand gekommen war, schnaufte er ein paarmal durch.

»Wenn man so aussieht wie eine Kamelspinne muss man sich nicht wirklich darüber wundern, wenn einem alle möglichen Dinge angedichtet werden«, sagte er. »Wüstenbewohner zum Beispiel behaupten gerne, dass diese Riesenspinnen Kamelen an den Bauch springen, sie anknabbern und ihnen Fleischfetzen herausreißen würden. Andere Eingeborene wiederum behaupten, dass die Kamelspinne schlafende Menschen mit ihrem Gift töten würden. Alles Mythen.« Der Spider verengte die Augen zu schmalen Schlitzen. »Oder vielleicht doch nicht?«

# 12

Als Tannenberg am nächsten Morgen sehr zeitig seine Dienststelle betrat, lag sein Kollege Michael Schauß friedlich schlafend auf einer Liege. Es war ein ungeschriebenes Gesetz im K 1, dass sich derjenige, der zum nächtlichen Bereitschaftsdienst eingeteilt war, auf einem Klappbett ausruhen durfte, das ansonsten in einem Abstellraum versteckt blieb.

»Guten Morgen, Michael«, grüßte der Kommissariatsleiter. »Wünsche wohl geruht zu haben.«

Kommissar Schauß wusste im ersten Augenblick offenbar nicht so recht, wo er gerade wach wurde. »Was? Wie?«, stammelte er schlaftrunken, während er sich auf einem Ellbogen nach oben stemmte. Blinzelnd schaute er auf seine Armbanduhr. »Du, Wolf? Wieso bist du denn schon hier? Es ist doch erst halb sechs«, wunderte er sich.

»Ich hab mich heute Nacht bei der Beobachtung von Kollmenters Haus mit meinem Vater abgewechselt«, erklärte Tannenberg. »Und als Kollmenter um 5 Uhr zur Arbeit ging, war ich hellwach und hätte eh nicht mehr schlafen können.«

Tannenberg legte eine prallgefüllte Papiertüte auf den Schreibtisch seines jungen Mitarbeiters. »Weil ich plötzlich einen Bärenhunger bekam, hab ich einen kleinen Umweg über die Bahnhofsbäckerei gemacht und uns ein paar frische Croissants gekauft. Sie sind noch warm.«

»Gute Idee«, lobte Schauß gähnend. »Ich mach mich mal schnell auf der Toilette ein wenig frisch.«

»Und ich braue jedem von uns einen Milchkaffee. Ist dir zu den Croissants doch auch lieber als ein Espresso, oder?«

»Ja«, kam es einsilbig zurück.

Kurz darauf saßen die beiden Kriminalbeamten am Besuchertisch und frühstückten in aller Ruhe.

»War irgendetwas Besonderes mit Kollmenter?«, wollte Michael Schauß kauend wissen.

»Nee, eigentlich nicht«, antwortete Tannenberg. Er schnippte einen Croissantkrümel von seinem Hosenbein. »Gegen 23 Uhr ist er nach Hause gekommen und heute Morgen ist er um 5 Uhr zur Arbeit aufgebrochen«, ergänzte er schmatzend.

Gegen 7 Uhr 30 trudelten quasi im Minutentakt Petra Flockerzie, der Gerichtsmediziner Dr. Rainer Schönthaler und Sabrina Schauß im K 1 ein.

»Du, Rainer, ich hab heute Nacht noch mal über das Foto mit diesem eingeritzten Spinnennetz nachgedacht, das uns dieser Irre geschickt hat«, sagte Tannenberg zu seinem besten Freund anstelle einer Begrüßung.

»Hört, hört, der Herr Hauptkommissar hat zum ersten Mal in seinem Leben nachgedacht. Respekt!«, frotzelte Dr. Schönthaler.

Tannenberg rollte genervt die Augen, sparte sich aber einen gepfefferten Kommentar.

»Wir gehen doch nach wie vor davon aus, dass dieses Spinnennetz sehr wahrscheinlich mit einer Rasierklinge oder einem Skalpell in die Haut hineingeritzt wurde, nicht wahr?«, fragte er den Rechtsmediziner. »Könnte dieser Umstand nicht auf einen Mediziner als Täter hindeuten?«

»Quatsch«, zischte Dr. Schönthaler und winkte ab.

»Jedermann kann heutzutage im Internet Skalpelle bestellen. Und eine scharfe Rasierklinge darfst sogar du dir ohne Waffenschein kaufen.«

Der Leiter des K 1 rümpfte die Nase »Haha.«

»Außerdem möchte ich zur Ehrenrettung meines Berufsstandes entschieden darauf hinweisen, dass sich unter uns Medizinmännern zwar durchaus auch einige Irre befinden, aber von solch einem durchgeknallten Spinnenfetischisten hätte ich garantiert schon mal etwas gehört, schließlich kenne ich ziemlich alle Kaiserslauterer Ärzte persönlich. Und dass dieser Typ hier aus der Region stammt, dürfte wohl zweifelsfrei feststehen, oder?«

Allseitiges Nicken.

»Na ja, Rainer, ich weiß nicht. Vielleicht liegt Wolf mit seiner Hypothese grundsätzlich gar nicht so falsch«, unterstützte Sabrina Schauß ihren Chef. »Auch ich habe heute Morgen bei meinem einsamen Frühstück nachgedacht«, sagte sie mit einem schmachtenden Blick hinüber zu ihrem Ehemann.

Michael schenkte ihr sein strahlendstes Lächeln.

»Worüber hast du nachgedacht?«, hakte Tannenberg nach.

»Über den Brief des Entführers«, entgegnete Sabrina.

Sie schlug eine Handakte auf, worin sich eine Kopie des betreffenden Asservats befand, und legte sie auf den Besuchertisch. Mit ihrem Fingernagel tippte sie auf den abgedruckten Text. »Hier unten steht das, worauf ich hinauswill«, fuhr sie fort: »›SPIEGEL, Heft 51/2008‹. Deutet das nicht auf eine wissenschaftliche Zitierweise hin?«

»Du meinst, dieser Brief stammt wahrscheinlich von einem Akademiker?«, fragte Tannenberg. »Da könnte etwas dran sein.« Er brummte nachdenklich. »Hast du eigentlich schon einen Termin mit diesem Spinnenexperten an der Uni vereinbart?«

»Nein, das ging leider noch nicht«, erwiderte die sportlich gekleidete Kommissarin, während sie mit der Fingerkuppe über eine gezupfte Augenbraue strich. »Aber ich bin an der Sache dran«, versicherte sie. »Vielleicht kann er uns ja einen entscheidenden Hinweis liefern.«

»Ist das nicht der Wissenschaftler, der angeblich in Brasilien an einer Urwaldexpedition teilgenommen hat?«, meinte sich ihr Vorgesetzter zu erinnern.

»Doch, genau der Mann ist das«, bestätigte Sabrina. »Jedenfalls hat seine Sekretärin dies behauptet. Sie hat mir seine Handynummer gegeben. Aber ich konnte ihn bislang noch nicht erreichen. Er soll heute Morgen in Frankfurt landen. Vielleicht klappt's ja dann«, fügte sie schmunzelnd hinzu.

»Diesen Spinnenfan können wir wenigstens schon mal von der Verdächtigenliste streichen«, bemerkte Michael Schauß. »Das sieht mir ganz nach einem hieb- und stichfesten Alibi aus.«

»Aber nur dann, wenn an dieser Expeditionsgeschichte auch tatsächlich etwas dran ist«, gab sein Vorgesetzter zu bedenken. »Wir sollten seine Angaben auf alle Fälle genau überprüfen. Kümmerst du dich bitte darum, Sabrina?«

Die schlanke, durchtrainierte Kommissarin nickte.

Wolfram Tannenberg runzelte die Stirn. »Sag mal, Michael, willst du eigentlich nicht nach Hause fahren und dich ausschlafen?« Er zeigte auf die Wanduhr. »Schließlich hast du seit gut einer Stunde Dienstschluss.«

»Nee, ich bleibe lieber hier bei euch«, wehrte der junge Kommissar ab. »Ich bin derart aufgedreht und könnte jetzt eh nicht schlafen.«

»Ah, da bist du ja, Wolf«, tönte es plötzlich aus Richtung der Flurtür.

Die Mitarbeiter des K 1 rissen die Köpfe herum. So viel Aufmerksamkeit war Werner Kollmenter nun doch etwas peinlich, denn er räusperte sich verlegen und nagte an seinen Lippen herum.

»Normal komme ich ja nicht hier hoch, sondern liefere meine Post unten in der Loge ab«, erklärte er mit bedeutend leiserer Stimme. Er trug seine gelb-schwarze Dienstuniform und hielt ein braunes Kuvert in die Höhe.

Tannenberg blickte ihn ebenso verwundert wie erwartungsvoll an.

»Ich dachte nur, du willst vielleicht diesen Brief vor deinem Vater in den Händen haben. Jacob leert bei euch ja immer den Briefkasten«, sagte der Postbote mit einem verschmitzten Lächeln. »Dieser Brief hier sieht nämlich ganz genau so aus wie der, den du gestern bei mir in der Hauptpost abgeholt hast. Er ist auch wieder ohne Absender.«

»Und warum bringst du ihn uns dann jetzt erst und nicht schon früher, gleich als du ihn entdeckt hattest?«, pflaumte er den Briefträger an.

Werner Kollmenter zog eingeschüchtert den Kopf zwischen die Schultern und hob die Augenbrauen. »Weil ich gleich heute früh von der Hauptpost aus bei dir angerufen habe. Aber da ging niemand ran, auch deine Freundin nicht.«

»Die ist gestern mit ihren Brüdern nach Straßburg zu einer Zuchtpferdeausstellung gefahren«, erwiderte Tannenberg und fragte sich sogleich, warum er Johanna von Hohenecks Reise überhaupt erwähnte.

Schließlich musste er sich vor niemandem rechtfertigen, wenn seine Lebensgefährtin einmal nicht bei ihm nächtigte. Was durchaus öfter vorkam, denn Hannes Nebenjob als Gestütsbesitzerin brachte es manchmal mit sich, dass sie auf dem Weiherfelderhof und nicht in der Beethovenstraße übernachtete.

Außer ihm schien sich keiner der Anwesenden über diese Frage Gedanken zu machen, auch Werner Kollmenter nicht, denn der überging den Einwurf.

»Und da hab ich mir gedacht, wenn du nicht zu erreichen bist, gebe ich den Brief eben direkt bei deinen Kollegen in der Mordkommission ab«, zerschnitt der Postbote Tannenbergs abschweifende Gedanken.

»Das war ja auch genau richtig so, Werner«, lobte der Leiter der Kaiserslauterer Mordkommission. »Tut mir leid, dass ich dich eben so unfreundlich empfangen habe. Aber wir stehen hier zurzeit alle mächtig unter Druck.«

»Versteh ich doch«, sagte Kollmenter und überreichte den Brief.

Unterdessen hatte Michael Schauß in der Kriminaltechnik angerufen und Mertel ins K 1 gebeten. Der Spurenexperte schnappte sich dann auch sogleich den vermeintlichen Entführerbrief und inspizierte ihn fachmännisch.

Während Karl Mertel vorsichtig ein scharfes Messer in die nur millimeterweit geöffnete Ecke der zugeklebten Lasche einführte, warf Sabrina ihrem Chef einen ebenso fragenden wie vorwurfsvollen Blick zu.

Er konnte nur eines bedeuten: Wieso schickst du Kollmenter nicht weg? Tannenberg fing den Blick auf und bat seine junge Mitarbeiterin mit einem Handzeichen in sein Büro. Er drückte die Tür ins Schloss und raunte ihr mit hastig ausgestoßenen Worten zu: »Ich möchte gerne wissen, wie er auf den Inhalt des Briefes reagiert.«

»Okay, verstehe«, nickte Sabrina.

Anschließend kehrten die beiden in Petra Flockerzies Reich zurück. Das geräumige Vorzimmer des K 1 war das eigentliche Kommunikationszentrum der Kaiserslauterer Mordkommission. Hier wurden kurzfristige Dienstbesprechungen abgehalten, aber auch der neueste Kantinentratsch verbreitet.

Werner Kollmenter schien von Tannenbergs Aktion nichts mitbekommen zu haben. Gemeinsam mit den anderen starrte er gebannt auf Mertels Hände, die gerade ein weiteres Spinnennetz aus dem braunen Umschlag herausbeförderten.

»Jede Wette, dass es sich hierbei um Conny Faulhabers Haare handelt«, behauptete der Kriminaltechniker. Dann stellte er die Tüte auf den Kopf. Zwei kleine, schwarze Plastikmücken kullerten heraus. »Ist sonst nichts weiter in diesem Kuvert?«, wollte Tannenberg wissen.

Mertel schaute sicherheitshalber noch einmal nach, schüttelte dann aber energisch den Kopf.

»Sind das wirklich Menschenhaare?«, fragte Kollmenter mit belegter Stimme.

»Ja, Werner, leider«, erwiderte Tannenberg.

Der Briefträger wirkte sichtlich betroffen. Fassungslos wiegte er den Kopf hin und her. »Wer macht denn so etwas?«, keuchte er.

»Tja, wenn wir das nur wüssten«, meinte der Chef-Ermittler.

Ein plötzlicher Ruck ging durch Kollmenters Körper. »Ich muss wieder los«, erklärte er und eilte zur Tür.

»Machst du heute deine Tour nicht anders herum als sonst?«, rief ihm Tannenberg nach.

Der Postbote runzelte die Stirn und drehte sich um. »Wie kommst du denn darauf?«, fragte er verdutzt. »Nur, weil ich den kleinen Abstecher hier hoch zu euch gemacht habe?«

»Zum Beispiel«, antwortete Tannenberg.

»Nein, nein. Eure Dienststelle liegt auf meiner ganz normalen täglichen Zustellroute. Ich liefere die Post immer um diese Uhrzeit hier ab, allerdings unten in der Loge.« Er blähte den Brustkorb auf und seufzte. »Aber normalerweise nimmt man uns Briefträger nur am Rande wahr. Du doch auch, stimmt's oder habe ich recht?«

Tannenberg produzierte ein Geräusch wie ein tuckernder Rasenmäher. »Nee, eigentlich nicht«, verneinte er. »Du, Werner, eine Frage hätte ich da noch.«

»Und welche?«

»Wenn du deine normale Tour abfährst, kommst du doch immer so um neun, halb zehn in der Parkstraße vorbei, nicht wahr?«

»Ja, sicher«, bestätigte Kollmenter. »Wobei es heute wohl eher eine halbe Stunde später werden wird.« Er schmunzelte süffisant. »Zeitverzögerung wegen eines Abstechers zur Kaiserslauterer Mordkommission, wenn du verstehst, was ich meine.«

Wolfram Tannenberg lachte schallend. »Ich verstehe, was du meinst.«

»Aber, warum willst du das eigentlich so genau wissen?«

Tannenberg machte eine wegwerfende Handbewegung. »Ach, nur weil Heiner dringend auf irgendeinen Brief wartet.«

»Na, dann will ich ihm den mal schnell zustellen.« Werner Kollmenter warf die Stirn in Falten. »Obwohl mir vorhin beim Sortieren keiner aufgefallen ist.« Er deutete auf den Schreibtisch. »Nur eben der hier.«

»Alles klar, Werner. Danke.«

»Ich hab noch irgendwelche Werbung für deine Eltern dabei«, schob der Postbeamte nach. »Aber nichts für Heiner.« Er zuckte mit den Schultern. »Na ja, ich kann mich aber auch getäuscht haben, bei der Hektik, die immer bei uns herrscht.«

Nachdem der Briefträger das K 1 verlassen hatte, fielen die Anwesenden sofort über Tannenberg her. Petra Flockerzie, die ansonsten eigentlich nie ein Wort der Kritik an ihrem Vorgesetzten äußerte, empörte sich als Erste.

»Das haben Sie ja noch nie gemacht, Chef. Bei solch einer brisanten Angelegenheit einen Externen nicht aus dem Raum zu schicken …« Sie schnaubte erregt. Auf ihrem Gesicht und Hals bildeten sich rote Flecken. »Das kann ich überhaupt nicht nachvollziehen. Vor allem deshalb nicht, weil dieser Kollmenter noch immer ein potenzieller Tatverdächtiger ist. Sie haben ihn doch heute Nacht selbst observiert. Und jetzt das!«, empörte sie sich.

»Gerade *weil* er zurzeit unser einziger Tatverdächtiger ist, wollte ich ihn unbedingt dabeihaben, wenn wir den Brief öffnen«, erklärte Tannenberg sein ungewöhnliches Verhalten. »Ich wollte sehen, wie er auf den Inhalt reagiert.«

Der leitende Kriminalbeamte wandte den Blick von seiner Sekretärin ab und ließ ihn über die Köpfe seiner Mitarbeiter schweifen. »Und wie hat er reagiert, liebe Kollegen?«, fragte er in den Raum.

»Wie jeder normale Mensch, der so etwas Unglaubliches mit eigenen Augen sieht: total geschockt«, sagte Michael Schauß.

»Du hattest also nicht das Gefühl, dass er sich dabei verstellt hat?«

»Nein.«

»Ihr auch nicht?«

Einmütiges Kopfschütteln.

»Dann gibt es nur zwei Möglichkeiten: Entweder weiß er wirklich nichts und hat mit der ganzen Sache überhaupt nichts zu tun. Oder er ist ein genialer Schauspieler, der sich auf diese Situation extrem gut eingestellt hat. Was ihm wohl auch nicht so schwer gefallen sein dürfte, wie es vielleicht auf den ersten Blick aussieht. Denn er wusste ja, was ihn hier bei uns erwartet.«

»Ja, richtig, das mit der Schauspielkunst trifft auf Kollmenter zu«, meldete sich der Rechtsmediziner zu Wort. »Ich bin mir ziemlich sicher, dass ich ihn schon einmal auf der Katzweiler Freilichtbühne gesehen habe.«

»Was, echt?«, fragte Sabrina.

»Ja, klar. Er hat die Hauptrolle in der Bühnenfassung des ›Spider-Man‹ gespielt.«

»Idiot«, schimpfte Tannenberg.

»Was man sagt, ist man selber – alte Kinderweisheit!«, konterte Dr. Schönthaler.

Wolfram Tannenberg ignorierte die flapsige Bemerkung seines alten Freundes. Er legte Mertel die Hand auf die Schulter. »Ich hätte da so eine Idee, mein lieber Karl«, flötete er dem Kriminaltechniker ins Ohr. »Und dazu bräuchte ich deine fachkompetente Hilfe.«

Mertel verengte die Augen zu schmalen Schlitzen und fixierte Tannenberg mit einem herausfordernden Blick. »Was willst du von mir, du alter Schleimer?«

Der Leiter des K 1 kratzte sich am Kopf. »Ich weiß, dass das, worum ich dich jetzt bitten werde, nicht so ganz legal ist. Aber die Zeit drängt. Und ich besitze leider deine Fingerfertigkeit nicht.«

»Tja, ein Leben als Grobmotoriker ist nicht ganz einfach«, grummelte Dr. Schönthaler und erzeugte damit allseitige Heiterkeit.

Auch der Spurenexperte grinste kurz. Doch dann verzog er den Mund so, als ob er gerade einen brechreizauslösenden Geruch wahrgenommen hätte. »Hör bitte sofort damit auf, mich so widerlich anzuschleimen. Das ist ja eklig. Sag mir lieber, was ich tun soll.«

»Ich hab gewusst, dass ich auf dich zählen kann«, freute sich der Leiter des K 1. »Um Kollmenter von dem immer noch im Raum stehenden Tatverdacht zu befreien, möchte ich dich bitten, deine herausragende Kompetenz als Filigrantechniker zu nutzen, um …«

»Wolf«, knurrte der Kriminaltechniker. »Sag es doch einfach ohne Umschweife: Du möchtest, dass ich in sein Haus einbreche, nicht wahr?«

Tannenberg quittierte Mertels Gereiztheit mit einem zufriedenen Lächeln. »So könnte man es nennen.«

»Aber, Chef, das wäre doch völlig illegal«, protestierte Petra Flockerzie. Alles, dem auch nur der Geruch der Illegalität anhaftete, war ihr ein Gräuel. »Wollen Sie nicht lieber eine richterliche Durchsuchungsanordnung beantragen?«

»Dazu fehlt uns leider die Zeit, Flocke«, gab Tannenberg barsch zurück. Er machte eine ausladende Geste. »Gefahr im Verzug! Da draußen rennt irgendwo ein Irrer herum, der Frauen entführt und auf brutalste Art und Weise quält. Da können …«

»Okay, ich mach's«, erklärte sich Mertel bereit.

»Gut, Karl, danke.« Wolfram Tannenberg sah seinen Kollegen bedeutungsvoll an. »Ich hab gewusst, dass ich auf dich zählen kann.«

»Das ist selbstverständlich. Wir müssen doch alles in unserer Macht stehende tun, um die Frauen zu finden. Da handele ich mir zur Not auch gerne eine Anzeige wegen Einbruchs ein.«

»Quatsch, das nehme ich auf meine Kappe«, versprach Tannenberg. »Wir fahren jetzt sofort in die Parkstraße. Du stellst dich an die Haustür und tust einfach so, als ob du bei Kollmenter klingeln würdest. In fünf Sekunden hast du das Schloss geknackt und bist in seinem Haus. Dann haben wir endlich Gewissheit. Ich bleibe im Auto sitzen und halte die Augen auf. Und falls er wirklich irgendwo auftaucht, schnappe ich ihn mir und bringe ihn ins K 1. Du hast also genügend Zeit, dich intensiv bei ihm umzuschauen.«

»Lebt er alleine in dem Haus?«, wollte Mertel wissen.

»Ja«, bestätigte der Kommissariatsleiter. »Kontakt halten wir über unsere Handys. Alles klar?«

Mertel nickte.

Der Spurenexperte besorgte sich in seinem Labor einen batteriebetriebenen modernen Dietrich, den man neudeutsch als Pickset bezeichnet und mit dem mühelos und in Sekundenschnelle ein handelsübliches Schloss geöffnet werden kann.

Tannenberg chauffierte seinen Kollegen mit einem Zivilfahrzeug ins Musikerviertel und hielt direkt vor Kollmenters Haus. Mertel stieg aus und machte sich sogleich an der Eingangstür zu schaffen. Es dauerte kaum mehr als einen Wimpernschlag, bis das Schloss mit einem leisen Knacken seinen Widerstand aufgab.

Unterdessen hatte Tannenberg gewendet und das Auto in eine Haltebucht gesteuert, von der aus er die Gegend gut überblicken konnte. Als er in den Rückspiegel schaute, war sein Kollege bereits im Haus verschwunden.

Während sich der Kriminaltechniker die dünnen Latexhandschuhe überstreifte, lauschte er in den Flur hinein. Außer dem monotonen Ticken einer Pendeluhr vernahm er keine weiteren Geräusche. Ein würziger Geruch nach feuchter Erde, Waldboden und Rindenmulch stieg ihm in die Nase.

Auf Zehenspitzen schlich er durch einen Flur, der von Altpapierbergen, gelben Mülltüten, Jacken und Schuhen zu einem schmalen Pfad verengt wurde. In der Küche stapelten sich auf der Arbeitsplatte und dem Tisch ungespültes Geschirr, leere Dosen, Fastfood-Verpackungen und alte Zeitungen. Selbst auf dem stark verschmutzten Fliesenboden war Unrat verstreut.

Dieser Anblick und der penetrante Geruch von vergorener Milch verscheuchte Mertel aus der Küche. Angewidert drückte er die Tür ins Schloss und ging ins Wohnzimmer. Dort kam er aus dem Staunen nicht mehr heraus, denn dieser circa 25 Quadratmeter große Raum hatte kaum etwas mit dem zu tun, was ein Normalbürger mit dem Begriff ›Wohnzimmer‹ in Verbindung brachte.

Das Ambiente erinnerte ihn an die Reptilienabteilung des Frankfurter Zoos, die er erst vor Kurzem mit seinen Enkeln besucht hatte. Überall standen Terrarien und Aquarien herum, in denen sich unzählige Echsen, Spinnen, Schlangen, Skorpione, Wasserschildkröten und Futtertiere tummelten.

Aber nicht nur das Wohnzimmer, auch das angrenzende Arbeitszimmer sowie zwei Räume im Obergeschoss waren mit allen möglichen Tierbehausungen, Reptilien, Spinnentieren und den zur Aufzucht und Versorgung notwendigen Materialien regelrecht vollgestopft.

Mertel kehrte in das Arbeitszimmer des kriechtierbegeisterten Briefträgers zurück und setzte sich an den Schreibtisch. Er war mit Fachzeitschriften, Büchern und kleinen Pappschachteln völlig überladen. Mitten in diesem heillosen Durcheinander thronte ein alter Computertower mit einem antiquarisch anmutenden Röhrenbildschirm, an dem unzählige Klebezettel mit Terminen befestigt waren.

Der Kriminaltechniker ging äußerst behutsam zu Werke und bemühte sich, in Kollmenters Haus keinerlei Spuren der ungenehmigten Durchsuchungsaktion zu hinterlassen. Schließlich konnte nicht ausgeschlossen werden, dass Kollmenter, falls es sich bei ihm tatsächlich um den gesuchten Gewaltverbrecher handelte, diese illegale Polizeiaktion vorausgesehen und in seinem perfiden Plan berücksichtigt hatte.

Während der Computer hochfuhr, spürte Mertel plötzlich in seiner Brusttasche den Vibrationsalarm seines Handys. ›Wolf-Nervsack ruft an‹, blinkte es auf dem Display.

»Was ist denn los, Wolf?«, flüsterte er so leise, als wolle er den Mittagsschlaf seiner betagten Mutter nicht stören.

»Verdammter Mist«, fluchte Tannenberg. »Kollmenter ist gerade an der Straßenecke aufgetaucht. Aber keine Sorge, Karl, er ist noch weit genug weg. Ich fange ihn ab und bringe ihn ins K 1. Dir bleibt also genügend Zeit, um alles auszukundschaften. Hast du schon etwas entdeckt?«

»Nee, außer einer Müllhalde und einer Unmenge ekliger Viecher habe ich noch nichts Besonderes gefunden.«

»Welche Viecher?«

»Schlangen, Skorpione …«

»Auch Spinnen?«, warf Tannenberg dazwischen.

»Klar, auch alle möglichen Spinnen.«

»Gut, vielleicht haben wir ja doch den richtigen Fisch an der Angel. Wie sieht's mit dem Material aus, das er für die Spinnennetze verwendet haben könnte?«

»So weit bin ich noch nicht. Ich schaue mir gerade seinen Computer an. Danach inspiziere ich seinen Keller und die Garage. Vielleicht finde ich da etwas Verdächtiges.«

»Eine Heißklebepistole zum Beispiel.«

»Zum Beispiel«, echote Mertel.

»Okay, dann lass dich mal nicht weiter stören. Ich melde mich rechtzeitig, bevor ich den Kollmenter nachher ins Musikerviertel zurückbringe.«

Wolfram Tannenberg brauste in Richtung Stadtmitte los. Kurz vor der Kreuzung Dr.-Rudolf-Breitscheid-Straße/Mozartstraße stoppte er neben Kollmenter, der gerade sein gelb-schwarzes Fahrrad besteigen wollte.

»Hallo, Werner, bitte unterbrich deine Tour für eine halbe Stunde und steig ein«, bat der Kriminalbeamte, während das Seitenfenster im Türrahmen verschwand. »Wir machen einen kleinen Abstecher zum Pfaffplatz.«

»Warum denn?«, fragte der sichtlich perplexe Briefträger.

»Wir benötigen dringend deine Fachkompetenz als Spinnenexperte.« Tannenberg seufzte tief. »Uns fällt sonst niemand ein, der sich mit diesen Tieren gut auskennt.« Nach einer kurzen Pause fügte er hinzu: »Außer einem Biologen an der Uni. Aber der ist zurzeit leider nicht erreichbar.«

Kollmenter machte eine abschätzige Handbewegung. »Du meinst bestimmt den Herrn akademischen Oberrat Dr. Christian Balzer.«

»Wie hast du das denn so schnell erraten?«

»Das war nicht schwer. Dieser aufgeblasene Balzer spielt

sich nämlich überall als der einzig wahre Spinnenguru auf. Aber den könnt ihr getrost vergessen.«

»Wieso?«

»Er ist ein durch und durch abgedrehter Wissenschaftler«, spottete Kollmenter mit angespitzten Lippen. »Einer dieser staubtrockenen Theoretiker, wie sie massenweise an einer Universität herumschwirren. Der hat zwar bestimmt unheimlich viel Ahnung von Stoffwechselvorgängen und mikrobiologischen Zusammenhängen, aber von lebenden Tieren hat dieser Labersack nicht den blassesten Schimmer.«

»Du magst den Herrn wohl nicht sonderlich, oder täusche ich mich da?«, konnte sich Tannenberg nicht verkneifen.

»Nee, den kann ich wirklich auf den Tod nicht ausstehen.«

»Na, siehst du, Werner, dann bist du doch genau der Richtige für uns«, schmunzelte Tannenberg. »Wir benötigen nämlich einen kompetenten Mann der Praxis ohne jeglichen akademischen Firlefanz.«

Der Postbote fühlte sich geschmeichelt und war in den letzten Minuten mindestens einen halben Meter gewachsen. »Selbstverständlich helfe ich euch.«

»Super, Werner. Das habe ich ehrlich gesagt auch gar nicht anders von dir erwartet«, säuselte der Kriminalbeamte. Als er kurz an Mertels illegale Aktion dachte, konnte er ein spitzbübisches Lächeln nur mit Mühe unterdrücken. »Deine Packtaschen kannst du im Kofferraum verstauen, und den Drahtesel schiebst du am besten da vorne in die Einfahrt rein. Im Musikerviertel wird nichts geklaut.«

Kollmenter tat, wie ihm geheißen. Doch man merkte ihm deutlich an, dass er sein Dienstfahrrad nur ungern im Stich ließ.

Als Tannenberg fünf Minuten später im K 1 die Tür zu Petra Flockerzies Reich aufstieß, fuhr ihm ein messerstichartiger Schmerz in die Magengegend: Marieke saß schluchzend am Tisch, umringt von seinen Kollegen. Ihr Gesicht hatte sie in den Händen vergraben, ihr Oberkörper bebte. Sabrina stand hinter ihr und streichelte ihr sanft über den Kopf, während Petra Flockerzie ihren Arm tätschelte und sie mit Beschwichtigungsformeln zu trösten versuchte.

»Um Gottes willen, was ist denn passiert?«, keuchte der Leiter des K 1 und stürmte zu seiner Nichte.

»Der Entführer hat Marieke ein Video geschickt«, erklärte Michael Schauß und fletschte jähzornig die Zähne. »So eine perverse Sau. Wenn ich den erwische, schneide ich ihm eigenhändig die …« Der junge Kommissar vollendete seinen Satz nicht, sondern schluckte seine Wut hinunter. Wie Rumpelstilzchen stapfte er zum Waschbecken und schaufelte sich eiskaltes Wasser ins Gesicht.

»Bei dem ersten Tier handelt es sich um eine Kamelspinne, bei dem anderen um eine sogenannte Schwarze Witwe«, verkündete Kollmenter währenddessen.

Kopfschüttelnd betrachtete er den kurzen Videofilm, in dem wie in einer Endlosschleife die beiden Spinnen über die in menschliche Haut eingeritzten, blutverkrusteten Spinnennetze hinwegkrabbelten. »Wer schickt dir denn so etwas, Marieke?«, fragte der Briefträger.

Tannenbergs Nichte erkannte Kollmenters Stimme offenbar nicht, denn sie warf einen neugierigen Blick über die Schulter. »Ach, du bist das, Werner«, schniefte sie. »Was machst du denn hier?«

Seine Fachkompetenz, die ihm vorhin noch große Anerkennung eingebracht hatte, war dem Postboten nun offensichtlich peinlich, denn er antwortete in einem Tonfall, als würde er sich zu seiner ansteckende Krankheit bekennen: »Ich bin Spinnenliebhaber. Und da hat mich Wolf gebeten, ihm bei seinem neuen Fall zu helfen.«

»Sag mal, Marieke, du hast doch auch an unserer Uni Biologie studiert«, mischte sich der Kommissariatsleiter ein. »Kennst du einen gewissen Dr. Christian Balzer? Er ist Biologe und soll zudem ein ausgewiesener Spinnenexperte sein.«

Tannenbergs Nichte hatte sich inzwischen wieder einigermaßen beruhigt. Sie lehnte sich in ihrem Stuhl zurück, legte die Hände auf ihren mächtigen Schwangerschaftsbauch und seufzte tief auf. »Ja, leider kenne ich diesen Herrn.«

»Wieso leider?«, hakte ihr Onkel nach.

»Balzer ist ein total verklemmter, aufdringlicher Mensch. Vor ein paar Jahren hat er mich mal bei einer Unifete richtig eklig angebaggert. Er war stockbetrunken und so was von aggressiv, kann ich dir sagen.« Marieke schüttelte sich wie ein nasser Hund. »Das war ein total schockierendes, widerliches Erlebnis.«

»Das kann ich mir vorstellen«, kommentierte Tannenberg. »Weißt du etwas Näheres über ihn? Zum Beispiel etwas über sein Privatleben, seine Familienverhältnisse und so weiter?«

»Nein, Wolf, darüber weiß ich überhaupt nichts. Ich hatte vorher schon kaum etwas mit ihm zu tun und nach diesem Eklat ist er mir aus dem Weg gegangen. Das war mir sehr recht«, meinte Tannenbergs Nichte. »Glaubst du, er steckt hinter den Entführungen?«

Der Chef-Ermittler zuckte mit den Schultern.

Marieke schaute ihn mit großen, feuchten Augen an.

»Glaubst du, dieser Verrückte könnte es auf mich abgesehen haben?«

»Nein, ich denke, in dieser Hinsicht hast du nichts zu befürchten. Seine bisherigen Opfer sind alleinstehend. Wir vermuten, dass er sie genau deshalb ausgewählt hat. Schließlich sind alleinstehende Frauen relativ selten in Begleitung«, versuchte er die Ängste seiner Nichte zu beschwichtigen. »Wir haben Hinweise darauf, dass er sich seine Opfer in diesen sozialen Netzwerken aussucht, und da outen sich ja leider viele Frauen als alleinstehend und partnersuchend.«

»Aber warum ist er dann ausgerechnet bei mir zu Hause eingebrochen?«

»Das war sehr wahrscheinlich reiner Zufall«, bemerkte Sabrina Schauß.

Von wegen Zufall, dachte Tannenberg, behielt seine Gedanken aber lieber für sich. Kollmenter wohnt Marieke schräg gegenüber und konnte problemlos ihre Wohnung ausspähen. Vielleicht wollte er auch noch in Heiners Wohnung rein. Der Schlüssel dazu hing ja ebenfalls an ihrem Schlüsselbund.

»Wir wissen noch nicht, ob es sich bei dem Einbrecher und dem Entführer um ein und denselben Täter handelt«, erklärte er stattdessen. »Aber du brauchst wirklich keine Angst zu haben.«

»Also gut, dann wollen wir mal hoffen, dass du recht hast und ihr diesen unheimlichen Verbrecher bald findet«, sagte die werdende Mutter und streichelte zärtlich die Riesenkugel unter ihrem Herzen.

»Wann ist es denn so weit?«, wollte Kollmenter wissen.

»In drei bis vier Wochen«, antwortete Marieke.

»Was wird es denn werden? Noch so ein goldiges kleines Mädchen wie Emma?«

»Nein, diesmal wird's ein Junge.«

In diesem Augenblick schneite Dr. Schönthaler in den Raum. Als er die Versammlung um den Flachbildschirm entdeckte, gesellte er sich sofort neugierig dazu.

»Pfui Spinne, ist das eklig«, stieß er angewidert aus.

»Also dieser Spruch trifft's jetzt aber wirklich haargenau, Doc«, kommentierte Michael Schauß.

»Wieso?«, fragte der verdutzte Rechtsmediziner. Dann ging ihm ein Licht auf. »Ach, wegen der Verbalisierung meiner zutiefst empfundenen Abscheu gegenüber diesem potthässlichen Ungeziefer.«

Werner Kollmenter warf ihm einen bitterbösen Blick zu. Wenn Blicke töten könnten, hätte der Pathologe auf der Stelle seinen letzten Atemzug getan.

Kumpelhaft legte Dr. Schönthaler seinem besten Freund den Arm auf die Schulter. »Na, wie steht's denn eigentlich um deinen lieben Kollegen Mertel?«, fragte der Rechtsmediziner. »Ist die Geheimmission des Herrn Oberdreckschnüfflers inzwischen beendet oder wühlt er noch immer im Misthaufen der menschlichen Perversitäten herum?«

Wie ein Feuerstrahl schoss Wolfram Tannenberg die Zornesröte ins Gesicht. Er zischte: »Halt's Maul«, durch die geschlossenen Zahnreihen. Geistesgegenwärtig überspielte er die delikate Situation, indem er mit lauter Stimme tönte: »Sag mal, mein lieber Werner, du kennst doch bestimmt alle Spinnenliebhaber hier in der Gegend, oder?«

»Ja, ich denke schon«, erwiderte der Briefträger. »Sicherlich gibt es auch ein paar Eigenbrötler, die man nur selten oder eben auch gar nicht bei unseren offiziellen Anlässen sieht. Aber die meisten Spinnen- und Reptilienfreunde treffen sich ziemlich regelmäßig bei Stammtischen, Zuchtausstellungen, Fachtagungen oder Expeditionen.«

»Kannst du dir vorstellen, dass irgendeiner von deinen Spinnenfans zu so etwas fähig wäre?«, fragte Tannenberg.

Der Postbeamte schaute kurz auf den immer noch laufenden Videofilm. »Zu so etwas Abartigem?« Energisch schüttelte er den Kopf. »Nein, Wolf, beim besten Willen kann ich mir das nicht vorstellen.«

»Aber offensichtlich gibt es solch einen Perversen«, funkte Sabrina dazwischen.

Kollmenter atmete schwer. »Ich weiß zwar, dass nach Meinung vieler meiner Mitmenschen«, ein giftiger Seitenblick zu Dr. Schönthaler, »alle Spinnenfreunde irgendwie verrückt sein müssen.«

Seine Stimme wurde schneidender. »Weil sie keine fettbauchigen Köter hinter sich herziehen und gemeinsam mit ihnen in weichen Bettchen schlafen, sondern sich für exotische Tiere begeistern. Und weil sie lieber haarige Spinnenbeine beobachten, als für hässliche Karpfen zigtausende Euros auf den Tisch zu blättern und mit ihren blöden Kois im Gartenteich herumzuschwimmen.«

Tannenberg konnte sich eines dezenten Schmunzelns nicht erwehren.

Kollmenter schob die Unterlippe vor und legte den Kopf schief. »Obwohl … Natürlich kann ich nicht in die Köpfe meiner Spinnenfreunde hineinschauen, aber so etwas Perverses traue ich wirklich keinem von ihnen zu. Die meisten sind eh Familienväter und meines Erachtens allein schon deshalb unverdächtig.«

»Ein nachvollziehbarer Gedankengang, Werner«, lobte Tannenberg. Er schlenderte zum Schreibtisch seiner Sekretärin und borgte sich von ihr einen Block und einen Stift aus.

»Sei doch bitte so nett und schreibe mir sämtliche Namen deiner Spinnenfreunde auf. Unterstreich danach bitte diejenigen, von denen du ziemlich sicher weißt, dass sie alleinstehend sind«, bat er.

»Wie ich zum Beispiel«, sagte der Postbote.

»Wie zum Beispiel ein gewisser Werner Kollmenter aus der Parkstraße«, erwiderte der Leiter des K 1 schmunzelnd. Er wandte sich an Kommissar Schauß. »Wenn unser hilfsbereiter Briefträger damit fertig ist, fährst du ihn bitte zurück in seinen Einsatzbereich, damit mein Bruderherz endlich seine Post erhält.«

Während Schauß nickte, kehrte Werner Kollmenter entschuldigend die Handflächen nach außen. »Tut mir leid für deinen Bruder, aber heute war nichts für ihn dabei. Übrigens war ich schon bei Heiner in der Parkstraße.«

»Wieso denn das?«, fragte Tannenberg verwundert.

»Ich habe kurzfristig umdisponiert.«

»Und welche Straßen musst du heute noch abfahren?«

Kollmenter blies die Backen auf und stöhnte. »Na ja, das ganze Gebiet nördlich der Mozartstraße bis runter zur Königstraße.«

»Da hast du ja noch einiges zu tun. Wie lange brauchst du denn dafür?«

»Gut eineinhalb bis zwei Stunden.«

»Tja, dann beeil dich mal mit deiner Namensliste«, empfahl Tannenberg und freute sich im Stillen, dass Mertel dadurch noch genügend Zeit für eine gründliche Inspektion des ganzen Hauses blieb.

Werner Kollmenter brauchte nicht lange, um ein gutes

Dutzend Namen zu notieren, von denen er zwei dünn unterstrich: Günter Heuberger und Fritz Donauer.

»Okay, Werner, vielen Dank für deine Hilfe«, sagte Tannenberg und erhob sich von seinem Stuhl.

»Ich glaube allerdings nicht, dass einer der beiden irgendetwas mit diesen Sauereien zu tun hat«, erklärte der Postbeamte in eindringlichem Ton.

»Das behauptet ja auch keiner.«

»Von mir hast du diese Namen übrigens nicht. Ich bin schließlich kein Denunziant«, stellte Kollmenter unmissverständlich klar.

»Natürlich nicht, Werner. Wir werden diese Personen ganz diskret überprüfen, darauf hast du mein Wort.«

Kommissar Schauß war gerade von seinem kurzen Abstecher ins Musikerviertel zurückgekehrt, wo er Kollmenter bei seinem Dienstfahrrad abgesetzt hatte, als sich Tannenbergs Handy bemerkbar machte. Der Leiter des K 1 sah den blinkenden Namen des Anrufers und verzog sich in sein Büro.

»Na, das nenne ich aber Gedankenübertragung«, sagte er, als er Mertels Stimme vernahm. »Ich …« Weiter kam er nicht.

»Komm sofort hierher«, blaffte der Kriminaltechniker. »Das musst du dir unbedingt mit eigenen Augen anschauen.«

»Wieso? Was hast du denn gefunden?«, fragte Tannenberg, doch die Verbindung war bereits unterbrochen.

# 13

»Mir ist so schlecht«, stöhnte Conny Faulhaber und erbrach sich.

Es war das x-te Mal, seitdem die Kamelspinne zugebissen hatte. Inzwischen hatte sie nichts mehr im Magen und würgte nur noch Gallenflüssigkeit hoch.

»Ist dir nicht übel, Jessica?«, krächzte sie in die tiefschwarze Dunkelheit hinein.

»Doch, aber vor Schmerzen«, stieß die junge Frau schräg über ihr hechelnd aus. Bei Jessica Hellmann hatte der Giftbiss der Schwarzen Witwe noch gravierendere Spuren hinterlassen.

»Was tut dir denn weh?«, wollte Conny von ihrer Leidensgenossin wissen.

»Eigentlich alles, aber vor allem mein Bauch und meine Muskeln. Diese starken Krämpfe sind unerträglich. Ich kann auch nicht mehr richtig durchatmen und hab Angst, zu ersticken. Es ist zum Verrücktwerden.« Ein langgezogener Leidensschrei. »Ich halte das nicht mehr aus.«

»Warum macht er das nur mit uns?«, ertönte Natalie Himmers tränenerstickte Stimme, die zwei Meter neben Conny in dem überdimensionalen Spinnennetz hing.

»Weil er ein sadistisches Schwein ist, das sich an unseren Schmerzen aufgeilt«, ächzte Conny. »Wie geht's dir denn eigentlich?«

»Ich glaube, im Vergleich zu euch noch relativ gut. Mir hat er ja bisher nur die Haare abgeschnitten und ein Spinnennetz in den Oberschenkel geritzt. Die Wunde tut ein bisschen weh, und die Fesseln natürlich auch.«

»Hast du eine Ahnung, wie spät es ist?«, fragte Conny mit gepresster Stimme.

»Nein«, entgegnete Natalie, »er hat mir meine Uhr abgenommen.«

»Du bist doch erst schätzungsweise seit ein paar Stunden hier. Wann wurdest du denn entführt?«

»Um 18 Uhr«, antwortete Natalie.

»An welchem Wochentag?«, krächzte Jessica. »Dienstag?«

»Nein, es ist am Mittwoch passiert.«

»Dienstagabend hat er doch mich überfallen«, erklärte Conny mit einem belehrenden Unterton.

»Ich habe jedes Zeitgefühl verloren«, hauchte Jessica gedehnt. Das seufzende Geräusch erinnerte an eine Luftmatratze, der gerade der Stöpsel gezogen wurde.

»Nicht einschlafen, Jessica, nicht einschlafen.«

Doch Connys Appell fruchtete nicht. Jessica Hellmanns geschundener, ausgemergelter Körper erlöste die junge Frau mit einer tiefen Bewusstlosigkeit von ihren unerträglichen Schmerzen.

»Hat er während der Entführung irgendetwas zu dir gesagt?«, fragte Conny das dritte Opfer des Spiders.

»Von meiner Entführung hab ich eigentlich gar nichts mitbekommen«, erklärte Natalie Himmer. »Außer, dass er mich von hinten gepackt hat und …«

Wie bei einem plötzlichen Dammbruch überspülte sie die Verzweiflung und sie begann hemmungslos zu weinen. Erst nach zwei, drei Minuten konnte sie weitersprechen. »Ich hab nur einen starken Schmerz am Hals gespürt«, fuhr Natalie fort.

»Der kam von einem Elektroschocker«, erläuterte Conny.

»Ach so«, hauchte Natalie. Sie atmete schwer und schob schniefend nach: »Erst hier in diesen Seilen bin ich wieder wachgeworden.«

»Das lief dann genau so ab, wie bei mir«, bemerkte Conny Faulhaber.

»Hast du eine Ahnung, warum er ausgerechnet uns drei entführt hat?«

»Nein.«

»Was will er denn nur von uns?«

»Ich weiß es nicht, ich weiß es wirklich nicht.«

»Wenn ich mir nur einen Reim auf diesen Spinnenkram hier machen könnte«, seufzte Natalie. »Dieser Typ ist doch völlig irre im Kopf.«

»Das kann man wirklich sagen«, stimmte Conny zu. Ohne Vorankündigung krampfte sich ihr Magen zusammen und sie würgte so heftig, als wolle sie ihre sämtlichen Innereien nach außen befördern. Der Gestank war unerträglich.

Natalie wandte angewidert den Kopf zur Seite. Sie wartete, bis Connys Brechanfall abgeklungen war. »Geht's wieder ein bisschen besser?«, fragte sie voller Mitgefühl.

»Ja«, kam es schwach zurück.

»Glaubst du, wir haben eine Chance, irgendwann aus diesem dunklen Verlies heil rauszukommen?«, fragte sie mit tonloser Stimme.

Conny hustete noch ein paarmal heftig, dann antwortete sie: »Jessica meint, wir sollten diesen durchgedrehten Spinnenfreak so lange es irgendwie geht vollquatschen und ihm Löcher in den Bauch fragen.«

»Um Zeit zu gewinnen?«

»Ja, genau das ist der Sinn von ihrem Vorschlag. Ansonsten können wir nur hoffen, dass diejenigen, die uns inzwischen bestimmt schon suchen, uns rechtzeitig finden.«

»Hoffentlich suchen die uns, hoffentlich«, flehte Natalie und schickte ein Stoßgebet in den Himmel.

Plötzlich stieß Conny einen verzweifelter Seufzer aus, der wie ein Peitschenhieb durch den ehemaligen Bunker hallte. »Diese Quassel-Strategie haben wir beim letzten Mal auch schon versucht«, sagte sie in ein stakkatoartiges Wimmern hinein. »Das war, als er dich bewusstlos hierher gebracht hat …«

Conny Faulhaber stockte und schluckte hart. »Aber dann hat er diese ekligen Spinnen auf uns herumkrabbeln lassen. Da haben wir aus panischer Angst unsere Vorsätze sofort vergessen.«

»Wir sollten diese Strategie auf alle Fälle noch einmal versuchen«, schlug Natalie vor. »Einer, der so auf Spinnen abfährt, vergisst vielleicht wirklich die Zeit, wenn wir die Interessierten spielen und uns von ihm volllabern lassen.«

»Du hast recht. Ich bin auch der Meinung, dass wir es auf alle Fälle noch einmal probieren sollten«, stimmte Conny zu.

Aber wer weiß, welche ekligen Spinnen er dabeihat, wenn er hier das nächste Mal auftaucht, fügte sie im Stillen hinzu. Und dann kann ich garantiert nicht mehr klar denken, sondern habe nur noch Angst, Angst, Angst – Angst, dass wieder eines dieser ekligen Horrorviecher zubeißt.

Conny Faulhabers Ahnung bewahrheitete sich schneller, als sie es sich hätte ausmalen können. Denn bereits eine Viertelstunde später stand der Spider wieder vor seinen

Opfern und präsentierte den schockgefrorenen Frauen eine weiteres, achtbeiniges Spinnentier.

»Schau mal, meine süße, schnuckelige Natalie, was ich dir von zu Hause mitgebracht habe«, säuselte er. »Du hattest ja bislang nicht das Vergnügen, einen persönlichen Kontakt zu einem meiner Lieblinge herzustellen. Das werden wir nun aber ganz schnell nachholen.«

Das für einen hünenhaften, erwachsenen Mann so ungewöhnlich blecherne Lachen ließ den Frauen Eislawinen über die Rücken rollen.

»Bitte, bitte, nicht«, jammerte Natalie. In Panik rüttelte sie an ihren Fesseln und bäumte sich auf.

Der Spider blieb äußerlich völlig gelassen. »Tob dich ruhig noch ein bisschen aus, meine süße wilde Maus«, sagte er. »Allerdings gebe ich dir einen gutgemeinten Rat unter Freunden. Das sind wir doch alle, oder?« Als die Frauen zunächst nicht wie gewünscht reagierten, brüllte er: »Oder?«

Conny und Natalie fuhren zusammen und nickten mit weit aufgerissenen Augen.

»Ach, hast du eine schöne Gänsehaut«, freute sich der Spider. Er senkte den Kopf, schnüffelte an Natalies nacktem Oberschenkel und streichelte ihn zärtlich. Urplötzlich ging ein Ruck durch seinen Körper und er baute sich in voller Größe vor seinem Opfer auf.

»Aber zurück zu meinem freundschaftlichen Rat«, sagte er. »Wenn gleich dieses Prachtexemplar einer Tegenaria gigantea auf dir sitzt und an deinem wohlgeformten, duftenden Oberschenkel herumschnuppert, würde ich an deiner Stelle ganz, ganz ruhig bleiben.«

Brummend schob der Spider die Lippen vor und zurück. »Ja, das würde ich an deiner Stelle wirklich tun.

Dadurch kannst du vielleicht vermeiden, dass sie mit ihren furchterregenden Beißklauen zuschlägt«, empfahl er mit monotoner Stimme. »Eine Spinne darf man nämlich nicht provozieren, weder mit Lärm noch mit abrupten Bewegungen.«

Vor Entsetzen war Natalies aufgeputschter Körper mit einem Mal wie gelähmt. Sie getraute sich kaum mehr zu atmen. Mit aufgesperrtem Mund beobachtete sie, wie der Mann die Spinne vorsichtig aus der Plastikbox hob und ein paar Zentimeter über ihrer rechten Kniescheibe absetzte. Das Spinnentier verharrte wie tiefgefroren in seiner Position. Natalie hörte ihren eigenen Herzschlag im Ohr pochen.

»Ach Gott, ich hab ja ganz vergessen, euch meinen kleinen Liebling vorzustellen«, entschuldigte sich der Spider. »Der Name meiner süßen, schnuckeligen Freundin ist Clothilde. Sie ist eine weibliche Tegenaria gigantea, hat aber mit dem Tegernsee nichts zu tun.« Wieder dieses alberne, affektierte Kichern.

»Wobei sie allerdings auch in dieser Gegend Deutschlands vorkommt«, behauptete der Spinnenliebhaber. Er lächelte süffisant. »Man findet sie sogar fast in jedem Haus. Mit bürgerlichem Namen heißt sie nämlich ›Große Hauswinkelspinne‹ und ist eine Vertreterin unserer heimischen Spinnenarten.«

Während Conny und Natalie reglos auf die etwa sieben Zentimeter große schwarze Spinne starrten, die nach wie vor keinerlei Anstalten machte, den weiblichen Körper zu inspizieren, fuhr der Spinnenliebhaber mit seinem kleinen Informationsvortrag fort.

»Die Tegenaria gigantea ist die größte europäische Spinnenart«, dozierte er, während er sein Gewicht verlagerte.

»Uns Menschen leistet sie wertvolle Dienste, denn sie ist ein sehr nützliches Haustier. Als eine sogenannte Jagdspinne fertigt sie wunderschöne Trichternetze, die sie bevorzugt im Keller zwischen Gerümpel aufspannt. In ihrem Netz wartet sie auf ihre Opfer, meistens Kellerasseln und Insekten, und tötet sie mit einem Giftbiss.«

Nun tat der Spider etwas, das bei den Frauen grenzenloses Erstaunen hervorrief: Völlig überraschend pflückte er die Spinne von Natalies Oberschenkel und setzte sie zurück in ihre Transportbox.

Natalie Himmer reagierte geradezu euphorisch auf die unerwartete Erlösung von dieser extremen Anspannung. Auf ihrem Gesicht breitete sich ein strahlendes Lächeln aus. »Danke, vielen Dank, dass Sie Clothilde weggenommen haben«, flötete sie.

»Du sollst mich duzen!«, bellte der Spider wie ein aggressiver Pitbull.

»Entschuldigung«, erwiderte sie kleinlaut. »Danke dir dafür.«

»Keine Ursache, mein Herzchen«, tönte es zurück. »Clothilde ist eh nur schwach giftig und ruft bei einem Menschen nur einen leichten, schnell abklingenden Schmerz sowie eine kleine Schwellung hervor.«

»Trotzdem danke.«

»Keine Ursache.« Der Spider klatschte in die Hände. »Und, meine lieben Mädels, was lernen wir daraus?« Bevor jemand antworten konnte, schob er nach: »Man müsste sich eben mit Spinnentieren auskennen. Dann würde man auch viel weniger Angst vor ihnen haben.«

Der Entführer machte sich an seinem Arztkoffer zu schaffen. Während er darin herumkramte, fragte er in einem Ton, der die Temperatur schlagartig um mehrere

Grad absinken ließ: »Wie sieht's denn eigentlich mit euren Schmerzen aus?«

»Geht so«, erwiderte Natalie.

»Bei mir auch«, pflichtete ihr Conny bei. »Aber Jessica hat sehr starke Schmerzen. Ich glaube, sie ist deshalb in Ohnmacht gefallen.«

»Ja, es sieht ganz danach aus, dass unser armes Mädchen wegen der höllischen Schmerzen kollabiert ist«, erklärte der Spider schadenfroh.

Er köpfte eine Glasampulle und zog vor den Augen der zu Tode erschrockenen Frauen eine Spritze auf.

»Aus diesem Grund injiziere ich ihr nun ein Kombipräparat aus Aufputschmittel und hochdosiertem Schmerzmittel. Ihr werdet sehen, diese Spritze wirkt Wunder.«

»Das ist aber nett von dir«, flötete Natalie.

»Findest du? Na ja, ich weiß nicht. Es könnte auch einen anderen Grund für diese schmerzstillende Spritze geben«, sagte der Spider derart hämisch, dass seinen Opfern eisige Schauder die Rücken hinunterjagten.

»Und welchen?«, hakte Natalie Himmer nach.

Ihr Entführer antwortete nicht, sondern stieß grunzend Luft durch die Nase aus. Er schlurfte zu Jessica und streichelte sanft über das blutverkrustete Spinnennetz auf ihrem Oberschenkel.

»Das ist ja wirklich ein richtiges Meisterwerk geworden. Ich bin eben ein begnadeter Künstler«, lobte er sich selbst.

Anschließend kletterte er die Leiter empor und verpasste der ohnmächtigen Frau zwei schallende Ohrfeigen, die gespenstisch schrill im Bunker widerhallten.

»Wachwerden, mein Schätzchen. Dein Erholungsschlaf ist vorüber«, zischte er in bedrohlichem Ton.

Ohne Vorwarnung rammte er Jessica brutal die Spritze in den Oberarm, zog sie wieder heraus und schleuderte die leere Plastikspritze in Richtung der rechten Seitenwand. Sie schlitterte einige Meter über den Betonboden, ehe sie liegen blieb.

So als müssten sie diese Qualen selbst erleiden, zogen Conny und Natalie geräuschvoll ihren Atem durch die Zähne. Derweil kletterte der Spider die Leiter herunter und baute sich wie ein aggressiver Türwächter vor Natalie Himmer auf.

»Jessica soll wach sein«, fauchte er die schutzlose Frau an. »Das ist der Grund für diese Spritze, meine Liebe. Ihr sollt nämlich alle glockenwach sein, damit ihr das Finale Grande bei vollem Bewusstsein genießen könnt. Ein Finale Grande, bei dem ihr die Hauptrollen spielen werdet.«

Mit einem bösartigen Grinsen begutachtete er nacheinander seine drei Opfer. Er grunzte abschätzig und schüttelte den Kopf. »Ehrlich gesagt hätte ich nicht im Traum daran gedacht, dass ihr dummen Schlampen es mir so unglaublich einfach machen würdet. Ich schicke euch eine E-Mail und schon packt ihr eure Sportsachen und wartet alleine auf einem Waldparkplatz auf euren Entführer.«

Gedankenversunken drehte er eine kleine Runde in der Bunkerhalle und kehrte anschließend zu seinem vorherigen Standort zurück. »Gut, ich hätte mir meine Opfertiere natürlich auch auf andere Weise besorgen können. Eine Spinne kann schließlich überall ihr Netz aufspannen.«

Der Spider ging einen Schritt auf seine Seilkonstruktion zu und nagelte Natalie mit Blicken förmlich an die Wand. »Hast du dumme Pute keine Zeitung gelesen oder Radio gehört, he? Hast du nicht kapiert, dass man als Frau zurzeit nicht alleine im Wald herumjoggen soll?«

Er kicherte und rieb sich schadenfroh die Hände. »Obwohl, es hätte euch auch nichts genutzt, wenn ihr jemanden dabei gehabt hättet.«

Sein Blick hüpfte zu Jessica Hellmann, die gerade die Augen aufschlug und ihren Körper nach vorn durchbog. »So wie bei dir, wo plötzlich aus dem Nichts dieser joggende Samariter aufgetaucht ist und verhindern wollte, dass der Spider sich sein Opfer schnappt. Aber diesen Todesmutigen habe ich ja ruck, zuck mit ein paar Messerstichen außer Gefecht gesetzt. Das war dann ja so etwas wie ein Kollateralschaden.« Seine Worte gingen in ein hysterisches Kichern über.

Der Mann schüttelte den Kopf und wandte sich erneut Natalie zu. »Ich kapier's einfach nicht. Warum hast du keine Zeitung gelesen? Darin wurde doch eindringlich gewarnt. Warum nur?«

»Ich hatte andere Sorgen«, schniefte Natalie.

»Ach? Andere Sorgen?«, spottete ihr Entführer. »Etwa, weil dich dein Lover hat sitzenlassen?«

Wie glühende Lava krochen die Erinnerungen in Natalie hoch und schnürten ihre Kehle zu. Ihre Verzweiflung steigerte sich ins Unermessliche. Ein heftiger Weinkrampf schüttelte sie durch.

Doch der Spider zeigte nicht das geringste Erbarmen: »Dein Ex-Lover wird genau wissen, warum er die Schnauze von dir gestrichen voll hatte. Und nun trauerst du ihm nach.«

Seine Stimme wurde noch höhnischer. »Hättest eben vorher netter zu ihm sein sollen, du blöde Pute«, goss er weiter Säure in die offene Wunde.

»War dir die Trauer um deinen Lover wichtiger als der Schutz deines eigenen Lebens, he?«, legte er nach kurzer

Pause nach. »Wegen deines lächerlichen Liebeskummers hast du im Internet vor wildfremden Leuten dein Innerstes nach außen gekehrt, vor sabbernden alten Gaffern deine intimsten Gefühle ausgebreitet. Seelenstriptease hast du gemacht. Wie ein Peepshow-Girl hast du dich nackt in ihren geilen Blicken herumgewälzt.«

Er klatschte sich an die Stirn. »Wie kann man nur so bescheuert sein? Euch saublöde, naive Weiber kann man einfach nicht verstehen. Ich hab's jedenfalls schon lange aufgegeben. Soll euch doch alle der Teufel holen!«

»Hast du eigentlich keine Frau?«, fragte Jessica, der das verabreichte Schmerzmittel einen regelrechten Euphorieschub verpasst hatte.

Ihr Entführer schien die Frage nicht verstanden zu haben, denn er reagierte zunächst nicht darauf.

»Wollt ihr eigentlich gar nicht wissen, was ich euch wieder Schönes mitgebracht habe?«, fragte er, während er vor seinem Rucksack niederkniete und den Knoten der Verschlusskordel löste. Doch urplötzlich schnellte er wie von einem Katapult geschossen in die Höhe.

»Meinst du Schlampe denn wirklich, du hast ein Recht, mir solch eine sehr, sehr persönliche Frage zu stellen?«, brüllte er wie von Sinnen.

Sein Gesicht lief rot an und seine Halsschlagadern quollen wie dicke Regenwürmer unter dem Hemdkragen hervor. Wie ein Dirigent mit seinem Taktstock stach er nacheinander mit dem Finger auf die völlig paralysierten Frauen ein.

»Im Gegensatz zu euch nymphomanischen Schlampen«, er ballte die Faust und klopfte sich so fest auf die Brust, dass die erzeugten Geräusche wie dumpfe Trommelschläge klangen, »lege *ich* großen Wert auf den Schutz meiner Privatsphäre. Ich würde niemals meine persönlichen Probleme in diesen Scheißcommunitys ausbreiten.«

Er fletschte die Zähne und tippte sich mit dem Finger auf die Herzgegend. »Wie's hier drinnen aussieht, geht nämlich niemanden etwas an, und euch schon gar nicht.«

»Entschuldigung, ich wollte dich nicht provozieren«, erklärte Jessica.

»Hast du aber.«

Jessica Hellmann ließ sich nicht von ihrer Strategie abbringen. »Tut mir leid, aber mich würde brennend interessieren, warum du uns Frauen so sehr hasst«, fragte sie weiter.

»Das würde mich auch brennend interessieren«, stand Conny ihrer Leidensgenossin zur Seite.

»Mich natürlich auch«, beteiligte sich nun auch Natalie.

»Ach, das würde euch also brennend interessieren?«, höhnte der Spider.

Allmählich gewann er wieder einigermaßen die Kontrolle über seine aufgeschäumten Emotionen. Er stemmte die Hände in die Hüften und grinste die Frauen herausfordernd an.

»Ihr meinst wohl, ihr seid besonders schlau, he?«, tönte er mit schneidender Stimme. »Glaubt ihr tatsächlich, ihr könnt mich aufs Kreuz legen? Meint ihr denn im Ernst, drei dumme, harmlose, in einem Spinnennetz gefesselte Futtertiere wären in der Lage, eine geniale Spinne zu überlisten? Glaubt ihr das wirklich?«

Mit betretenen Mienen schüttelten die drei die Köpfe.

»Schön, dass wir uns so schnell einig geworden sind«, kommentierte der Spider die wortlose Zustimmung. »Ihr dürft davon ausgehen, dass ich natürlich euer Verhalten in meine Planungen einkalkuliert habe.«

Der Entführer reckte den Zeigefinger in die Höhe. »Alle

nur denkbaren Varianten habe ich durchgespielt. Darunter selbstverständlich auch den verzweifelten Versuch der Opfertiere, Zeit zu gewinnen. Damit die Retter noch rechtzeitig eintreffen. Diese Hoffnung könnt ihr getrost aufgeben, denn hier unten findet euch niemand.«

Er tippte auf seine Armbanduhr. »Außerdem läuft zeitlich alles exakt nach Plan. Die Bullen geraten immer stärker unter Zeitdruck, können immer nur auf meine Hinweise reagieren. Tja, ich war schon früher berühmt für mein perfektes Timing.«

Sein Grinsen wurde so breit, dass es fast von seinem rechten zum linken Ohr reichte. »Ein kleiner Tipp am Rande, meine werten Damen«, schob er nach. »Die Spinne hält die Fäden in der Hand – nicht umgekehrt!«

Während er obszön seine Zungenspitze über die Lippen tanzen ließ, suhlte er sich förmlich in der Angst, die ihm aus den bleichen Gesichtern von der Wand her entgegenstarrte.

»Apropos Spinne«, versetzte er nach einem hochtönigen, abgehackten Lachen. »Besser gesagt: Spinnen. Dieser Begriff ist die Mehrzahl des Wortes ›Spinne‹. Da sind wir uns doch alle einig, nicht wahr?«

Keine Antwort.

Der Spider nahm die Pose eines dozierenden Lehrers ein. »Aber aus dem Plural des Wortes ›Spinne‹, also ›Spinnen‹, geht ja noch nicht hervor, wie viele Tiere mit diesem Begriff gemeint sind. Sind wir uns da einig?«

Wieder keine Reaktion, nur blankes Entsetzen. Den gefangenen Frauen schwante Fürchterliches. Natalies Körper zitterte wie von Stromstößen gepeinigt, Jessica machte sich aus Angst in die Hose und Conny schien sich vor Schreck in eine bleiche Wachsfigur verwandelt zu haben.

»Der Hörer oder Leser weiß also nicht, um wie viele Exemplare es sich handelt«, fuhr der Spinnenfetischist fort. »Es könnten zwei Tiere sein, die minimalste Form des Plurals ›Spinnen‹«, das nächste Wort betonte er und zog es in die Länge, *»aber* es können natürlich auch mehr, sogar viel mehr als zwei Spinnen sein.« Wieder grinste er wie ein Honigkuchenpferd. »Ihr könnt mir noch folgen, oder?«

Mit seiner Frage erntete er lediglich stumme, verzweifelte Panik.

»Um die Spannung noch ein wenig aufrechtzuerhalten, fangen wie einfach mit dem Singular an, also mit *einer* Spinne«, dozierte der Spider weiter.

Der Spider beugte sich zu seinem Rucksack hinunter, kramte darin herum und präsentierte anschließend eine Transportbox. Wie ein fliegender Händler, der zu seinem reißerisch feilgebotenen Sonderangebot immer noch eine weitere Zugabe dazugab, fischte er geschwind vier weitere Plastikboxen aus seinem Rucksack.

»Ihr seid ja inzwischen richtige Spinnenexpertinnen geworden«, spottete er. »Deshalb folgende Frage an euch: Um welche Spinnenart handelt es sich bei diesen Prachtexemplaren hier?«

Im Abstand von nur wenigen Zentimetern führte er zwei Transportboxen an den zitternden Lippen der Frauen vorbei. »Keine Idee?« Er brummte abschätzig. »Ihr enttäuscht mich aber gewaltig. Und das solltet ihr tunlichst vermeiden, sonst …«

»Ist das wieder eine Große Hauswinkelspinne?«, warf Natalie Himmer mit bebender Stimme dazwischen.

»Wow! Aus dir ist ja schon eine richtige kleine Spinnensachverständige geworden. Hast sogar freiwillig den Namen auswendig gelernt.« Der Spider vollführte eine bühnenreife, tiefe Verbeugung. »Meine aufrichtig empfundene Hochachtung, Mylady.«

Anschließend richtete er sich wieder auf und ließ knatternd den Atem über seine fleischigen Lippen strömen. »Zumindest in einem Punkt hast du recht«, sagte er, »denn von der Größe her könnte es tatsächlich hinkommen.«

Erneut hielt er die beiden Plastikkästchen vor Natalies Gesicht. Die junge Frau zuckte zusammen und presste erschrocken den Kopf an die Betonwand. »Aber wenn du genau hinschaust, erkennst du schnell den Unterschied, denn der Körper dieser Spinne ist viel dicker als der einer Tegenaria gigantea. Und die Beine sind auch ein bisschen kräftiger, oder?«

Krampfhaftes Nicken.

»Es existiert aber noch ein weitaus bedeutenderer Unterschied zu meiner lieben Clothilde. Ein Unterschied, der für euch ebenso interessant wie schockierend sein dürfte. Man könnte sogar behaupten, dass dieser Unterschied von geradezu existenzieller Bedeutung für euch ist.«

Der Entführer räusperte sich und beobachtete einige Sekunden versonnen die an der Plastikwand herumtastende Spinne. »Schaut mal, wie mein kleiner Liebling zappelt. Er möchte raus aus seinem Gefängnis. Aber da muss er sich leider noch ein wenig gedulden.«

Mit der linken Hand durchfuhr der Mann seine verschwitzten Haare. »Wo waren wir eben stehengeblieben?«, fragte er. Doch er bekam keine Antwort. »Ach ja, ich erinnere mich: beim Unterschied der beiden Spinnenarten.«

Er schnipste mit den Fingern. »Also, ich will euch nicht länger auf die Folter spannen. In diesen engen Plastikboxen befinden sich insgesamt fünf Exemplare der Spinnengattung Atrax robustus, auch Sydney-Trichternetzspinne genannt. Diesen merkwürdigen Namen haben die Tiere deshalb erhalten, weil sie hauptsächlich in und um Sydney leben und dort bei der Bevölkerung Angst und Schrecken verbreiten.«

Der Spider schloss die Augen und kratzte sich im Genick. »Könnt ihr euch vorstellen, warum?«, fragte er schmunzelnd. Doch er wartete eine mögliche Reaktion seiner Opfer nicht ab, sondern beantwortete selbst die gestellte Frage: »Das Besondere an der Atrax robustus ist die Tatsache, dass sie einen Rekord hält. Sie kann sich nämlich damit brüsten, die giftigste Spinne der Welt zu sein.«

Die Frauen wollten schreien, aber ihre Kehlen waren wie zugeschnürt.

»Die Atrax robustus lebt seit über 80 Millionen Jahren auf der Erde. Das muss man sich einmal vorstellen. Da man, wie schon erwähnt, mit Fug und Recht behaupten kann, dass sie die giftigste Spinne der Welt ist, verwundert es euch natürlich nicht, dass ihr Biss nicht nur sehr schmerzhaft, sondern auch tödlich ist.«

Geräuschvoll zog er die Nase hoch und schluckte den Schleim hinunter. »Wenn ihre kräftigen Beißklauen in das Fleisch eines Menschen eindringen, verursachen sie eine größere Wunde, die einem Schlangenbiss ähnelt«, präsentierte er seinen Opfern weiter genüsslich sein Fachwissen.

»Interessant finde ich auch, dass nur ein einziger Bestandteil ihres Giftes so extrem gefährlich ist. Es handelt sich dabei um das Nervengift Delta-Atraxotoxin. Dieses Gift lähmt die menschliche Muskulatur, wobei es zunächst eine Art Schüttelfrost auslöst.«

Mit einem dreckigen Grinsen zeigte er seine gelben

Zähne. »Dann lähmt es die Atemmuskulatur, sodass die Opfer langsam und jämmerlich ersticken. Bis es endlich so weit ist, können mehrere Stunden vergehen. Es sei denn, eine ausreichende Giftdosis erreicht vorher den Herzmuskel und bringt diesen zum Stillstand. Das wäre dann die bedeutend humanere Variante.«

Während der Spider im Bunker eine kleine Runde drehte, summte er ›So ein Tag, so wunderschön wie heute‹ vor sich hin. Anschließend nahm er wieder seine Rednerpose ein.

»Ach, ich hab noch eine Besonderheit vergessen«, sagte er. »Bei der Atrax robustus ist das Gift des Spinnenmännchens etwa fünfmal stärker als das der weiblichen Tiere. Ihr könnt euch freuen: Es werden nur Männer über euch herfallen.«

Der Spider legte den Kopf ins Genick und blies seinen Atem zur Decke empor. Anschließend fixierte er die Frauen mit einem hämischen Blick. »Übrigens könnt ihr aufatmen, denn heute bleibt ihr von meinen Lieblingen verschont.«

Hoffnung keimte bei seinen gefesselten Opfern auf.

Der Entführer wedelte mit dem Finger. »Aber nicht aus humanitären Gründen. Dass ihr mir da ja nicht auf falsche Gedanken kommt.« Er grinste unverschämt breit. »Nein, aus einem anderen Grund.«

Er klatschte in die Hände. »So, meine Damen, jetzt habt ihr genug über meine Lieblinge erfahren. Ich muss euch nun leider verlassen, denn der Spider wird sich nun auf die Jagd nach der Königin begeben. Und wenn ich sie eingefangen und im Zentrum meines Spinnennetzes aufgehängt habe, dürfen endlich meine achtbeinigen Lieblinge ihr tödliches Werk verrichten.«

Das affektierte Kichern hallte wie helles Sturmglockengeläut durch den ehemaligen Militärbunker.

# 14

Kurz und knapp informierte Tannenberg seine Kollegen über Mertels Anruf. Danach stürmten die Mitarbeiter des K 1 die Treppe hinunter in den Innenhof, wo Michael Schauß fünf Minuten zuvor den Dienst-Mercedes abgestellt hatte. Sabrina setzte sich ans Steuer und startete das Zivilfahrzeug. Sie stand derart unter Strom, dass sie automatisch Blaulicht und Martinshorn einschaltete.

»Mach sofort das Zeug wieder aus«, blaffte Tannenberg. »Willst du etwa riskieren, dass sich die Pressegeier an unsere Fersen heften? Irgendwo da draußen liegen die garantiert auf der Lauer. Diese Schmeißfliegen dürfen keinen Wind von der Sache bekommen. Das würde die Frauen enorm gefährden.«

Sabrina gehorchte aufs Wort.

»Wenn wir die Ausfahrt rauskommen, ducken wir uns alle runter. Damit keiner sieht, dass wir fast in kompletter K-1-Mannschaftsstärke ausrücken«, befahl Tannenberg.

Die Insassen reagieren mit stummen Einverständnis und kauerten sich unter die Sichtlinie.

»Ihr könnt wieder hochkommen«, sagte die Kommissarin mit hektischen Blicken in den Rückspiegel. »Es scheint uns niemand gefolgt zu sei.«

Der Kriminaltechniker empfing seine Kollegen an Kollmenters sperrangelweit geöffneter Haustür.

»Willst du denn die gesamte Parkstraße auf dich aufmerksam machen?«, pflaumte ihn Tannenberg an.

»Für Geheimhaltung ist es eh zu spät, Wolf. Dein Vater hat uns bereits entdeckt«, entgegnete er grinsend.

Tannenbergs Augen folgten Mertels ausgestrecktem Arm, der zu Heiners Haus zeigte. Von der gegenüberliegenden Straßenseite aus winkte ein strahlender Rentner den Kriminalbeamten freundlich entgegen.

»Los, schnell rein ins Haus und die Tür zu!«, befahl Tannenberg. »Den alten Naseweis kann ich hier drinnen jetzt wirklich nicht gebrauchen.«

Doch der Kommissariatsleiter hatte die Rechnung ohne seinen Vater gemacht, denn der rüstige Senior legte einen rekordverdächtigten Zwischenspurt ein und schaffte es noch rechtzeitig ins Haus. Auch deshalb, weil Dr. Schönthaler nicht im Traum daran dachte, der Anweisung seines besten Freundes Folge zu leisten, dazu hatte er den alten Herrn viel zu sehr in sein Herz geschlossen.

»Nett von dir, Rainer, dass du auf mich gewartet hast«, bedankte sich Jacob Tannenberg.

Er war ziemlich außer Atem und schnaubte wie ein Brauereigaul. »Heiner hat mir erzählt, dass er und Wolfram heute Nacht Kollmenters Haus observiert haben«, fuhr er hechelnd fort. »Und da hat es natürlich in meinem Kriminalistenhirn ganz laut geklingelt.«

»Das kann ich mir denken«, gab der Pathologe lächelnd zurück.

Jacob zog Dr. Schönthaler zu sich heran und verwandelte seine laute, barsche Stimme in ein Flüstern. »Hat der Werner also doch Dreck am Stecken?«, raunte er. »Ist ja auch ein ziemlich komischer Vogel, unser Herr Briefträger. Hat er die entführten Frauen in seinem Keller versteckt?«

»Das weiß ich leider noch nicht, Herr Tannenberg.«

»Dann sollten wir aber schleunigst zu den anderen

gehen«, schlug Jacob vor und drückte sich an dem Rechtsmediziner vorbei.

Dr. Schönthaler schloss die Haustür und folgte schmunzelnd dem berühmt-berüchtigten Sherlock Holmes aus der Beethovenstraße. Der wandte sich noch einmal zu ihm um.

»Wenn das die alte Kollmenter wüsste, Rainer«, sagte Jacob über die Schulter hinweg. Er deutete Backpfeifen an. »Die hätte ihrem nichtsnutzigen Sohn garantiert links und rechts ein paar hinter die Ohren gehauen.«

»Wo bleibst du denn, Rainer?«, brüllte Tannenberg aus Richtung des Kellers. »Und dich will ich hier unten nicht sehen, Vater.«

Als Dr. Schönthaler den Fuß auf die unterste Stufe der Kellertreppe setzte, sah er, dass Tannenbergs Versuch, den Vorwärtsdrang des Seniors zu stoppen, erfolglos geblieben war. Jacob stand vor einer geöffneten Tiefkühltruhe. Er hatte die Hand auf den Mund gelegt und zischte mehrmals »Ach du Scheiße« durch seine falschen Zähne.

»Wer ist 'n das?«, keuchte der grauhaarige Hobbydetektiv. »Die alte Kollmenter etwa? Ich dachte, die ist zu ihrer Schwester ins Allgäu gezogen. Und jetzt liegt sie hier in der Gefriertruhe. Vom eigenen Sohn ermordet.«

»Das ist bis jetzt reine Spekulation, Vater«, konterte der Leiter des K 1.

Trotzig verschränkte Jacob die Arme vor der Brust. »Ja glaubst du denn, die alte Kollmenter ist freiwillig in den Eissarg gekrabbelt, oder wie?«

Wolfram Tannenberg verzog das Gesicht zu einer genervten Grimasse.

Immerfort schüttelte Jacob den Kopf. »So etwas hätt's früher nicht gegeben!«, brabbelte er vor sich hin.

»Darf ich mir bitte auch mal die Sache anschauen, Herr Tannenberg?«, bat Dr. Schönthaler, woraufhin Jacob ohne zu murren einen Schritt beiseitetrat.

Einige Sekunden lang betrachtete der Rechtsmediziner den weiblichen Leichnam, der in Embryonalhaltung auf dem Boden der Tiefkühltruhe lagerte und von einer frostigen Schicht überzogen war. Anschließend beugte er den Kopf tief hinab in die Truhe.

»Pass ja auf, Rainer, dass sie nicht nach dir schnappt«, feixte Jacob und rieb sich die Hände. »Endlich mal wieder etwas los bei uns im Musikerviertel.«

»Vater, du bist einfach unmöglich«, rüffelte Tannenberg. »Mir läuft es eiskalt den Rücken runter, wenn ich mir vorstelle, dass nur hundert Meter von Heiners Haus entfernt eine Leiche in der Gefriertruhe …«

»Und zwar schon einige Zeit liegt die da drin, wie ich mal tollkühn vermute«, fiel ihm der Pathologe ins Wort. »Ohne dem Obduktionsergebnis vorgreifen zu wollen, schätze ich, dass diese alte Frau mindestens seit mehreren Monaten tiefgefroren im Eis liegt. Die Eisschicht ist ziemlich dick und der Gefrierbrand ist bereits weit fortgeschritten.«

»Wie bei diesem Ötzi«, grinste Jacob.

Dr. Schönthaler lachte auf. »Damit hat die Pfalz nun auch ihren Ötzi, und zwar einen weiblichen.«

»Jetzt hört doch bitte endlich mal auf mit diesem pietätslosen Gelaber«, rüffelte der Leiter des K 1. »Da liegt ein toter Mensch und ihr ledert eure makaberen Kalauer ab.«

»Ja, und?«, gab Jacob schnippisch zurück. »Meinst du vielleicht, wenn wir jetzt alle losheulen, taut die alte Kollmenter wieder auf und springt dir vor Freude um den Hals, he? Die Welt ist traurig genug, da muss man so oft lachen, wie es geht, gell Rainer?«

»So ist es, mein lieber Herr Tannenberg.« Der Rechtsmediziner wandte sich an Mertel. »Kannst du einen Transporter und ein paar kräftige Leute organisieren und die Tiefkühltruhe mitsamt Inhalt in die Pathologie bringen lassen?«

»Ja, ich denke schon«, antwortete der Kriminaltechniker.

»Kannst du schon etwas zur Todesursache sagen?«, wollte Tannenberg wissen.

»Sieht der arme Rainer denn so aus, als ob er hellsehen könnte, he?«, mischte sich Jacob ein. »Wenn er das könnte, hätte er mir schon längst die nächsten Lottozahlen verraten, gell, Rainer?«

»Aber klar doch«, entgegnete Dr. Schönthaler, während ein süffisantes Lächeln seine Lippen umspielte. Er drehte sich seinem Freund zu und schüttelte den Kopf. »Nee, Wolf, das ist beim besten Willen unmöglich. Wie soll ich denn angesichts dieses knochenharten Zustands der Leiche darüber etwas Seriöses aussagen? Hast du schon mal versucht, mit einem Messer in einen tiefgefrorenen Truthahn reinzustechen?«

Keine Antwort, nur gequältes Augenrollen.

»Wir lassen die alte Frau Kollmenter nachher in aller Ruhe auftauen und dann werde ich diese Frage sicherlich irgendwann beantworten können«, schob der Rechtsmediziner in versöhnlichem Ton nach.

»Apropos Kollmenter«, meldete sich Michael Schauß zu Wort, der die ganze Zeit über regungslos neben den Truhe gestanden hatte. »Die Tatsache, dass er seine Mutter in der Tiefkühltruhe aufbewahrt, befreit ihn ja wohl nicht automatisch von einer möglichen Täterschaft in unserem anderen Fall, oder liege ich mit dieser Einschätzung grundsätzlich falsch?«

»Nein, natürlich nicht«, erwiderte sein Vorgesetzter. »Wobei wir allerdings erneut vor demselben Problem stehen wie bereits gestern Abend: Nehmen wir Kollmenter fest und riskieren damit, dass er, falls er der gesuchte Entführer ist, den Aufenthaltsort seiner Opfer verschweigt? Oder observieren wir ihn, in der Hoffnung, dass er uns zum Versteck der Frauen führt?« Tannenberg schaute sich demonstrativ im Keller um. »Denn hier befinden sie sich ja offensichtlich nicht.«

»Wahrscheinlich hat er die Frauen woanders versteckt«, spekulierte Jacob. »Würde ich auch so machen.«

Sein Sohn überging die Bemerkung. »Karl, hast du in diesem Haus irgendwelche Hinweise entdeckt, die uns in dieser Frage weiterbringen könnten?«

»Nee, außer den vielen Spinnen und den anderen Viechern noch nichts«, antwortete Mertel. »Und in seinen Computer komme ich leider nicht rein.« Er zuckte mit den Schultern. »Der Zugang ist mit einem Passwort geschützt.«

»Somit können wir nicht überprüfen, ob er Kontakt mit den entführten Frauen aufgenommen hat«, stellte Tannenberg nüchtern fest.

»Sind wir bislang nicht davon ausgegangen, dass der Entführer dazu wahrscheinlich einen der beiden Laptops benutzt, die er aus Mariekes Wohnung gestohlen hat?«, gab Sabrina Schauß zu bedenken.

»Doch, schon, aber er könnte zusätzlich seinen eigenen Computer verwendet haben.«

»Klar, das ist durchaus möglich«, stimmte Mertel zu.

»Ich habe jedenfalls hier im Haus keinen Laptop gefunden.«

Wolfram Tannenberg klatschte in die Hände. »So, Leute, trotz dieses Leichenfundes hat für uns natürlich die Suche nach den vermissten Frauen weiterhin oberste Priorität. Fassen wir also mal kurz zusammen: Außer ein paar Spinnen haben wir bislang keine Indizien dafür gefunden, dass Kollmenter hinter den Entführungen stecken könnte.«

Der Kriminalbeamte warf einen kurzen Blick in die Tiefkühltruhe. »Doch allein schon wegen seiner toten Mutter sollten wir ihn uns so schnell wie möglich schnappen«, entschied er. »Wer weiß, vielleicht hat er ja doch etwas mit den Entführungen zu tun.«

»Um ihn festzunehmen, müsstet ihr aber erst mal wissen, wo er ist«, bemerkte Jacob trocken.

Tannenberg blickte auf seine Armbanduhr. »Na, das dürfte nicht so schwer werden, mein lieber Sherlock Holmes. Was tut ein Briefträger deiner Meinung nach höchstwahrscheinlich um diese Uhrzeit?«, fragte er mit höhnischem Unterton gewürzt. »*Ich* tippe mal, dass er Briefe austrägt.«

»Aber nicht, wenn er inzwischen von eurer Rambo-Aktion erfahren hat«, konterte Jacob. »Dann ist der Werner nämlich schon über alle Berge.« Er grunzte höhnisch. »Das könnte ich mir gut vorstellen.«

»Hoffentlich nicht«, meinte Sabrina seufzend.

Doch Jacob war noch nicht fertig. »Ihr seid ja vorhin wie die Kavallerie ins Musikerviertel reingerauscht«, provozierte er weiter. »An eurer Stelle hätte ich noch eine Blaskapelle engagiert, damit auch ja jeder euren Einsatz mitbekommt.«

Sein Sohn ignorierte den Einwurf und wandte sich an

Sabrinas Ehemann. »Michael, du hast doch vorhin Kollmenter zurück ins Musikerviertel gebracht und …«

»Ja, aber nicht ganz«, schnitt ihm sein Mitarbeiter das Wort ab. »Er wollte unbedingt, dass ich ihn bereits an der Marienkirche absetze.«

Tannenberg warf die Stirn in Falten. »Und warum nicht an der Einfahrt, wo er sein Fahrrad abgestellt hatte?«

»Er hat mir gesagt, dass er Hunger hätte und sich einen Döner kaufen wollte.«

»Tja, wer hart arbeitet, muss eben fest essen«, gab Jacob einen seiner Lieblingssprüche zum Besten.

Der Chef-Ermittler legte Mertel eine Hand auf die Schulter. »Karl, wir brauchen hier so schnell wie möglich das große Dreckschnüffler-Programm. Beordere bitte jeden verfügbaren Kriminaltechniker hierher. Ihr stellt mir das gesamte Haus auf den Kopf, inklusive aller Nebengebäude. Vielleicht entdecken wir ja doch irgendwo einen Hinweis auf die entführten Frauen.«

»Okay, mach ich.«

Tannenberg nickte dankbar und wandte sich seinen anderen Kollegen zu. »Und wir suchen jetzt das Musikerviertel systematisch bis runter zur Königstraße nach Kollmenter ab.«

Es dauerte eine gute Viertelstunde, bis die Ermittler jede Straße des betreffenden Stadtgebietes abgefahren hatten. Von Werner Kollmenter fand sich jedoch nicht die geringste Spur. Alle befragten Anwohner gaben an, an diesem Donnerstagmorgen bislang weder Post erhalten noch den Briefträger gesehen zu haben.

Auf der Fahrt zu der am Pfaffplatz gelegenen Kriminalinspektion ordnete Tannenberg eine Großfahndung nach dem unauffindbaren Postboten an. Als Sabrina von der Pariser Straße in die Dr.-Rudolf-Breitscheid-Straße abbog, wo hundert Meter nach der Kreuzung ihr klotziges Dienstgebäude stand, änderte er überraschend seinen Entschluss.

»Komm, Sabrina, fahr bitte weiter zur Hauptpost«, wies er seine Mitarbeiterin an.

»Warum?«

»Ich kann mich jetzt nicht ins Büro setzen und auf glühenden Kohlen sitzen, bis eine Streife Kollmenter geschnappt hat. Ich muss irgendetwas Vernünftiges tun.«

»Und zur Hauptpost fahren ist etwas Vernünftiges?«, frotzelte der Rechtsmediziner von der Rückbank.

»Ja, das ist es, Rainer«, erwiderte sein bester Freund.

»Musst du noch ein Päckchen aufgeben, oder was?«

»Blödmann«, fauchte Tannenberg nach hinten. »Nein, vielleicht weiß Kollmenters Chef oder einer seiner Kollegen, ob er eine Waldhütte besitzt, Verwandte im Ausland hat oder eine Urlaubsreise geplant hat.« Wie betend faltete er die Hände. »Wir brauchen jede Information, die wir kriegen können.«

»Seine Kollegen werden wir in der Hauptpost jetzt aber nicht antreffen, die stellen bestimmt noch in ihren Bezirken die Post zu«, meinte Kommissar Schauß.

»Ich denke, dass einige bestimmt schon von ihrer Tour zurückgekehrt sind«, entgegnete Tannenberg.

Mit seinen Händen formte Dr. Schönthaler eine Flüstertüte und posaunte ins Wageninnere: »Habt ihr das eben gehört, Leute? Unser liebes Wölfchen denkt gerade.« Er klopfte seinem Freund auf die Schulter. »Strapazier dein altes Hirn aber nicht zu sehr, denn der Onkel Alzheimer winkt schon kräftig.«

Wolfram Tannenberg legte die Handflächen aneinander und flehte: »Bitte, bitte, Sabrina, erlöse mich von diesem Quälgeist.« Seine Stimme schwoll an. »Fahr sofort diesen Kerl in die Pathologie.«

»Untersteh dich!«, grollte es in seinem Rücken.

»Hast du eigentlich nichts Wichtiges zu tun, als dich in einem Polizeiauto durch die Stadt chauffieren zu lassen?«

»Nee, Wolf, eigentlich nicht. Bis die gute Frau Kollmenter aufgetaut ist, habe ich noch ganz viel Zeit.«

»Da vorne ist er ja«, rief Michael Schauß, der neben Dr. Schönthaler auf der Rückbank saß.

Der junge Kommissar löste den Sicherheitsgurt, zwängte sich zwischen die Lehnen der Vordersitze und zeigte auf einen Briefträger, der gerade auf seinem gelb-schwarzen Dienstfahrrad die Straße überquerte.

»Das ist er ja tatsächlich«, stieß Tannenberg aus. »Los, den schnappen wir uns. Schneid ihm den Weg ab.«

Wie in einem Actionfilm riss Sabrina Schauß das Lenkrad herum. Mit quietschenden Reifen kam der Mercedes direkt vor dem erstarrten Postboten zum Stillstand. Kommissar Schauß und Tannenberg stürzten sich auf Kollmenter, zerrten ihn vom Fahrrad und warfen ihn bäuchlings auf den Boden.

Das Fahrrad kippte um, aus den Sattel- und Lenkstangen-Taschen ergossen sich Briefe auf den Bürgersteig. Erst als die Handschellen klickten, brachte Kollmenter einen Ton heraus.

»Was, was soll das?«, stotterte er. »Was wollt ihr von mir?«

»Wo kommst du gerade her?«, blaffte Tannenberg, während er den übertölpelten Briefträger auf die Rückbank neben Dr. Schönthaler verfrachtete.

»Von der Hauptpost.«

»Wieso hast du nicht in deinem Bezirk die Post zugestellt? Das hast du doch vorgehabt, oder? Jedenfalls hast du das vorhin im K 1 behauptet.«

»Das wollte ich ja auch«, beteuerte Kollmenter mit dünner Stimme. »Aber als ich zu der Einfahrt kam, wo ich mein Fahrrad abgestellt hatte, war es weg. Einfach weg, spurlos verschwunden, wie vom Erdboden verschluckt. Nur die Packtaschen mit der Post waren noch da.«

Wie ein Asthmatiker zog Kollmenter ein paarmal Atemluft, erst danach fuhr er fort: »Ich hab natürlich gleich beim Wagner Kurt sturmgeklingelt. Das ist ja seine Einfahrt. Aber da hat keiner aufgemacht. Und die Nachbarn waren entweder nicht da oder haben nichts mitgekriegt. Ich hab dann die Packtaschen im Hof versteckt und bin überall rum und hab mein Fahrrad gesucht. Sogar im Stadtpark hab ich nachgeguckt.«

Inzwischen hatte Sabrina die Post in den Taschen verstaut und im Kofferraum in Sicherheit gebracht, sodass sie losfahren konnten. Zurück ließen sie nicht nur das verwaiste Dienstfahrrad, sondern auch einige gaffende Passanten, die vor Stauen nicht mehr ihre Münder schließen konnten.

»Sag mal, Wolf, war dieser Pseudo-SEK-Einsatz eben nicht ein klein wenig übertrieben?«, spottete Dr. Schönthaler. »So stelle ich mir Filmaufnahmen mit greisen Schauspielern in Hollywood vor.«

»Nein, das war nicht übertrieben«, gab Tannenberg entschieden zurück und drehte sich zu seinem Freund um. »Denn erstens war unsere Aktion dem Anlass durchaus angemessen. Und zweitens müssen auch wir ab und an ein bisschen üben.«

Aus den Augenwinkeln heraus registrierte er Kollmenters bekümmerten Blick, der an seinem zurückgelassenen Dienstfahrrad klebte.

»Keine Sorge, Werner, ich rufe gleich in der Hauptpost an, damit einer deinen Luxusdrahtesel abholt«, versprach der Leiter des K 1.

»Danke«, sagte Kollmenter. »Weil ich mein Fahrrad nicht gefunden habe, konnte ich die Post nicht mehr zustellen«, schob er eine weitere Erklärung nach. »Also bin ich zurück zur Hauptpost. Und da stand es plötzlich. Das musst du mir glauben. Ich habe mit den Entführungen nichts zu tun.«

Seine geröteten Augen forschten in Tannenbergs Gesicht nach einer positiven Reaktion, doch der Chef-Ermittler blickte unberührt durch die Frontscheibe. »Erzähl weiter«, forderte er.

»Es hat sich dann alles sehr schnell aufgeklärt: Der Wagner Kurt hat mein Fahrrad in seiner Einfahrt entdeckt. Und dann hat er mich gesucht. Und als er mich nicht finden konnte, hat er mein Fahrrad zur Hauptpost gebracht, damit es keiner aus seiner Einfahrt klaut. Er konnte nämlich nicht mehr auf mein Fahrrad aufpassen, weil er seinen Zug nach Nürnberg erreichen musste.«

Wolfram Tannenberg ließ das Geplapper kommentarlos über sich ergehen. Es war nichts Neues für ihn, dass ein gerade Verhafteter derart gesprächig auf seine Festnahme reagierte. Vor allem die in flagranti ertappten Täter produzierten aus purer Aufregung oft einen nicht enden wollenden Redeschwall. Aber dieses scheinbar groteske Verhalten dauerte meist nur wenige Minuten an und wurde von tiefer Depression und Verzweiflung abgelöst. Werner Kollmenter brach bereits im Auto psychisch zusammen, denn sein schlechtes Gewissen überspülte ihn wie ein Tsunami.

Schließlich wusste er ganz genau, was er getan hatte.

Mit einem schadenfrohen Grinsen drückte der Spider auf den Schalter und löschte das Licht. Bevor er die Eisentür ins Schloss zog, lauschte er noch einmal angestrengt in den Bunker hinein.

Das leidvolle Stöhnen seiner Opfer löste in ihm ähnlich euphorische Emotionen aus, wie bei einem Konzertbesucher der Genuss eines Spitzenorchesters. Die Symphonie der Schmerzlaute jagte ihm einen wohligen Schauer nach dem anderen den Rücken hinunter. Während sich seine Erregung steigerte und das Blut in seine Genitalien schoss, brummte er wie ein brünstiges Tier.

»Du perverses Schwein«, schrie plötzlich eine der gefesselten Frauen.

Er fuhr zusammen, drehte sich auf dem Absatz um und wollte in die Dunkelheit losstürmen. Sofort bestrafen!, schoss es ihm durch den Kopf. Doch gleich darauf hatte die rationale Abteilung seines Gehirns wieder die Macht an sich gerissen.

»An eurer Stelle würde ich meine Kräfte schonen und die letzten Stunden meines kleinen, beschissenen Schlampenlebens genießen«, brüllte er zurück. »Denn sobald ich die Königin gefangen habe, schlägt euer letztes Stündlein. Und ich verspreche euch, dass es ein ausgesprochen qualvolles werden wird.«

Der Entführer donnerte die schwere Feuerschutztür in den Metallrahmen und stapfte durch den Flur. Vor dem Verwaltungsgebäude schaute er sich nach allen Richtungen um, schließlich war es Ende September und somit Pilzsaison. Die Witterung war ideal für die Jagd auf Speisepilze. In der letzten Nacht hatte es stark geregnet, und über Tag herrschten in diesem abgelegenen Waldgebiet zweistellige Plusgrade und Sonnenschein.

Auf seinem Spaziergang zu dem in einem Forstweg abgestellten Kleintransporter entdeckte er eine Handvoll dottergelber Pfifferlinge. Normalerweise hätte er sie abgeschnitten und sie gemeinsam mit Steinpilzen, Maronenröhrlingen und einem Ziegenbart in ein Schlemmermenü verwandelt. Doch dazu fehlte ihm gegenwärtig die Zeit, schließlich musste er in die Stadt fahren und sich in der Nähe des Stadtparks auf die Lauer legen.

Mit schweißnassen Händen steuerte er sein Auto von dem nicht einsehbaren Waldweg auf die asphaltierte schmale Straße, die von dem ehemaligen Militärgelände zur B 37 führte. Seine Anspannung steigerte sich ins schier Unerträgliche.

Obwohl er sein Vorgehen exakt geplant hatte und bislang auch reibungslos durchführen konnte, hatte er große Angst, dass ein aufmerksamer Förster, Jäger oder Pilzsammler quasi in letzter Minute das Finale Grande verderben könnte.

Erst als er nach einigen Kilometern den Waldparkplatz am Hochspeyerer Stich erreichte, reduzierte sich seine Anspannung merklich. Er öffnete das Seitenfenster und schnaufte erst einmal tief durch. Danach trocknete er die feuchten Hände an seiner Hose ab und wischte sich mit einem Taschentuch die Schweißperlen von der Stirn.

Hinter mehreren Militärfahrzeugen reihte er sich in den Verkehr ein und folgte dem Konvoi die Anhöhe hinunter zu dem in einem breiten Talkessel ausgerollten Stadtgebiet. Als er die Panzerkaserne und kurz darauf die Daenerkaserne passierte, hatte er immer die Tachonadel im Blick, schließlich wusste er aus leidvoller Erfahrung, dass auf dieser zweispurigen Straße häufig Radarfallen aufgebaut wurden. Eine Fahrzeugkontrolle war so ziemlich das Allerletzte, was er gerade gebrauchen konnte.

Hinter dem Hauptfriedhof bog er in die Donnersbergstraße ab, ließ den Volkspark links liegen und schwenkte an der Jugendverkehrsschule in die Barbarossastraße ein. Bei seiner Fahrt durch die Logenstraße bedachte er das neue Polizeipräsidium und das Justizzentrum am Bahnhof mit einem schelmischen Lächeln.

Ohne besondere Vorkommnisse traf er wenig später an seinem Zielort, einer zum Stadtpark führenden Seitenstraße, ein. Er stellte den Motor ab und warf zum wiederholten Male einen Blick auf die Uhr im Armaturenbrett. Zufrieden lehnte er sich in seinem Autositz zurück.

Nun lag er auf der Lauer.

Wie eine Spinne, die versteckt in ihrem Trichternetz auf das nächste Opfer wartete.

# 15

»Möchtest du etwas zu trinken?«, fragte Tannenberg höflich. »Ein Glas Wasser vielleicht oder einen starken Espresso?«

Kollmenter wiegte den Kopf. Zusammengeschrumpft zu einem Häuflein Elend saß er im Verhörraum des K 1 und knibbelte nervös an seinen Fingern herum.

Michael Schauß schaltete den Kassettenrekorder ein.

»Donnerstag, 28. September. Beschuldigtenvernehmung Werner Kollmenter. Anwesend: KHK Wolfram Tannenberg und KK Michael Schauß.«

Dr. Schönthaler wurde wie stets verschwiegen. Strenggenommen durfte er an solch einem Verhör gar nicht teilnehmen. Er war also quasi inkognito anwesend. Er lehnte am Türrahmen und beobachtete das Geschehen am Tisch, an dem sich die beiden Ermittler und Werner Kollmenter gegenübersaßen.

»Willst du nicht doch lieber etwas trinken?«, versuchte es der Kommissariatsleiter erneut. »Da geht es einem leichter von der Zunge.«

Wieder Kopfschütteln.

»Okay, Werner, es ist deine Entscheidung«, gab sich Tannenberg geschlagen. Er räusperte sich ausgiebig. »Du weißt, warum du bei uns bist?«, sagte er eher beiläufig.

Stummes Kopfschütteln.

Mit einem an seinen jungen Kollegen adressierten Nicken läutete der Kommissariatsleiter das altbewährte ›Guter Bulle, böser Bulle‹-Spiel ein.

»Hören Sie sofort auf mit diesem blöden Affentheater«, übernahm nun Schauß die Gesprächsführung. »Oder wollen Sie uns allen Ernstes weismachen, dass Sie nicht wissen, *was,* oder besser gesagt, *wer* sich in Ihrer Tiefkühltruhe befindet?«

Der Briefträger schwieg eisern weiter. Während er an seinem linken Daumen herumknabberte, bohrten seine Augen Löcher in die Tischplatte.

Kommissar Schauß donnerte mit der flachen Hand so fest auf den Tisch, dass selbst Tannenberg zusammenzuckte, obwohl er den Schlag erwartet hatte.

»Es handelt sich dabei um Ihre Mutter, falls Sie das vergessen haben sollten, Herr Kollmenter. Ihre Mutter!«, brüllte Michael Schauß. »Sie haben Ihre Mutter ermordet und anschließend die arme Frau wie eine frisch geschlachtete Schweinehälfte in Ihrer Gefriertruhe abgelegt.«

Der völlig paralysierte Briefträger schlug die Hände vors Gesicht und weinte wie ein Schlosshund. »Ich habe sie nicht umgebracht«, beteuerte er mit tränenerstickter Stimme. »Das müssen Sie mir glauben.«

Der sehnige, durchtrainierte Kommissar schoss in die Höhe und stemmte sich mit den Handflächen auf den Tisch, sodass sein Gesicht kaum mehr als eine Handbreit von Kollmenters Kopf entfernt war.

»*Wir* müssen Ihnen überhaupt nichts glauben«, blökte er mit sich überschlagender Stimme. »*Sie* müssen uns davon überzeugen, dass Sie Ihre Mutter nicht ermordet haben. Wenn das überhaupt stimmt.«

Kollmenter riss den Kopf hoch und blickte Tannenberg mit feuchten, geröteten Augen hilfesuchend an. »Wolf, ich hab ihr nichts getan, wirklich nicht. Sie war doch meine Mutter. Bitte glaub wenigstens du mir«, flehte er.

»Deine Mutter ist also eines natürlichen Todes gestorben?«, übernahm der Leiter des K 1 nun wieder und spielte routiniert den Part des einfühlsamen, wohlwollenden Ermittlers.

»Ja«, kam es gedehnt zurück. »Als ich sie am dritten Advent zum Frühstück wecken wollte, lag sie tot in ihrem Bett. Sie ist friedlich eingeschlafen und morgens einfach nicht mehr wachgeworden.«

»Ein schöner Tod«, meinte Tannenberg und warf dem Rechtsmediziner einen Blick zu. »Okay, Werner, diese Frage werden wir durch die Obduktion endgültig klären können.«

»Es war wirklich so«, jammerte der Briefträger und machte eine beschwörende Geste. »Das musst du mir glauben, Wolf, bitte.«

»Ich glaub's dir ja, Werner.«

»Danke, Wolf, danke«, schluchzte Kollmenter.

»Dann liegt Ihre Mutter also bereits ein gutes Dreivierteljahr bei Ihnen zu Hause im Keller in der Gefriertruhe«, sagte Michael Schauß und schüttelte grunzend den Kopf. »Sachen gibt's.«

»Ach, jetzt verstehe ich«, stieß Tannenberg plötzlich aus und tippte sich an die Stirn. »Die Geschichte von dem Umzug deiner Mutter zu ihrer Schwester ins Allgäu, die damals im Musikerviertel herumgeisterte, hast du frei erfunden.«

Kollmenter nickte und zog geräuschvoll die Nase hoch. Dr. Schönthaler reichte ihm ein Papiertaschentuch, das der Briefträger schniefend entgegennahm.

»Und warum haben Sie nicht sofort einen Arzt verständigt, als Sie Ihre Mutter tot aufgefunden haben?«, wollte Schauß wissen. »Solch ein Verhalten soll in unseren Breiten ja durchaus üblich sein.«

»Na ja, ähm, na ja«, druckste Kollmenter herum. Als hätte er Juckpulver zwischen den Pobacken, rutschte er unruhig auf seinem Stuhl hin und her.

Kommissar Schauß blickte seinem Gegenüber derart intensiv in die Augen, als wollte er in ihnen die Antwort lesen.

»Na ja«, wiederholte er Kollmenters Bemerkung und machte anschließend eine anfeuernde Geste. »›Na ja‹ reicht uns nicht! Also raus mit der Sprache. Wir wollen es von Ihnen selbst hören.«

Werner Kollmenter atmete schwer. Er schluckte noch einmal trocken und erklärte mit zerknitterter Miene: »Na ja, ich konnte doch auf Mutters Witwenrente nicht verzichten. Wissen Sie, mein Vater hat sein Leben lang hart bei der Firma Pfaff gearbeitet und eine gute Rente kassiert.« Der Postbeamte räusperte sich und fügte mit Nachdruck an: »Die er ja auch wirklich verdient hatte!«

»Er schon, aber nicht Sie«, konnte sich Dr. Schönthaler nicht verkneifen.

Tannenberg warf ihm einen giftigen Blick zu und spulte das Band zurück. Nachdem er die richtige Stelle gefunden hatte, drückte er die Aufnahmetaste.

»So, Werner, es ging dir also um die Rente deiner Mutter, wenn ich dich richtig verstanden habe«, fasste der Chef-Ermittler zusammen.

»Ja«, kam es Kollmenter gequält über die Lippen. »Es wäre doch jammerschade um die viele Kohle gewesen.« Er machte eine entschuldigende Geste. »Ich brauche das Geld für meine Expeditionen. Die sind doch so schweineteuer, Wolf. Wie soll ich die denn nun finanzieren?«

»Das dürfte zurzeit wohl Ihr geringstes Problem sein, mein lieber Herr Kollmenter«, bemerkte Michael Schauß mit unverhohlener Schadenfreude. »Auch wenn Ihre

Story stimmen sollte und Sie tatsächlich Ihre Mutter nicht ermordet haben, kommen auf Sie natürlich alle möglichen Anzeigen wegen Versicherungsbetrugs, Verstoß gegen das Bestattungsgesetz und so weiter zu.«

»Muss ich dann ins Gefängnis, Wolf?«, fragte Kollmenter, wobei sich sein leerer Blick langsam an Tannenbergs Hemd emporarbeitete.

»Wenn du nicht noch mehr Dreck am Stecken hast, denke ich, dass du diese Sache mit einem blauen Auge überstehen wirst.«

»Wirklich?«

»Ja, ich denke schon. Du musst natürlich mit einer beträchtlichen finanziellen Belastung rechnen. Die widerrechtlich von dir einbehaltenen Rentenzahlungen summieren sich. Dazu kommt selbstverständlich eine saftige Geldstrafe. Und nicht zu vergessen, die Bestattungskosten für deine Mutter. Die sind auch ganz schön happig.«

Kollmenter seufzte tief. »Dann kann ich mir meine Expeditionen wohl endgültig abschminken.«

»Nicht unbedingt«, meinte Dr. Schönthaler und erntete damit einen hoffnungsvollen Blick. »Sie müssen einfach nur umdisponieren: Anstatt im brasilianischen Urwald führen Sie eben in Zukunft Ihre Expeditionen im Pfälzer Wald durch. Da findet sich garantiert auch die eine oder andere Spinne oder Zecke. Zecken gehören doch auch zu den Spinnentieren, nicht wahr?«

Der Briefträger nickte.

»Hast du das gewusst, Wolf?«

Tannenberg schüttelte den Kopf.

»Dann denk gefälligst dran, wenn du Kurt das nächste Mal die vollgesaugten Zecken aus der Haut herausziehst.«

Sein Freund drückte die Stopptaste und ließ erneut das Rekorderband zurücklaufen. Während das surrende Geräusch ertönte, vibrierte Tannenbergs Handy. Er stand auf, entfernte sich einige Schritte und hielt sich das Mobiltelefon ans Ohr.

»Okay, Karl, bleib dran, ich frag ihn gleich«, sagte er zu dem Anrufer. Er wandte sich zu Kollmenter um. »Werner, die Jungs von der Spurensicherung brauchen das Passwort für deinen Computer.«

»Hildegard«, erwiderte der Briefträger in ungewöhnlich hoher Stimmlage. »So heißt meine Mutter.« Wimmernd vergrub er sein Gesicht unter den Handflächen. »Oh Gott, oh Gott«, zerfloss er regelrecht vor Selbstmitleid.

»Ich bin sehr gespannt, ob Sie nicht vielleicht doch noch ein paar andere Leichen im Keller haben«, versetzte Michael Schauß, ohne jeglichen Anklang von Mitgefühl.

»Nee, das hab ich nicht«, konterte Kollmenter trotzig. »Eine reicht mir. Das können Sie mir wirklich glauben.« Er schnaufte erleichtert durch. »Ach, irgendwie bin ich auch froh, dass alles vorüber ist. Vor allem diese unerträglichen Albträume, in denen Mutter nachts aus der Truhe steigt und mich erwürgt. Die waren so fürchterlich. Vielleicht bin ich die ja nun endgültig los.«

»Hoffentlich nicht«, grummelte Schauß. »Die haben Sie sich nämlich mehr als verdient.«

Tannenbergs Handy machte sich erneut bemerkbar.

»Kurzer Zwischenbericht«, verkündete Karl Mertel: »Bei einem Schnelldurchgang haben wir bislang keinen einzigen Hinweis entdeckt, dass Kollmenter irgendetwas mit den Entführungen zu tun haben könnte. Aber wir stellen das ganze Haus jetzt gleich noch einmal intensiv auf den Kopf.«

Wolfram Tannenberg ging zum Fenster und blickte hinunter auf den mit parkenden Autos vollgestopften Pfaffplatz. »Und in seinem Computer?«, raunte er hinter vorgehaltener Hand.

»Auf den ersten Blick ist da nichts Außergewöhnliches, außer eben diesem ekligen Spinnenzeug«, versetzte der Spurenexperte. »Aber auch das ist nur eine erste, vorläufige Einschätzung. Wir nehmen die Festplatte mit ins Labor und schauen sie uns in aller Ruhe an.«

»Alles klar«, sagte er Leiter des K 1 und schlurfte zurück zum Tisch. »So, Werner, wir sind fertig«, verkündete er. »Du kannst gehen.«

Kollmenter war sichtlich überrascht. »Wirklich?«, fragte er ungläubig. »Ihr lasst mich gehen? Ich bin also nicht verhaftet?«

»Nein, nein«, entgegnete Tannenberg. »Wir können schließlich nicht jeden einbuchten, nur weil er zu Hause ein paar Spinnen herumkrabbeln lässt. Wegen der Sache mit deiner Mutter kommt natürlich noch einiges auf dich zu. Dafür sind wir jedoch nicht mehr zuständig.«

Der Postbote nickte mit zusammengekniffenen Lippen.

»Die Kollegen werden dich aber auch nicht einbuchten, schließlich hast du ja einen festen Wohnsitz«, fuhr der Chef-Ermittler fort. »Und Fluchtgefahr besteht bei dir wohl auch nicht. Allein schon deshalb nicht, weil du deine Mutter beerdigen musst.«

Kollmenter schnäuzte sich die Nase. »Sie bekommt ihre letzte Ruhestätte im Waldfriedhof, und zwar im Doppelgrab neben meinem Vater. Das hat sie sich so sehr gewünscht.« Er schluchzte auf. »Und das habe ich ihr versprechen müssen. Einen Tag vor ihrem Tod haben wir noch darüber gesprochen. So als ob sie es geahnt hätte.«

»Ja, ich glaube, viele alte Menschen spüren, wann der Zeitpunkt ihres Todes gekommen ist«, sagte Tannenberg.

Traurig dachte er daran, dass er seine eigenen Eltern eines nicht mehr allzu fernen Tages würde begraben müssen. Er verdrängte diesen fürchterlichen Gedanken und wandte sich wieder Kollmenter zu.

»Okay, Werner, dann findet alles ja doch noch ein einigermaßen zufriedenstellendes Ende. Ich denke, für dich wird es nun Zeit, die restlichen Briefe auszutragen. Das halbe Musikerviertel wartet auf dich. Deine Satteltaschen sind noch bei uns im Auto. Mein Kollege fährt dich zur Hauptpost zu deinem Fahrrad.«

Werner Kollmenter griff Tannenbergs Hand und schüttelte sie fest. »Danke, Wolf, vielen Dank.«

Ohne einen weiteren Kommentar abzugeben, begleiteten die Kriminalbeamten den merklich erleichterten Mann ins Vorzimmer des K 1, wo ihm plötzlich ein schwarz-gelb gewandeter Kollege gegenüberstand.

»Was machst du denn hier, Werner?«, fragte der andere Postbeamte.

»Ich, ähm …«

»Er hat uns einen wichtigen Brief überbracht«, sprang Tannenberg dem verdutzten Kollmenter zur Seite.

»Das tue ich auch gerade«, erklärte dessen Kollege und wedelte mit einem braunen Kuvert. »Ein an Hauptkommissar Wolfram Tannenberg persönlich adressiertes Express-Einschreiben.« Wie ein balzender Auerhahn streckte er die Brust heraus und tönte: »Extrem schnell zugestellt von mir, der schnellen Eingreiftruppe der Kaiserslauterer Post.«

Der Leiter des K 1 streifte Latexhandschuhe über und nahm den Umschlag entgegen.

»Sind Sie immer so vorsichtig, wenn Sie einen Brief erhalten?«, scherzte der Postbeamte. Er schob die Unterlippe vor und zeigte auf das DIN-A5-Kuvert. »Allerdings ist der Absendername nicht zu entziffern. Nur die 67661 als Postleitzahl. Und die Straße ist auch unleserlich und höchstens zu erraten. Vielleicht Medicusstraße?«

»Ist schon okay«, sagte Tannenberg und kritzelte seine Unterschrift auf die Empfangsbestätigung.

»Na, das kann aber auch keiner lesen«, kommentierte der Besucher.

»Vielen Dank, dass Sie uns den Brief so superschnell vorbeigebracht haben«, versetzte Kommissar Schauß und schob den Postboten sanft in Richtung Tür.

»Keine Ursache, das ist schließlich der Sinn eines Express-Einschreibens.«

Wolfram Tannenberg hielt Kollmenter, der offensichtlich seinen Kollegen begleiten wollte, am Ärmel fest. »Bleib du bitte noch einen Moment hier. Vielleicht benötigen wir deine Hilfe noch einmal«, flüsterte er ihm zu. Dann ging er zu seiner Sekretärin und borgte sich eine Schere aus.

»Sollte den nicht besser Karl öffnen?«, monierte Schauß.

»Quatsch!«, fauchte sein Vorgesetzter und wischte den Einwand mit einer energischen Geste beiseite. »Bei den anderen Briefen haben die Dreckschnüffler schließlich auch nichts entdeckt, was uns weiterbringt. Die Fingerspuren, die sich auf *beiden* Kuverts befanden, stammen von Werner und mir. Außerdem hat dieser Brief hier ein kleineres Format als die anderen.«

Vorsichtig tastet er auf dem Papier herum. »Und der Inhalt fühlt sich ganz anders an. Der ist flach und nicht reliefartig wie bei den aufgeklebten Spinnennetzen.«

»Vielleicht ist er ja gar nicht vom Entführer«, spekulierte der Rechtsmediziner.

Tannenberg setzte sich an den Besuchertisch, stach mit der Scherenspitze in eine Kuvertecke und schnitt die Lasche auf. Er schaute kurz in die Öffnung hinein, dann pickte er mit spitzen Fingern eine CD-Hülle heraus. Zur Sicherheit stellte er den Umschlag auf den Kopf, doch außer der CD befand sich nichts in dem Kuvert. Er schob es zur Seite und klappte den Plastikdeckel der CD-Hülle auf.

»Sieht aus wie eine ganz normale, unbeschriftete 700-MB-CD«, sagte Michael Schauß. »Bin sehr gespannt, was da drauf ist.«

»Das werden wir gleich erfahren«, meinte Tannenberg und ging zu Petra Flockerzies Schreibtisch. In weiser Voraussicht hatte die Sekretärin bereits das CD-Fach ihres Computers ausfahren lassen. Ihr Chef legte die silberne Scheibe ein.

»Mensch, dauert das lange«, schimpfte Kommissar Schauß.

»Auch nicht länger als an deinem Computer«, konterte Petra Flockerzie.

»Vier Bilddateien«, sagte Dr. Schönthaler.

Die Sekretärin klickte auf das erste gelbe Rechteck, woraufhin ein weiblicher Oberschenkel den gesamten Flachbildschirm ausfüllte, in den ein Spinnennetz eingraviert war. Darüber prangte in blutverkrusteten Lettern ›Natalie Himmer‹.

»Diese perverse Drecksau«, zischte Michael Schauß.

»Das ist mit hoher Wahrscheinlichkeit der Name seines neuen Opfers«, schlussfolgerte Tannenberg. »In der Zentrale ist in der Zwischenzeit keine weitere Vermisstenmeldung eingegangen, Flocke, oder?«

Petra Flockerzie hielt die Hand vor den Mund, so als wolle sie das Herunterklappen ihres Unterkiefers verhindert. Mechanisch schüttelte sie den Kopf. Zu mehr war sie gegenwärtig nicht in der Lage.

»Warum erhöht dieser Geisteskranke immer weiter den Zeitdruck?«, murmelte ihr Vorgesetzter vor sich hin.

»Vielleicht, weil er zum Ende kommen will?«, bemerkte der Rechtsmediziner trocken.

»Was für ein Wahnsinn, was für ein Wahnsinn«, brabbelte der Leiter des K 1.

Mit beiden Händen fuhr Tannenberg durch seine Haare. Er holte tief Luft und bat die Sekretärin, die nächste Datei zu öffnen.

Seine korpulente Mitarbeiterin war nach wie vor so geschockt, dass sie die Anweisung erst mit einer kurzen Verzögerung befolgte. Ein aufgeklebtes Spinnennetz war nun auf dem Monitor zu sehen, das mit drei gleichgroßen, um das Zentrum des Netzes herumgruppierten schwarzen Plastikmücken besetzt war.

»Also ist diese Natalie Himmer sein drittes Opfer«, sagte Wolfram Tannenberg eher zu sich selbst. »Weiter«, forderte er laut.

»Das gibt's doch gar nicht«, stieß Dr. Schönthaler entgeistert aus, als das nächste Bild sich öffnete. »Der Sauhund hat die armen Frauen in ein riesiges Spinnennetz hineingehängt.«

»Wo könnte das wohl sein?«, fragte Tannenberg.

»Ein großer Kellerraum? Eine Lagerhalle?«, meinte Schauß.

»Oder ein alter Bunker vielleicht?«, beteiligte sich Petra Flockerzie. »Oder irgendwo in der Kanalisation.«

»Du hast wohl zu viele Edgar-Wallace-Filme gesehen.

Das Gasthaus an der Themse lässt grüßen«, spottete der Rechtsmediziner.

»Das Foto könnte auch in einem ehemaligen Kampfjet-Hangar aufgenommen sein«, spekulierte Tannenberg. »Auf dem ehemaligen Sembacher Militärflugplatz stehen immer noch unzählige dieser alten Betongaragen herum.« Sein hektischer Blick huschte zur Bahnhofsuhr, die schräg gegenüber an der Wand hing. »Wir müssen so schnell wie möglich rauskriegen, wo die Fotos aufgenommen wurden.«

»Vierte Datei, Chef?«, fragte seine Sekretärin mit leiser Stimme.

»Ja, klar, mach mal.«

Petra Flockerzie tat, wie ihr geheißen.

»Ach du Scheiße«, zischte Werner Kollmenter. »Fünf Sydney-Trichterspinnen, auch Atrax robustus genannt.«

»Und was ist mit denen?«, wollte Schauß wissen.

»An diese sehr gefährliche, hochgiftige Spinne wagen sich selbst erfahrene Züchter nur selten heran. Ich zum Beispiel besitze kein einziges Exemplar und habe auch noch nie eines besessen. Bei dieser aggressiven Spezies muss man höllisch aufpassen, dass man nicht gebissen wird, denn bereits ein einziger Biss kann für einen Menschen tödlich sein. Und das da sind ja gleich fünf.«

Kollmenter hustete kräftig und ergänzte: »Da will wohl einer ganz auf Nummer sicher gehen.«

Gut eine halbe Minute lang herrschte bleierne Stille im Vorraum des K 1. Außer ab und an einem Stoßseufzer und dem Ticken der Bahnhofsuhr war nur das periphere Rauschen des Straßenverkehrs zu hören.

»Okay, Werner, vielen Dank für deine Hilfe«, brach Tannenberg als Erster das Schweigen. Er reichte Kollmenter die Hand und verabschiedete sich von ihm. »Und kein Wort zu irgendjemandem über unsere Ermittlungen. Wenn wir noch Fragen haben, melden wir uns bei dir. Ich weiß ja, wo du wohnst.«

Der Briefträger verstand den Wink mit dem Zaunpfahl. »Dann mache ich mich mal auf die Socken«, sagte er und ging zur Tür.

»Sei so gut und lass dich von einer Streife zur Hauptpost fahren«, rief ihm Tannenberg nach. »Meinen Kollegen brauche ich jetzt hier. Und vergiss die Satteltaschen nicht. Sie sind im Kofferraum unseres Autos. Der Beamte in der Loge soll sie dir rausholen.«

Nachdem Werner Kollmenter das K 1 verlassen hatte, telefonierte der Chef-Ermittler mit Sabrina Schauß. Seine Mitarbeiterin befragte in einem Büroraum der Universität gerade einen Wissenschaftler, der innerhalb des Fachbereichs Biologie als Spinnenexperte galt. Sie versprach, sich sofort nach Beendigung des Gesprächs bei ihm zu melden.

Tannenberg trottete zum Fenster und schaute noch einmal hinunter zum Pfaffplatz, wo in diesem Augenblick an der Haltestelle Fahrgäste in einen Gelenkbus einstiegen. Sein Blick schwebte zu einer Plakatwand, auf der eine Versicherung mit dem Slogan ›Optimale Rundum-Sicherheit‹ für ihre Produkte warb. Vor jedem Unterpunkt einer Checkliste leuchtete ein dickes rotes Kreuz.

In seinem pulsierenden Hirn tauchte plötzlich eine Assoziation auf. Er hechtete zu seiner Sekretärin. Petra Flockerzie telefonierte gerade mit dem Einwohnermeldeamt, um Natalie Himmers Adresse zu ermitteln.

Rücksichtslos zwängte er sich zwischen sie und die Kante ihres Schreibtischs. Dann schnappte er sich die Computermaus und öffnete die dritte Bilddatei. Mit dem

Rollrädchen vergrößerte er das Zentrum des überdimensionierten Spinnennetzes.

»Was hat bloß dieses kleine rote Kreuz neben dem großen zu bedeuten?«, rief er lauthals in den Raum.

Seine Kollegen eilten zu ihm. »Das ist mir vorhin gar nicht aufgefallen«, bemerkte Dr. Schönthaler.

»Mir auch nicht«, pflichtete Michael Schauß bei.

»Eine besonders kleine Frau?«, spekulierte Petra Flockerzie, die inzwischen den Hörer aufgelegt hatte. »Oder vielleicht ein Kind?«

Durch Tannenbergs Körper peitschte ein stromschlagartiger Schmerz. »Emma!«, stieß er wie von Sinnen aus. »Emma und Marieke! Marieke ist das große Kreuz und Emma das kleine!«

Um ihn herum erstarrten die Gesichter zu regungslosen Masken. Die Zeit schien für einen Moment stillzustehen.

»Jetzt wird mir alles klar«, legte Tannenberg nach. »Diese perverse Drecksau hatte es von vornherein auf die beiden abgesehen. Deshalb auch der Einbruch ausgerechnet bei Marieke, die Verabredungen mit den entführten Frauen über Mariekes Netzwerkzugang und und und.«

»Aber warum ausgerechnet die beiden?«, keuchte Petra Flockerzie. Aus ihrem sonst rosigen Gesicht war sämtliche Farbe gewichen.

Tannenberg hörte die Frage nicht. »Wo ist Emma?«, brüllte er. Seine Magengegend war nur noch ein einziger schmerzhafter Klumpen. »Such mir sofort die Nummer der Kita am Stadtpark raus«, befahl er in Kasernenhofton. »Quatsch, das dauert zu lange. Ich fahr selbst hin«, korrigierte er sich.

»Nein, Wolf, ich fahre«, sagte Michael Schauß in einem

Ton, der keinen Widerspruch duldete. »Du baust mir sonst noch einen Unfall.«

»Okay.« Tannenberg nickte und zog seine Jacke vom Stuhl.

Die beiden Ermittler stürmten die Treppe hinunter. Schauß verschwand kurz in der Pförtnerloge, wo er sich den Schlüssel für den Dienst-Mercedes besorgte.

»Los, mach, mach, mach«, feuerte Tannenberg seinen herbeieilenden Kollegen vom Parkplatz aus an.

»Wolf, duck dich lieber runter, damit keiner dieser Aasgeier auf uns aufmerksam wird«, empfahl der junge Kommissar.

Tannenberg befolgte den Rat und kauerte so lange im Fußraum vor dem Beifahrersitz, bis ihm Schauß nach der nächsten Straßenecke Entwarnung gab. Als Tannenberg wieder seinen Platz eingenommen hatte, war das Ziel schon fast erreicht.

Hupend verscheuchte sein Mitarbeiter zwei ältere Männer, die am Stadtpark halb auf der Straße standen. Wütend protestierten die Rentner und schwangen dem Verkehrsrowdy ihre Fäuste hinterher.

Direkt vor dem schmiedeeisernen Tor der Kindertagesstätte bremste Schauß das Zivilfahrzeug scharf ab. Noch bevor es mit quietschenden Reifen zum Stillstand kam, riss sein Chef die Tür auf und sprang aus dem Auto. Er rannte durch das Kindergartengelände und dann die Sandsteintreppe empor.

Sein hektischer Blick huschte durch den Flur, in dem an niedrigen Garderoben unzählige Kinderjacken hingen und winzige Schuhe herumstanden. Als er endlich die Aufschrift ›Leiterin‹ an einer Tür entdeckte, stürmte er, ohne anzuklopfen, in das Büro.

»Wo ist Emma?«, schnauzte er die völlig konsternierte Erzieherin an.

Die Frau fuhr hinter ihrem Schreibtisch erschrocken zusammen. »Was?«, fragte sie irritiert. »Wer sind Sie überhaupt?«

»Beantworten Sie sofort meine Frage!«

Die Leiterin hatte ihren Schock schnell überwunden und griff nach dem Telefonhörer. »Entweder Sie benehmen sich auf der Stelle wie ein zivilisierter Mensch oder ich verständige die Polizei.«

Endlich kam Tannenberg wieder zur Besinnung. »Brauchen Sie nicht, die ist schon da«, verkündete er. Der Kriminalbeamte zeigte seinen Dienstausweis. »Ich suche dringend Emma Tannenberg. Ist sie hier?«

»Also vor einer guten Viertelstunde war sie in der Löwengruppe und hat dort in der Puppenecke gespielt.«

»Löwengruppe? Wo ist das?«

»Von hier aus die dritte Tür rechts. Warten Sie, ich bringe Sie hin.«

Doch Tannenberg wartete nicht. Er hastete durch den Flur und riss eine Tür auf, die mit Löwenfotos und Kinderzeichnungen beklebt war. Mit flackerndem Blick schaute er sich um, konnte Mariekes Tochter aber nirgendwo entdecken.

»Wo ist Emma?«, blaffte er einer Erzieherin entgegen, die auf einer Couch saß und ihn entgeistert anstarrte. Sie hatte bis eben aus einem Bilderbuch vorgelesen. Auf ihrem Schoß saßen zwei kleine Mädchen, die nun das Gesicht verzogen und bitterlich zu weinen begannen. Sogleich stimmten die anderen Kleinen auf der Couch mit ein.

»Entschuldigung, Entschuldigung«, stammelte Tannenberg und verzog das Gesicht. »Ich suche doch bloß unsere Emma.«

»Das geht schon klar. Der Herr ist von der Kriminalpolizei«, erklärte die Leiterin ihrer eingeschüchterten Kollegin. »Weißt du, wo sie ist?«

»Emma macht gerade einen Besuch bei ihrer Freundin Paula in der Bibergruppe.«

Sanft berührte die Leiterin Tannenbergs Oberarm. »Kommen Sie mit, ich zeig Ihnen, wo das ist. Die Bibergruppe befindet sich eine Etage höher.«

Die Mittvierzigerin vermochte dem aufgedrehten Kriminalbeamten kaum zu folgen, als dieser jeweils zwei Treppenstufen auf einmal nahm. Die hellen Kinderstimmchen wiesen ihm den Weg.

»Hallo, Wooolf«, rief Emma freudig aus, als sie ihn im Türrahmen auftauchen sah.

Tannenberg rannte auf sie zu, schnappte sich die Kleine und drückte sie so fest an sich, dass eine der anwesenden Erzieherinnen aufsprang und ihm geistesgegenwärtig in den Arm griff. Er lockerte sofort die Umklammerung.

»Ich bin so froh, dass ich dich gefunden habe«, schniefte er mit Tränen in den Augen und gab ihr einen Kuss auf die Wange.

»Warum weinst du denn?«, fragte das blonde Lockenköpfchen mit großen Augen.

»Weil ich so unheimlich glücklich bin, dass es dir gut geht.«

Kommissar Schauß, der die ganze Zeit über den Aktionismus seines Vorgesetzten wie ein Statist begleitet hatte, zuckte mit den Schultern, als die beiden Erzieherinnen ihm und der Leiterin fragende Blicke zuwarfen.

Tannenberg setzte den kleinen Sonnenschein der Familie wieder auf dem Boden ab und streichelte Emma zärtlich über den Kopf.

»Emma, kooomm, deine Babys haben Duuuurst«, rief ein etwa gleichaltriges Mädchen mit langen braunen Zöpfen. In ihrer Hand schwenkte sie eine Nuckelflasche in Miniaturformat.

»Spiel ruhig weiter, mein Schatz, ich wollte nur nachschauen, ob du auch wirklich hier bist«, erklärte der Kriminalbeamte.

»Mama kommt schon«, rief Emma in die Puppenecke und winkte ihrem Großonkel über die Schulter zu.

Ohne nähere Angabe von Gründen bat Wolfram Tannenberg die Leiterin inständig darum, Emma nicht aus den Augen zu lassen. Er versprach, sich sofort darum zu kümmern, dass sie so bald wie möglich von ihrer Mutter oder einem anderen engen Familienangehörigen abgeholt werden würde.

»Mensch, Michael«, seufzte Tannenberg erleichtert, als die beiden Ermittler wieder in ihrem Wagen saßen. »Bin ich froh, dass dieser elende Sauhund Emma nicht entführt hat. Dieser Scheißfall geht mir total an die Nieren. Ich glaube, ich leide inzwischen unter Paranoia.«

Schauß räusperte sich und blickte verlegen drein.

»Was ist los mit dir? Welche Laus ist dir denn über die Leber gelaufen?«

Sein Mitarbeiter antwortete nicht, sondern atmete schwer.

»Freust du dich denn gar nicht, dass meine Wahnsinnsangst offenbar unbegründet war?«, fragte Tannenberg. »Emma geht es gut und das ist die Hauptsache. Bis wir diesen perversen Drecksack gefasst haben, wird unsere Familie sie bewachen wie einen Goldschatz. Das ist die süße, kleine Emma nämlich.«

»Doch, natürlich freue ich mich mit dir«, sagte Schauß. Er schluckte hart. Irgendetwas bedrückte ihn.

»Aber?«, bohrte sein Vorgesetzter nach.

»Vielleicht leidest du ja doch nicht unter Paranoia«, kam es dem jungen Kommissar gepresst über die Lippen.

»Wieso?«

»Es gibt leider noch eine andere Möglichkeit für das kleine Kreuz und Marieke …« Den Rest ließ er unausgesprochen.

Doch Tannenberg vollendete den Satz in Gedanken. Die Erkenntnis traf ihn wie ein eisiger Blitz. Er hatte das Gefühl, dass ihm das Blut in den Adern gefror und sein Herz stehen blieb.

»Ach du Scheiße«, keuchte er. Plötzlich hatte er keine Spucke mehr im Mund. Hechelnd griff er sich an die Kehle, hatte Angst zu ersticken. »Du glaubst, dass …, dass das … kleine Kreuz … Mariekes … ungeborenes Kind … sein könnte?«

Schauß nickte in Zeitlupentempo.

Wolfram Tannenberg schlug die Hände vors Gesicht. »Oh mein Gott.«

»Weißt du, wo Marieke jetzt gerade ist?«

»Nein«, gab Tannenberg zurück.

Der Leiter des K 1 fischte sein Handy aus der Jacke, doch seine Hand zitterte so sehr, dass es ihm entglitt und in den Fußraum fiel. Er hob es auf und suchte im Adressbuch nach Mariekes Nummer. Dann drückte er auf die grüne Taste und lauschte dem Rufton.

»Verdammt, nur die Mailbox«, fluchte er und warf seinem Kollegen einen verzweifelten Blick zu.

»Probier die Festnetznummern bei euch zu Hause«, brachte Kommissar Schauß eine andere Möglichkeit ins Spiel.

Tannenberg arbeitete nacheinander die eingespeicherten

Telefonnummern ab. Zwar meldeten sich sowohl Mariekes Ehemann Max als auch ihre Mutter Betty sowie Jacob. Doch Marieke war in keiner der tannenbergschen Wohnungen anwesend. Max erzählte ihm, dass Marieke vor einer guten halben Stunde das Haus in der Parkstraße verlassen hätte, um zuerst eine Buchhandlung in der Innenstadt aufzusuchen und anschließend Emma in der Kindertagesstätte abzuholen.

»In der Kita ist sie aber bisher nicht aufgetaucht«, verkündete Tannenberg seinem Mitarbeiter, nachdem er das letzte Gespräch beendet hatte. »Gehst du bitte noch mal in die Kita und sagst den Erzieherinnen, dass sich Marieke umgehend bei mir melden soll, wenn sie dort aufkreuzt.«

Schauß erledigte den Auftrag im Sprinttempo und saß höchstens eine Minute später wieder auf dem Fahrersitz. Er hatte gerade die Autotür zugeworfen, als Tannenbergs Handy vibrierte.

»Ach, du bist es, Flocke«, seufzte er enttäuscht.

»Ich hab eben eine E-Mail mit einem weiteren Foto erhalten und sofort an Michaels Smartphone weitergeleitet. Ist er noch bei Ihnen?«

»Ja.«

»Ist das Bild schon da?«

»Nein«, antwortete ihr Chef, doch genau in diesem Augenblick summte das I-Phone des jungen Kommissars.

»Weißt du, wo das ist?«, fragte Schauß, als er das Foto sah.

»Ein Gebäude mit so vielen Graffiti-Schmierereien? Nein, das weiß ich nicht. Leider.«

Michael Schauß hatte eine plötzliche Eingebung. »Aber

ich weiß es«, tönte er. »Ich hab mir diesen Sprayer-Wettbewerb damals mit Sabrina zusammen angeschaut. Das Gebäude gehört zu einem ehemaligen Militärkomplex, der tief im Wald versteckt ist und zwar zwischen dem Hochspeyerer Stich und Enkenbach. Vom Parkplatz oben auf dem Hochspeyerer Stich führt eine Asphaltstraße direkt dorthin.«

»Flocke, bist du noch dran?«, rief Tannenberg in sein Handy.

»Ja, Chef.«

»Gib sofort an alle Streifen einen Fahndungsaufruf nach meiner Nichte Marieke raus. Bevorzugtes Suchgebiet: Innenstadt, Musikerviertel und die Gegend um den Stadtpark. Ihr Foto steht auf meinem Schreibtisch. Und sag den Kollegen, sie sollen mich direkt verständigen, wenn man sie gefunden hat.«

»Mach ich, Chef.«

»Noch was, Flocke: Informier den Doc. Er soll sofort raus zum Parkplatz oben auf dem Hochspeyerer Stich fahren. Und beordere alle verfügbaren Notarztwagen dorthin.«

»Kümmere mich sofort drum, Chef. Und was ist mit dem SEK? Soll ich die nicht besser auch gleich verständigen?«

»SEK? Klar, die Jungs kannst du auch noch alarmieren. Aber bis die dort sind, ist es vielleicht schon zu spät. Diesen irren Typ schaffen wir auch alleine, das ist garantiert ein durchgeknallter Einzeltäter.«

»Was ist denn eigentlich passiert?«

Tannenberg unterbrach das Gespräch mit seiner Sekretärin und drehte sich seinem Mitarbeiter zu. »Und wir zwei holen jetzt Karl ab, den brauchen wir dringend, damit wir dort draußen auch überall reinkommen.«

Schon seit einiger Zeit wurde Kommissar Schauß von Gewissensbissen gemartert.

Sollte er seinem Vorgesetzten und väterlichen Freund offenbaren, was ihm unmittelbar durch den Kopf geschossen war, als er das Foto gesehen hatte?

Oder sollte er seine Angst, dass der geisteskranke Täter sein Werk bereits vollendet haben könnte, weiter verschweigen? Diese Möglichkeit war nicht auszuschließen, denn bislang hatte der Entführer jeden seiner Schritte exakt getimt und seinen menschenverachtenden Plan chronologisch abgearbeitet.

Befand sich Marieke bereits in den Händen des Entführers?

War sie vielleicht sogar schon tot und hing gemeinsam mit den anderen Opfer im Spinnennetz?

Aus Rücksicht auf Tannenberg entschied er sich, diesen furchterregenden Gedanken für sich zu behalten.

Michael Schauß setzte den Blinker und fuhr los.

# 16

Mertel reagierte zunächst alles andere als begeistert, als er bei seiner Arbeit gestört wurde. Doch als Tannenberg in eindringlichen Worten den Ernst der Lage schilderte, packte der Kriminaltechniker ohne zu Murren seine Sachen zusammen und begleitete seine beiden Kollegen.

Während der rasanten Blaulicht- und Sirenenfahrt durch die Barbarossastraße meldete sich Sabrina. Ihr Ehemann schaltete die Innenlautsprecher des Einsatzwagens ein.

»Zuerst habe ich das Alibi des Wissenschaftlers Dr. Balzer überprüft«, erklang Sabrinas Stimme. »Der Mann hat mir zwei Flugtickets präsentiert. Nach seiner Urwald-Expedition ist er vorgestern von Bogota aus nach Rio geflogen und gestern weiter nach Frankfurt.«

»Okay, Sabrina. Hat er dir einen Tipp gegeben, wer dieser irre Spinnenfreak sein könnte?«, wollte ihr Ehemann wissen.

»Dr. Balzer hat lange überlegt und bestimmt fünfmal hintereinander betont, dass er niemanden verdächtigen wolle, aber …«

»Wer?«, brüllte Tannenberg dazwischen.

»Was ist denn mit dir los, Wolf?«, fragte Sabrina irritiert.

»Hast du einen Namen?«, mischte sich Michael wieder ein.

»Ja. Es geht um einen gewissen Carsten Knoll. Er hat hier an der Uni Biologie studiert, hat dann aber nach dem

Vordiplom an die Mainzer Uni gewechselt. Dr. Balzer hat ihn vor ein paar Wochen bei einer Reptilien- und Spinnenbörse getroffen. Er hätte einen ziemlich ungepflegten und verwirrten Eindruck auf ihn gemacht.«

Wieder mischte sich Tannenberg ein. »Hast du eine Beschreibung von diesem Knoll?«

»Leider nur eine vage. Aber Dr. Balzer lässt in der Verwaltung nachschauen, ob die vielleicht noch ein Foto von ihm in den Unterlagen haben. Er ist Mitte 20, mindestens einen Meter 90 groß, von kräftiger Statur. Vor ein paar Wochen trug er einen Vollbart.«

»Na, das ist doch schon mal was«, kommentierte Tannenberg.

»Noch etwas Interessantes, Wolf«, schob die junge Kommissarin hinterher. »Carsten Knoll hat angeblich eine auffällige Tätowierung auf dem Handrücken: Eine große schwarze Spinne.«

»Hast du noch mehr über ihn?«, drängte ihr Mann.

»Ja, das Wichtigste habe ich mir bis zum Schluss aufgespart. Vorausgesetzt, mein etwas zerstreut wirkender Wissenschaftler erinnert sich richtig«, erwiderte Sabrina.

»Los, los, sag schon«, forderte der Leiter des K 1. »Jeder Hinweis ist wichtig.«

»Ich habe Dr. Balzer nach Carsten Knolls Freunden gefragt. Darüber könne er nichts sagen, hat er gemeint. Aber Knoll sei sehr zurückhaltend und scheu gewesen. Nur einmal hätte er ihn in einer anderen Verfassung erlebt. Und zwar bei einer Unifete als sturzbetrunkenen Randalierer. Der Grund dafür war wohl gewesen, dass er unsterblich in eine Studentin verliebt war, die sein …«

»In Marieke?«, rief Tannenberg dazwischen.

»Ja, stimmt, Wolf. Woher weißt du das denn schon?«

»Das spielt jetzt keine Rolle, Sabrina, wir müssen Schluss machen«, riss Michael Schauß wieder das Wort an sich.

»Warte, Michael.«

»Was ist denn noch?«

»Dann könnt ihr doch Marieke fragen, wie dieser Knoll aussieht.«

»Nein, das können wir im Moment leider nicht«, erwiderte ihr Ehemann und fügte mit belegter Stimme hinzu. »Sie ist spurlos verschwunden.«

Mit einer Geschwindigkeit von annähernd 150 Kilometer je Stunde brauste der silberne Mercedes den Hochspeyerer Stich hinauf.

»Scheiße«, fluchte Tannenberg, als er freie Sicht auf den Parkplatz hatte. »Noch keiner da.«

»Sollen wir auf sie warten?«, fragte Schauß.

»Nein, es kommt auf jede Sekunde an.«

»Von hier aus finden die es auch ohne uns.« Mit einer senkrechten Armbewegung zerschnitt Michael die Luft und wies in nördliche Richtung. »Zuerst geradeaus und dann einfach zwei, drei Kilometer immer nur der asphaltierten Straße nach.«

Tannenberg drehte sich um. »Karl, ruf Rainer an und sag ihm das! Und dann Flocke, sie soll die NAWs informieren.«

»Die NAW-Fahrer sind so ortskundig, die finden es auch ohne unsere Hilfe«, bemerkte der Kriminaltechniker.

»Trotzdem. Sicher ist sicher«, insistierte Tannenberg.

Das ehemalige Militärgelände lag still und friedlich in der späten Nachmittagssonne. Die zahlreichen Graffiti, welche die Außenwände der Gebäude in eine Freiluft-Galerie verwandelten, waren durch Witterungseinflüsse inzwischen ziemlich verblasst, legten aber immer noch ein beredtes Zeugnis von der Kunstfertigkeit der Sprayer ab.

»Und du bist sicher, dass das Foto hier aufgenommen wurde?«, fragte Tannenberg.

»Ja, das bin ich«, antwortete Michael Schauß.

Der Fahrer verlangsamte die Geschwindigkeit. Blaulicht und Sirene hatte er bereits kurz hinter dem Parkplatz ausgeschaltet. Er steuerte das Zivilfahrzeug in einen Waldweg hinein. Die Kriminalbeamten stiegen aus.

»Kurze Einsatzbesprechung«, sagte Tannenberg. »Wir gehen davon aus, dass sich die Frauen in irgendeinem Kellerraum befinden. Außerdem gehen wir von einem geisteskranken Einzeltäter aus, der zu allem fähig ist. Vielleicht hat er uns eine Falle gestellt.«

Mertel verzog skeptisch das Gesicht. »Du meinst, Sprengfallen oder ähnliches?«, hakte er nach.

»Wir können nichts ausschließen, Karl. Keiner weiß, was uns da drinnen erwartet. Trotzdem müssen wir so schnell wie möglich rein. Vielleicht sind Marieke und die anderen Frauen noch am Leben.«

»Also ich kann mir gut vorstellen, dass dieser Irre schon längst über alle Berge ist. Der sitzt doch nicht da drinnen seelenruhig auf dem Präsentierteller und wartet, bis wir ihn verhaften. Der ist doch nicht wahnsinnig.«

»Doch, genau das ist er«, erwiderte Tannenberg. »Also, dann los.«

Auf dem Weg hinüber zu den Gebäuden drängte sich schon wieder dieser niederschmetternde Gedanke in Michaels Hirn: Egal, ob der Typ noch da ist oder nicht, eines ist ziemlich wahrscheinlich, dachte er. Dieser durchgeknallte Psychopath will uns garantiert ein fertiges Kunstwerk präsentieren, kein unvollendetes. Was womöglich nichts anderes bedeutet, als dass die Frauen bereits tot sind. Sonst hätte er uns nicht ausgerechnet jetzt hierher gelockt.

Mertel hatte das Schloss der Außentür in Windeseile geknackt. Die Kriminalbeamten zogen ihre Waffen und suchten das Verwaltungsgebäude nach einem Zugang ins Untergeschoss ab. Schauß entdeckte diesen erst, als er den Innenhof inspizierte.

Am Fuße des Wachtturms führte eine steile Betontreppe hinunter zu einer schweren Eisentür. Der fingerfertige Spurenexperte wollte sich sofort an die Arbeit machen, doch sie war gar nicht verschlossen. Von den Waffen seiner Kollegen gesichert, drückte er die quietschende Tür nach innen. Der Flur war hell erleuchtet.

»Ich hab's doch gewusst: Dieser Scheißkerl erwartet uns«, zischte Tannenberg.

»Der hat sogar Richtungspfeile auf den Boden gemalt«, bemerkte Schauß. »Damit wir auch ja den Weg finden.«

Die Ermittler gaben sich gegenseitig Feuerschutz und arbeiteten sich Stück für Stück durch den langen Korridor. Der mit roten Pfeilen markierte Weg endete vor einer weiteren massiven Brandschutztür.

Tannenbergs Puls raste wie bei einem Tour-de-France-Fahrer während einer Alpenetappe. Hechelnd leckte er sich die Lippen. Die Angst, dass ihn hinter dieser Tür etwas Unerträgliches erwartete, raubte ihm fast den Verstand.

»Ich geh alleine rein«, entschied er. »Wir dürfen ihn auf keinen Fall provozieren. Stellt euch an die Wand, damit er euch nicht sieht, wenn ich die Tür öffne. Erst wenn ich euch rufe, kommt ihr rein, verstanden?«

Schauß und Mertel setzten zu einem Protest an. Doch

dann warfen sie sich einen Blick zu und nickten brav, während sie sich rechts neben den Türrahmen an die Wand pressten.

Wolfram Tannenberg schnaufte noch einmal kräftig durch, dann legte er die Hand auf die eiskalte Klinke. Zischend stieß er den Atem aus, drückte die Klinke herunter und zog die Tür langsam auf.

»Nur Sie, Tannenberg, sonst niemand«, tönte es ihm entgegen.

»Geht in Ordnung. Ich tue alles, was Sie sagen.«

»Na, das freut mich aber sehr«, höhnte der Spider. »Los, machen Sie endlich die Tür auf«, befahl er in barschem Ton. »Wenn Sie das hier sehen, wollen Sie mir bestimmt gleich um den Hals fallen.«

Zynisches Arschloch, grollte Tannenberg im Stillen.

Mit einem Mal war seine Angst wie weggeblasen. Hass, blanker Hass trat an ihre Stelle. Er legte den Zeigefinger auf den Abzug der Dienstpistole.

Ich mach dich kalt, du Sau, zürnte er tonlos.

Mit der Waffe im Anschlag zog er mit der linken Hand das Türblatt zu sich heran. Blitzschnell hatte er die Situation erfasst. Es war ein Bild, das sein Herz sofort Jubelsprünge vollführen ließ.

Im gleißenden Licht der Neonröhren erkannte er schräg hinter einem Mann, der einen silbernen Revolver auf ihn richtete, ein riesiges Spinnennetz. Das mit einem großen und einem kleinen roten Kreuz markierte Zentrum war leer.

Marieke befand sich also nicht in der Gewalt dieses skrupellosen, brutalen Verbrechers. Doch die grenzenlose Erleichterung über diesen unerwarteten Anblick währte nur kurz, schließlich hingen in den Seilen drei leblose Frauen.

»Da sind Sie jetzt aber heilfroh, nicht wahr?«, tönte der baumlange, kräftige Kerl.

Seine Stimme klang für einen erwachsenen Mann ungewöhnlich hell. Die Fistelstimme passte überhaupt nicht zu seinem äußeren Erscheinungsbild. Tarnanzug, Springerstiefel, olivgrüner Parka sowie Rauschebart und die stechenden, tief in ihren Höhlen liegenden Augen wirkten dagegen wie ein martialischer Kontrast. Der auf Tannenberg gerichtete Revolver tat ein Übriges.

»Sie können mich ruhig Spider nennen«, sagte der Entführer.

»Danke, ich halte mich lieber an Ihren richtigen Namen, mein lieber Herr Carsten Knoll«, konterte der Kriminalbeamte, der inzwischen das auffällige schwarze Spinnen-Tattoo auf dem Handrücken des Mannes entdeckt hatte.

»Wow, Sie haben ja schon meinen richtigen Namen rausgekriegt. Ich hätte nicht gedacht, dass ihr Scheißbullen so schnell seid.«

»Ja, manchmal sind wir das durchaus.«

»Sie wundern sich bestimmt, wieso Marieke nicht hier ist«, fuhr Knoll fort.

»Wieso? Was meinen Sie damit?«, mimte Tannenberg den Unwissenden.

Der Spider zog grunzend die Nase hoch und spuckte den Schleim in Richtung des Kriminalbeamten. »Sie sollte eigentlich das Herzstück meines Kunstwerks werden, die Königin dieser genialen Performance.«

Der Spinnenliebhaber kicherte blechern. »Die wunderschöne Königin mit dem ungeborenen Kind unter dem Herzen. Ein wahrlich verlockendes Opfer.«

»Und, wieso ist meine Nichte nicht hier?«, versuchte Tannenberg das Gespräch in Gang zu halten.

Carsten Knoll seufzte tief. »Tja, Marieke hat leider meinen schönen, perfekten Plan zerstört. Sie hat heute einfach ihren Tagesablauf geändert und ist nicht zur üblichen Uhrzeit dort aufgetaucht, wo der Spider sein Netz gespannt hatte.«

»Sie wollten sie also heute entführen?«

»Erraten.« Carsten Knoll zuckte mit den Schultern. »Nachdem ich Ihnen meinen dritten Brief geschickt hatte, musste ich ja damit rechnen, dass Sie irgendwann kapieren, was, oder besser gesagt, wer mit dem kleinem Kreuz im Zentrum gemeint ist. Ab dann hätten Sie Marieke natürlich nicht mehr aus den Augen gelassen.«

»Aber warum ausgerechnet Marieke?«, wollte Tannenberg wissen.

Knoll lächelte versonnen. »Marieke war das schönste Mädchen an der gesamten Uni. Ich habe sie bewundert, vergöttert, angebetet. Aber diese arrogante, schnippische Kuh hat mich überhaupt nicht wahrgenommen.«

Der Spider schniefte und fuchtelte mit der Waffe herum. »*Sie* war der Grund dafür, weshalb ich nach dem Vordiplom an die Mainzer Uni wechselte.« Sein Gesicht nahm einen extrem leidenden Ausdruck an. »Ich habe diese entwürdigende Situation einfach nicht mehr ertragen. Dass sie mich so eiskalt hat abblitzen lassen, hat mich tief ins Mark getroffen. Und dann auch noch immer dieses demonstrative Herumgeturtel mit ihrem blöden Freund.«

Carsten Knolls Stimme schwoll an. »Diese Scheiß-Marieke, dieses Scheißtraumpaar, diese Scheißtraumfamilie. Diese ganze Scheißidylle wollte ich zerstören, so wie diese Scheißweiber mein Leben zerstört haben.«

»Eine Menge Fäkalienworte auf einmal sind das«, konnte sich Tannenberg nicht verkneifen.

»Ja und?«, brüllte Knoll.

»Und wegen Ihres abgrundtiefen Hasses auf alle Frauen haben Sie diese armen Geschöpfe ...«

»Das sind keine armen Geschöpfe, das sind Schlampen«, polterte Knoll weiter.

Tannenberg ließ sich nicht beeindrucken und vollendete den begonnenen Satz: »... hinter Ihnen entführt und gefesselt an die Wand gehängt. Wie ein Großwildjäger seine Jagdtrophäen.«

»Ja, das sind sie: Die Opfer, die Trophäen des Spiders.«

»Leben die Frauen noch?«

Carsten Knoll grinste unverschämt breit. »Das möchten Sie zu gerne wissen, nicht wahr?«

»Ja, das möchte ich.«

»Soll ich Ihnen mal etwas Interessantes beichten?«

»Gerne.«

Knoll verlagerte sein Gewicht und kratzte sich mit dem Laufende seines Revolvers an der Nase. »Eigentlich hatte ich vor, meine giftigsten Spinnen auf ihnen herumkrabbeln zu lassen. Aber diese hysterischen Hühner hätten garantiert versucht, meine kleinen Lieblinge abzuschütteln. Dadurch wären die Tiere womöglich verletzt worden. Dieses Risiko konnte ich natürlich nicht eingehen. Aber ich habe eine andere Lösung gefunden.«

Er brach ab und schmunzelte herausfordernd.

»Welche?«, fragte der Chef-Ermittler.

Carsten Knoll hob die Brauen an und grinste breit. »Ich habe das Gift meiner Atrax robusta gesammelt ...«

»Der Sydney-Trichterspinne«, warf Tannenberg ein.

»Wow, Respekt, Herr Kommissar, wie ich sehe, haben Sie sich inzwischen kundig gemacht. Spinnen sind wunderbare Gottesgeschöpfe, finden Sie nicht auch?«

»Na ja«, entgegnete Tannenberg. »Also, was haben Sie nun mit dem Spinnengift gemacht?«

»Na, was wohl?«, spottete Knoll. »Ich habe es natürlich den Damen mit einer Spritze in ihre knackigen Oberschenkel injiziert. Mitten hinein in diese wunderschönen Spinnennetze. Haben sie Ihnen eigentlich gefallen?«

»So etwas ist nicht unbedingt mein Geschmack«, erklärte Tannenberg in ruhigem Ton. »Wann haben Sie den Frauen das Gift verabreicht?«

Der Spider kratzte sich mit der freien Hand im Genick. »Tja, wann war das denn nur? Hm, hm, hm. Wann war das nur?«, erklang ein hysterische, geradezu gespenstisches Kichern.

Dann sah Tannenberg plötzlich das Mündungsfeuer des auf ihn gerichteten Revolvers. Reflexartig drehte er sich zur Seite und schoss zurück. Nur Sekundenbruchteile später schlugen die Kugeln seiner herbeigeeilten Kollegen in Carsten Knolls Körper ein. Er wurde nach hinten umgerissen und stürzte wie ein nasser Sack auf den staubigen Betonboden.

Michael Schauß rannte sofort zu ihm hin, kickte den Revolver weg und tastete an Knolls Hals nach einem Pulsschlag. »Er lebt«, schrie er.

In diesem Augenblick stürmten auch schon Dr. Schönthaler und zwei Notärzte in den ehemaligen Bunker. Einer der beiden Mediziner kümmerte sich um den Schwerverletzten, während sein Kollege und der Pathologe zu den Frauen rannten.

Unter den neugierigen Blicken des Notarztes durchsuchte der junge Kommissar Knolls Hosen- und Parkataschen. Er fand den gesuchten Schlüsselbund in der Gesäßtasche des Kampfanzuges.

Während der zweite Notarzt die beiden seitlich hängenden Frauen untersuchte, kletterte Dr. Schönthaler die Leiter hinauf. Mit Knolls Schlüssel entriegelte er die chromfarbenen Handschellen und reichte ihn einem der Rettungssanitäter.

Michael Schauß stützte den sich absenkenden Oberkörper der Frau, während der Pathologe den Beckengurt und anschließend die Fußfesseln löste. Vorsichtig bettete der Kommissar Jessica Hellmann auf den Boden und schob ihr seine Jacke unter den Kopf.

»Leben die Frauen noch?«, fragte Tannenberg mit belegter Stimme.

»Ja, schwacher Puls, aber die Vitalfunktionen sind okay«, antwortete der Notfallmediziner. Zwei Sanitäter hievten Conny Faulhaber auf eine Transportliege.

»Stopp!«, blaffte Dr. Schönthaler. Dann wandte er sich an seinen Freund. »Dieser Irre hat doch eben gesagt, dass er den Frauen das Gift dieser Atrax-Spinne gespritzt hat, oder habe ich mich da verhört?«

»Nein, das hast du nicht«, antwortete Mertel ungefragt.

»Ich hab das auch gehört«, stimmte Schauß zu, wogegen Tannenberg lediglich nickte.

»Durch die Verabreichung des hochkonzentrierten Spinnengiftes haben die Frauen eine Atraxotoxin-Vergiftung erlitten«, dozierte der Rechtsmediziner an seine Kollegen gerichtet.

»Und deshalb müssen sie so schnell wie möglich ins Krankenhaus«, gab der inzwischen mit Natalie Himmer beschäftigte Notarzt scharf zurück. »Damit wir ihnen ein Gegenmittel spritzen können.«

»Nicht nötig, Herr Kollege, das habe ich mir inzwischen schon besorgt.« Während Dr. Schönthaler Glasampullen aus seinem Sakko zauberte, fuhr er fort: »Bereits im Jahre 1981 hat einer unserer australischen Kollegen das passende Gegenmittel entwickelt. Seither muss niemand mehr an dem Gift der Atrax robustus sterben.«

Wolfram Tannenberg war baff. »Woher konntest du denn wissen, welches Gift dieser Verrückte verwenden würde?«

Sein bester Freund lachte. »Antizipation heißt das Zauberwort, mein lieber Wolf. Ich habe mich in den Kopf dieses Irren hineinversetzt und mir überlegt, mit welchem Spinnengift er wahrscheinlich seine Opfer töten wird. Und da war ich ganz schnell bei Atraxotoxin.«

»Die Frauen werden es also schaffen?«, fragte Schauß.

Sowohl Dr. Schönthaler als auch der Notarzt antworteten mit einem stummen Nicken. Dagegen schüttelte der Notarzt, der neben Carsten Knoll kniete und zum dritten Mal erfolglos den Defibrillator auf dem blutgetränkten Oberkörper angesetzt hatte, den Kopf.

»Hier kommt leider jede Hilfe zu spät. Exitus«, verkündete er.

»In seinem Revolver waren nur Platzpatronen«, rief Michael Schauß von der Stelle aus, wo er Knolls Schusswaffe hingekickt hatte.

»Dann war wohl auch dieses Finale Bestandteil seines teuflischen Plans«, sagte Tannenberg kopfschüttelnd. »Er hat es von vornherein darauf angelegt, von uns erschossen zu werden.«

»Als eine Art inszenierter Selbstmord«, meinte Schauß.

»Ja, so sieht es aus«, pflichtete ihm sein Vorgesetzter bei. »Wahrscheinlich, aus Frust darüber, dass er seine makabere Performance nicht zu Ende bringen konnte.«

»Schaut euch mal an, was ich hier gefunden habe«, meldete sich Karl Mertel zu Wort.

Der Kriminaltechniker saß auf dem Boden, den Rücken an die Wand gelehnt. Auf seinen Knien befand sich ein Laptop.

»Der gehört zweifelsfrei Marieke«, behauptete Tannenberg.

»Wieso bist du dir da so sicher?«, fragte sein Freund.

»Er hat dieselbe grelle Farbe wie ihrer. Und dieser große 1. FCK-Aufkleber aus der ›Herzblut-Kampagne‹ auf dem Deckel mit der Originalunterschrift von Stefan Kuntz macht ihn unverwechselbar.«

»Na, dann wird's wohl ihrer sein«, grinste Dr. Schönthaler.

Als sich seine Kollegen näherten, drehte ihnen Mertel den Bildschirm zu. Die Fläche war in vier gleichgroße Felder unterteilt, die Echtzeit-Aufnahmen von Videokameras zeigten, sogar die Betrachter selbst. Mertel wies zur Decke.

»Der hat hier überall Kameras aufgehängt und wusste deshalb auch zu jeder Zeit genau, wann wir wo waren: Draußen am Gebäudeeingang, vor der Kellertür, im Flur und auch hier drinnen. Der hatte wirklich alles detailliert geplant.« Der Spurensicherer kniff die Lippen zusammen. »Bis zum bitteren Ende. Dieser Verrückte hat sogar seinen eigenen Tod aufgenommen.«

»Wahnsinn, Wahnsinn, Wahnsinn«, brabbelte Schauß vor sich hin.

»Ich hab noch etwas anderes entdeckt«, verkündete Mertel und zauberte eine Worddatei auf den Bildschirm.

Testament

Meine Spinnen waren mir immer wichtiger als die Menschen. Im Gegensatz zu ihnen sind meine achtbeinigen Freunde ehrlich, direkt und leicht einzuschätzen. Aus diesem Grund vermache ich hiermit meine wertvolle Spinnensammlung dem Frankfurter Zoo.

gez. Carsten Knoll alias ›Spider‹

# EPILOG

Eine Woche später saßen Jessica Hellmann, Conny Faulhaber und Natalie Himmer im Innenhof der beiden Tannenberghäuser gemeinsam mit der Großfamilie, dem Rechtsmediziner und den Mitarbeitern des K 1 an einer ausladenden Kaffeetafel.

Jede der Frauen hatte zwei leckere Kuchen gebacken. Damit wollten sie sich bei ihren Rettern für die Befreiung aus den Klauen des Psychopathen bedanken. Das reichhaltige Büfett wurde komplettiert durch einen frisch gebackenen Bienenstich, den Margot Tannenberg beigesteuert hatte, und eine Linzertorte, für die Petra Flockerzie verantwortlich zeichnete.

Der gute Geist der Kaiserslauterer Mordkommission hatte sich am Morgen dieses ungewöhnlich milden Herbsttages eine Diätpause verordnet und war nun bereits beim vierten Stück Kuchen angelangt.

Obwohl die Entführungsopfer natürlich von den schrecklichen Ereignissen traumatisiert waren und deshalb mit einer entsprechenden Psychotherapie begonnen hatten, befanden sie sich bereits wieder in einer erstaunlich guten Verfassung.

»Wo warst du denn eigentlich an dem Nachmittag gewesen?«, wollte Jessica von Marieke wissen.

»Du meinst, an *dem* Nachmittag?«

Jessica Hellmann nickte.

»Mein Riesenglück war, dass ich in der Stadt eine alte Freundin getroffen habe, die in den USA lebt und gerade ihre Eltern besuchte. Wir haben uns in ein Straßencafé gesetzt und uns total verquatscht.«

Ein Lächeln umspielte Mariekes volle Lippen. »Und wir hatten uns ja noch lange nicht alles erzählt. Also habe ich eine Bekannte angerufen und sie gebeten, Emma mit nach Hause zu nehmen. Ihre Tochter besucht dieselbe Kitagruppe.«

»Die Löwengruppe«, warf Tannenberg dazwischen.

Marieke schmunzelte und fuhr fort: »Diese Zufallsbegegnung war wohl mein großes Glück.«

Die kleine Emma hatte ihren Namen aufgeschnappt und trottete nun zu ihrer Mutter. Im Schlepptau hatte sie Kurt, der ihr wie stets auf Schritt und Tritt folgte. Vorsichtig legte Emma ihr Ohr auf den prallen Bauch ihrer Mutter und streichelte sanft über die Kugel. Mit der anderen Hand kraulte sie Kurts Zottelkopf, der mit einem wohligen Brummen reagierte.

»Sag mal, Rainer«, polterte Jacob in die friedliche Idylle hinein. »Ist die alte Kollmenter nun eines natürlichen Todes gestorben oder hat der Werner doch ein bisschen nachgeholfen?«

»Nein, er hat sich in dieser Hinsicht nichts zu Schulden kommen lassen«, antwortete der Rechtsmediziner.

»Gott sei Dank, ich habe nämlich überhaupt keine Lust auf einen neuen Briefträger. Auf einmal schicken die noch so ein junges, gackerndes Ding mit Ringen in Nase, Ohren und was weiß ich, wo sonst noch, zu uns ins Musikerviertel.«

Die Entführungsopfer warfen sich irritierte Blicke zu. Tannenberg waren die lockeren Sprüche seines Vaters ziemlich peinlich, deshalb wechselte er schnell das Thema.

»Habt ihr eigentlich schon einen Namen für euer Kind?«, fragte er seine Nichte.

»Wie wär's mit Wolfram?«, schlug Michael Schauß grinsend vor.

Dr. Schönthaler schlug die Hände über dem Kopf zusammen: »Um Himmels willen, nein, straft mir ja nicht den armen kleinen Wurm mit solch einem Horrornamen für sein gesamtes Leben.«

»Keine Angst, Rainer, wir hatten Wolfram eh nur als Zweitnamen gedacht«, entgegnete Max. »Erster Vorname: Rainer.«

Ein schallendes Gelächter flutete den Innenhof.

»Nein, nein, das ist ja fast noch schlimmer«, stieß der Pathologe mit einer beschwörenden Geste aus.

»Das war nur ein Scherz, lieber Rainer«, mischte sich Marieke ein. Mit verträumtem Blick streichelte sie ihren kugelrunden Bauch. »Er soll Paul heißen.«

»Und wenn's ein Mädchen wird?«, sprudelte es aus Tannenbergs Mund.

Marieke schenkte ihrem Onkel ein strahlendes Lächeln. »Das ist zwar nach all diesen Ultraschallfotos sehr unwahrscheinlich, aber wenn's trotzdem so kommt, nennen wir sie einfach Pauline.«

»Es soll in dieser Familie ja schon mal vorgekommen sein, dass eine Hündin auf den männlichen Rufnamen ›Kurt‹ getauft wurde«, frotzelte Betty, Heiners frauenbewegte, provokante Ehefrau, mit der Tannenberg schon seit ewigen Zeiten auf Kriegsfuß stand.

Betty saß neben ihrem Mann auf der Gartenbank unter einem überhängenden Strauch und zündete sich gerade eine Zigarette an. Wie ein wütender Drache stieß sie den Rauch durch die Nase aus und schob mit angespitzten Lippen nach: »Und das nur, weil sein Herrchen am Tag der Namensgebung mal wieder stockbesoffen war.«

In Wolfram Tannenberg kochte die Wut hoch. »Wenn du als Tier auf die Welt gekommen wärst, dann garantiert als Giftspinne«, zischte er ihr entgegen. »Und zwar als männermordende schwarze Witwe.«

In den Gesichtern seiner Gäste spiegelte sich das blanke Entsetzen wider.

Nur Jacob grinste.

ENDE

Website des Autors:
www.tannenberg-krimis.de